# 正義の翼

## 警視庁53《ゴーサン》教場

吉川英梨

# 目次

主な登場人物

**五味京介**（ごみ・きょうすけ）
一三〇〇期五味教場の教官を務める。警部補。担当教科は刑事捜査。

**高杉哲也**（たかすぎ・てつや）
一三〇〇期五味教場の助教官を務める。巡査部長。担当教科は逮捕術。

**長田　実**（おさだ・みのる）
警視庁警察学校の教官。警部補。病気で療養中。担当教科は刑事訴訟法。

**瀬山綾乃**（せやま・あやの）
府中警察署刑事課強行犯係。巡査部長。五味の婚約者。

**中沢　尊**（なかざわ・たける）
府中警察署地域課、新町交番勤務。一二九三期五味教場出身。卒業配置中。

**小倉隆信**（おぐら・たかのぶ）
元警察学校教官、五味の亡き妻の実父。

**五味結衣**（ごみ・ゆい）
私立城南台高校二年生。五味の亡き妻の連れ子。高杉の実の娘。

【一三〇〇期】

**深川　翼**（ふかがわ・つばさ）
一三〇〇期五味教場の場長。父親が国家公安委員。

**南雲美穂**（なぐも・みほ）
会計監査副場長。元警察行政職員。所轄署で経理を担当していた。

**三上康汰**（みかみ・こうた）
勤怠管理副場長。縁の下の力持ちタイプ。

**小田桃子**（おだ・ももこ）
自治係。刑事に憧れている。

**村下拓海**（むらした・たくみ）
音大卒で、警視庁音楽隊への入隊を希望している。

**龍興　力**（たつおき・りき）
熊本県出身。教場一、気が弱い。

# プロローグ

「銃を下ろせ――。頼むから、誰のことも撃つな」

五味京介《ごみきょうすけ》は説得を尽くした。

銃口を向けられたまま、膠着《こうちゃく》状態が続く。

手塩にかけて育てたつもりのその警察官は、ニューナンブの引き金に指をかける。目はもう、なにも捉《とら》えていないようだ。昼の太陽の熱を残したままのコンクリートに立っている。無機質な土俵の上にいるような、逃げ場のない場所だった。辺りは暗闇に包まれている。時折、天が輝いて目が眩《くら》む。空から爆音が轟《とどろ》いた。

雨が降り続いていた。

額から流れる雨も汗も、拭《ぬぐ》うことができない。

パトカーのサイレンの音が聞こえてきた。

「もう、終わり。３２１１６」

説得は、暗号か呪文《じゅもん》のような数字の読み上げに遮られた。学生が続ける。

「正義の、翼」

引き金にかかった指に、力が入った。

破裂音と同時に、銃口が火を噴く。

全ては、平成最後の警視庁警察学校入校者――一三〇〇期五味教場の学生が、警察学校の敷居をまたいだ半年前に、遡《さかのぼ》る。

# 第一章　入　校

警視庁警察学校、教場棟の五階中央に『53《ゴーサン》教場』と呼ばれる教室がある。

一二八九期、一二九三期五味教場が入っていた。来月からは一三〇〇期五味教場の学生たちの自教場となる。

平成三十一年三月末。

教官の五味京介は教場の真ん中で、選考書類の束とにらめっこしていた。昨日から入校前の個別面談を行っている。

扉が開く。高杉哲也《たかすぎてつや》が、コーヒーを二つ持って入ってきた。五味教場の助教官を務める巡査部長だ。五味が初めて教場を持った一二八九期でも、途中から受け継いだ一二九三期でも、高杉は助教官として五味をサポートした。

「さあ、次は女警かー。どんなコかな」

高杉はスマホのカメラを鏡代わりにして、髪を整える。女警の面談となるといつもこうだ。高杉とは同期同教場の仲間だった。海上自衛隊にいた高杉は、不倫トラブルを起こして警視庁に流れてきた。五味より四つ年上の四十六歳、屈強な体と抜群の運動神経を武器に、逮捕術を教えている。

新入生の書類を取った。南雲美穂《なぐもみほ》、今年二十八歳になる中途採用者だ。警視庁は来年の東京オリンピックを見据え、採用人数を大幅に増やしている。二〇一七年度から採用上限年齢を三十五歳未満に引き上げた。三十代を教える機会も増えてきている。二十八歳はまだ若い。高杉も美穂の書類を捲《めく》る。

「なんだ。行政職員だったのか」

警察行政職員は技術面で警察組織を支える。〝鞍替《くらが》え〟として警察官になる者は少なくない。一から警察学校でやり直す。南雲美穂は事務員として採用され、所轄署で経理を担当していた。

五味は教場の扉を開けて呼んだ。美穂は「よろしくお願いしますぅ」とブラウンに染めたロングヘアをかき上げ、座った。色気があるが、警察学校には必要ない。五味は椅子に座りながら注意した。

「警官としての学校生活と、行政職員としてのそれは全く違う。まず服装と髪型」

「わかってます。ベリーショートで、耳に髪をかけてもいけない。服装もパンツスーツですよね」

行政職員もまずは警察学校で学ぶが、一か月ほどで卒業だ。厚化粧もスカートも許される。ヒールのあるパンプスもOKだ。髪を短く切る必要もない。

美穂はパーマヘアで、まつげエクステンションをつけている。コンタクトレンズも黒目を強調するタイプのものだ。これらも取ってくるように指示する。

身上書を見る。恋人は無しとある。女性は書かないことが多いので、改めて聞く。

「恋人はいないんだな？」

セクハラ質問だが、警察官になるためには必ず確認しなくてはいけない内容だった。

「募集中ってことで」

美穂は軽く笑った。言葉遣いを注意する。五味はラミネート加工された一枚の書類を出した。暴力団、共産党を始め、極左、極右暴力集団、新興宗教団体、市民団体などの名称が書かれた一覧表だ。

「この中に、南雲の周囲の人間が関係している団体はないな？」

「ありません」

次は教場の係決めだ。滞りなく教場を運営するため、学生は係の仕事を負う。三役と呼ばれる場長一名と副場長二名を筆頭に、被服係、授業係、衛生保健係等がある。

「南雲には、場長をやってほしい。どうだ」

美穂の表情が硬くなる。場長はクラスの学級委員長みたいなものだが、その役割と責任は重い。雑務も多い上、教場全体のミスを場長が代表してかぶることもある。

「私、女ですけど」

「いまどき女性場長は珍しくもない」

「私はそういう器じゃ」

「警察行政職員として現場で四年勤めあげ、所轄署署長からの推薦状もついている。採用試験の成績も上々。なにより、教場最年長だ」

美穂は額に手を置いた。

「それを指摘しないでくださいよ、結婚の予定ナシ彼氏ナシなのに最年長とか、気が滅《め》入《い》っちゃうから」

「言葉遣い」

すいません、と美穂は椅子に座りなおした。改めて辞退を口にする。

「私には荷が重すぎます。忙しすぎますし、場長を拝命すると警視総監賞取れないっていうじゃないですか」

警察学校卒業時、成績優秀者には警視総監賞が授与される。

「私、いけるところまで階級を上げたいんです。ある程度の役職で定年にならないと、天下りできないでしょう？ 人生百年時代、老後のことを考えたら天下りは大事です」

誰か適当な相手と結婚すれば安泰とは考えない。女性がここまで考える時代になったのだ。美穂が熱弁を続ける。天下りできる階級で終わるのなら、テストだけでなく現場で点数稼ぎをする必要がある。

「そのためにも、卒配先を都心の最重要所轄署で迎えたいんです。すると卒業時の警視総監賞は必須《ひっす》です。場長なんかしていたら、勉強する時間がほとんど取れません」

美穂はそこで一旦《いったん》、言葉を区切った。前のめりになるもひっそりと言う。

「私、これまで現場でいろんな警察官の方とお話をしてきましたけど、教場で場長をやるような奴はたいていい昇進できないって、みな言いますよ。事実、私が知っている場長経験者の警察官も、ろくなのがいないし」

高杉が俯《うつむ》いた。笑いを必死に堪《こら》えている。五味は「わかった」と頷《うなず》いた。

「副場長はどうだ。行政職員時代は経理を担当していた。会計監査副場長が適任か」

教場で集金する金を管理し、出納帳をつける係だ。二人いる副場長のうち、もうひとりは勤怠管理副場長として、当番の仕事の割り振りをする。美穂が了承した。

ちなみに、と五味はにこやかに続ける。

「俺と高杉助教は一一五三期小倉《おぐら》教場の出身だ。俺は場長をやっていた。今年四十二歳、警部補四級、警部の道は程遠いが、ろくな警察官じゃないとまでは思わない」

美穂は頰紅が目立たなくなるほど、真っ青になった。

十六時十五分から、三上康汰《みかみこうた》という学生の面談を始める。

天然パーマの前髪の下に太い眉毛《まゆげ》がきりりと横に走る。まじめそうだ。彼も場長候補の一人だ。三人に絞り込んでいる。

三上は私立大学の社会学部卒で採用試験の点数も上位だった。警視庁のインターンシップにも参加している。当時から評判が良かった。中肉中背で容姿は目立たないが、二十三歳とは思えないほど落ち着いている。縁の下の力持ちというタイプだ。

五味は早速、場長をやらないかと切り出した。三上は途端にうなだれた。

「はあ、やれと言われれば、まあ、やりますけど」

死刑宣告を受けたような顔だ。

「他にいないとか、教官助教が困ってらっしゃるということであれば、まぁ、はい」

「場長は、やってもいいという心持では務まらない」

三上には勤怠管理副場長をやらせることにした。最後に、高杉がラミネートを出す。

「親類や友人知人、恋人に、これらの団体と関わりがある人物はいないか？」

三上は団体一覧に目を走らせる。びっくりした顔である企業名に指をあてた。

「CCストアって、普通のスーパーマーケットですよね。ダメなんですか？」

「ここは共産党系なんだ。親類や友人知人が利用するのは構わないが、お前自身は利用を控えてもらいたい」

三上は困った顔になった。

「実は、母が年明けから、CCストアでレジ打ちのパートを始めたんですが」

「辞めるように言えるか」

三上は緊張したように唾《つば》を飲み込んだ。五味は説明する。

「職員ともなれば、その後市民団体に誘われたり、デモに誘われたりということが出てくる。働くのはダメだ」

三上は「すぐ辞めさせます」と慌てて頷いた。五味は店舗名を聞き出し三上の人事書類に記した。三上は立ち去り際「母が辞めれば、あの一文は消してもらえるんですよね」と何度も確認してきた。

三上を廊下に送り出す。次の学生が廊下にいない。待機用の椅子に座っていたのは、警察学校長だった。ノンキャリだが役職は警視正、この春で異動が決まっている。次は警視庁本部の警務部人事第二課長に就任だ。警部補以下の人事を統括する。

校長が無言で五味を教場内へ押し戻した。きっちりと扉を閉める。

高杉はコーヒーを飲んでいた。慌てて立ち上がる。敬礼した。校長がひっそりと五味に確認する。

「五味教官。次の一三〇〇期五味教場のスローガンはもちろん、四十人全員卒業、だな？」

これまで五味が受け持ってきた一二八九期、一二九三期は『四十人全員卒業』が目標だった。警察学校は脱落者が必ずいる。不適格者を篩《ふる》い落とす場として、学生を一人でも多く辞めさせるべきと考える者もいる。歴代の五味教場でも、脱落者ゼロを達成できたことはない。

校長は面談スケジュール表に目を落とし、次の『深川翼《ふかがわつばさ》』という名前を、指で叩《たた》いた。

「頼んだよ。詳しくは本人から挨拶《あいさつ》があるはずだから。僕は言ったからね」

校長は念を押して教場を出る。扉を開けたそこに、深川翼が立っていた。背が高い。百八十六センチの高杉と同じくらいだが、顔の大きさは高杉の半分だ。九頭身か。筋肉質でしなやかな体つきをしている。左右対称の整った顔立ちは癖がない。人目をひく美青年だった。校長はニコニコと、深川の肩を叩いた。

「頑張りたまえよ。警察学校一の教官助教を、君のために揃えたからね」

そんな誉め言葉は聞いたことがなかった。歴代の五味教場は逮捕者が出たことすらある。立てこもり事件にも巻き込まれた。「53教場はなにかとトラブルが多い」というのが警察学校上層部の共通認識だ。

深川の面談が始まった。

名門の私立K大学卒業。採用試験の点数は三上より高い。大学時代、二年生までは登山部にいた。剣岳《つるぎだけ》登頂を最後に退部、便利屋でのアルバイトに励んでいる。ペットの世話から老人の話し相手、家具の組み立て、ゴミ屋敷の清掃など、人事書類に経験と学びが豊富に綴《つづ》られていた。

K大学は幼稚園から大学までである。育ちも頭も良い学生が集まる学校だ。深川も、小学校からエスカレーター式に上がり大学まで出た。あえてアルバイトで苦労を買って出たのだろう。彼が、三人いた場長候補のうちの、最後の一人だ。

校長の態度を受けてか、高杉は親類関係の書類を見ている。五味も高杉も、教場の係を決める上で、親類関係の書類は見ないようにしていた。親類が問題ある職業についている場合は、採用の場ですでに弾《はじ》かれる。

高杉が親類関係書類をすっと五味のデスクに滑らせ、指さした。『国家公安委員』という文字が見えた。父、深川浩《ひろし》の肩書だ。

――なるほど。

東京都公安委員のメンバーの顔と名前ならわかる。警視庁を所管する組織だから、警察学校の卒業式にもやってくる。国家公安委員は警察庁の上にある。警察庁はキャリア官僚の組織で、五味らノンキャリの地方公務員にとっては雲の上の存在だ。更にその上の国家公安委員など天上人も同然だ。上すぎて存在を気にしたことがない。

学校生活におけるひと通りの説明を終えた。五味は切り出す。

「教場の係決めなんだが、深川はなにか、希望する係はあるか」

深川は椅子に座りなおし、咳払《せきばら》いした。

「僭越《せんえつ》ながら、五味教場の場長をやらせていただきたいと思っています」

五味はあえて、「こちらもそれを希望していた」とは言わなかった。

「場長は激務だ。勉強する時間をあまり取れないし、他の学生のフォローに回ってもらうことも多い。教場のため、仲間たちのために働くから警視総監賞も取りにくいだろう。卒配先も二十三区外になってしまうかもしれない。警察官としてマイナスのスタートになると考える者もいるが、お前はどうだ」

「僕はそうは思いません」

深川は前のめりになった。熱い目だ。

「警察官って、そもそもそういう職業ですよね。都民のため、東京都の安全のために自分をなげうって働く。他人のために働くのは、あたり前のことです」

美穂や三上に、深川の爪の垢《あか》を煎《せん》じて飲ませたい。五味は了承し、深川を場長に任命した。団体一覧は見せない。問題ある人物が周囲にいたら、父親が国家公安委員に指名されない。恋人は無し。高杉が揶揄《やゆ》する。

「女警がお前に殺到しそうな予感だ。警察学校は恋愛禁止。女警と会話をしてもいいが、歯を見せて笑い合うのはダメ」

変なルールだがな、と高杉は苦笑いする。五味は心の中でもっと苦笑いだ。高杉は警察学校時代に恋人を作り、妊娠させた。いま、その子供を五味が養っている。いろいろあったがもう笑い話にまで昇華されていた。深川が言う。

「僕なんかより、教官・助教の方がモテモテでしょう。五味教官は上品な王子様系のイケメン。高杉助教は野獣っぽいワイルド系のイケメンですよね」

深川も砕けた調子だ。親近感を覚える。

面談を終了し、廊下まで見送った。初老の男性が椅子に座っている。シルバーグレイの豊かな頭髪を七三に分け、ねずみ色のスーツを着ている。眉間《みけん》に深い皺《しわ》が刻まれているが、端整な顔とすらりとしたいで立ちは、息子そっくりだった。国家公安委員の深川浩だ。五味と高杉は敬礼する。

「どうぞ、頭を上げてください」

息子の方が気遣った。

「すいません、一言挨拶しないと気が済まないと……」

深川の父は笑みをたたえてはいるが、言葉は少ない。

「息子をどうぞ、よろしくお願いします」

腰を折る。雑談もせず、息子と共に立ち去った。

教場に戻る。

「いやー国家公安委員殿の息子とは、恐れ入る」

高杉がスマホで深川浩の経歴を調べた。

「法務省のお役人さんだったようだ」

昭和五十五年法務省入庁。最高裁判所の裁判長にまで上り詰めている。

「校長本人が口添え、しかも父親が直《じか》に頭を下げにくるなんて、問題児だろうと思っていたら……」

フッーにいい奴だったな、と高杉も頷《うなず》いた。

「深川を丁重に扱えっていうのならわかるが、校長はなにがなんでも卒業させろという空気じゃなかったか？」

五味や高杉が気をつけなくても、深川は勝手に優秀な成績で卒業しそうだ。

「法務省キャリアの父親から見たら、ポンコツボンクラの問題児ってことか？　ここは警視庁だからな」

警視庁職員は地方公務員だ。国家公務員のトップを極めた深川浩からしたら、息子が地方公務員というのは、残念な結果なのか。深川に兄弟はいない。一人っ子の長男だ。

「さて。これでようやく全員終わったな。飲みに行こうぜ、五味」

高杉とは週に二、三回は業務終了後に飲みに行く。朝から晩まで高杉と一緒だが、不思議とうんざりしないし喧嘩《けんか》もしない。

高杉とは昔から不思議な縁で結ばれていた。

五味は父親が海上自衛官で、舞鶴《まいづる》港の自衛艦に乗っていた。高杉もだ。五味が養育している娘の件も、もとは高杉と五味、そして百合《ゆり》という元女警の三角関係から始まった。百合は高杉の子を妊娠、出産のため警察学校を去った。十年後に五味は百合と再会し、結婚した。百合は娘の結衣《ゆい》を五味に託し、病気で他界している。

「お前、他に誰か気になった学生はいるか？」

教官室に戻りながら、五味は尋ねた。高杉は「最初の方にやった奴は忘れちゃったよ」と適当なことを言う。

「そうだ。小田桃子《おだももこ》」

昨日の午前中に面談した女警だ。新卒の二十三歳、千葉県南房総《みなみぼうそう》市出身。

「コレがすごかったろ。桃八個分はあったぜ」

高杉が、胸の前に両手を持ってきて、巨乳のジェスチャーをする。

「コラ。酒入ってないだろ。入っていてもダメだ」

女警を目指す二十三歳の新卒といえば、ガタイのいい元柔道選手とか、剣道有段者が多い。桃子は刑事ドラマの刑事に憧《あこが》れて警官になった。教場一、熱意がある。くりっとした瞳《ひとみ》にやる気がみなぎっていた。高杉が言う。

「綾乃《あやの》チャンを紹介してやったらいいじゃん。いい見本になるんじゃないの」

瀬山《せやま》綾乃。府中《ふちゅう》署の刑事課強行犯係の女性刑事だ。

刑事を目指す女警はキャリアプランの立て方が難しい。女警の大半が交通課に進む中、地域課で体を張って点数を稼がねばならない。上司の推薦を受け、二十八歳までに刑事研修過程を終了する。結婚や妊娠、出産がぶつかる年齢だ。刑事キャリアを優先したらあっという間に三十代で、行き遅れてしまうのだ。

「それが、綾乃チャンは刑事としてのキャリアを積みつつも、無事、嫁の貰《もら》い手が見つかったことだしなぁ」

肘《ひじ》を突かれる。五味は無視した。

「なんだよ。マリッジブルーか？」

五味は綾乃と結婚の約束をしている。挙式の日取り、場所など、なにも決まっていない。

「先の話だ。まずはこいつらを無事、卒配先に送り出してからだろ」

五味は四十人分の書類を持ち上げた。高杉が少し寂しそうにこぼす。

「さらに――お前は異動が控えているしな」

一三〇〇期は半年後の十月二日で警察学校を卒業する。五味は秋の人事異動で、本部の刑事部捜査一課に戻ることが内定していた。五味は刑事畑を歩いてきた。とある事件捜査で上層部とぶつかり、島流しのような形で警察学校に異動した。昨秋に警察学校で起こった立てこもり事件を解決した功績を認められ、本部栄転という運びになった。

五味も十月二日で警視庁警察学校教官を卒業する。

高杉が、「さあ!」と五味の肩に腕を回した。

「いよいよ来週から、最後の53教場が始まるぞ。気合い入れていこう!」


四月一日。よく晴れた。

警視庁警察学校一三〇〇期の学生たちが、警察学校の敷居をまたぐ。

午前八時、五味は高杉と共に、机と椅子を正門前に運び出した。正門脇には『正門練習交番』が置かれる。学生が実際の交番と同じ勤務にあたる。服装も同じだ。活動服に帯革を身に着け、警棒、手錠、けん銃をぶら下げる。

東側にも門があり『東門練習交番』が設置されている。正門には常時二〜四人の学生が詰める。東門は人の出入りが全くない。一人体制だ。

五味は『五味教場』と印字された紙をセロテープで張り、デスクの前に垂らした。一三〇〇期はほかに七教場ある。正門前広場に八つのデスクが並ぶ。新入生たちが、校門の前に並び始めていた。

八時半、正門が開いた。一番乗りは女警だった。着席した五味は戸惑う。

——この女警は誰だ？

「一三〇〇期五味教場、南雲美穂です！」

嘘だろ、と目を見開いた。黒く染めなおした髪をショートカットに切り、襟足を刈り上げている。面談の時のぱっちりした目はどこへいったのか。皮膚に切れ目をいれただけじゃないかと思うほど、目が細い。アイメイクをやめるだけで、こんなに違うのか。つい、凝視してしまう。

美穂が咳払《せきばら》いした。五味は我に返り、段ボールの中から美穂の書類袋を引っ張り出す。係の拝命書類の他、班や個室の番号、学生棟の地図などが書類袋に入っている。棟内には食堂、売店、図書室、トレーニングルームなどの設備が整う。学生の個室が入るフロアは大心寮《たいしんりょう》と呼ばれる。場所を教え、「今日から副場長として、五味教場を頼んだ」と言葉を添えた。美穂は立派に返事をして、学生棟へ走っていった。

「女のメイクは怖いなぁ」

背後に立つ高杉がぼそっと言う。

「にしてもずいぶん張り切ってる」

「そりゃお前、初対面で教官をこき下ろしちゃったんだから、挽回《ばんかい》しようと必死だろ」

目を前に向けた。もう深川が立っていた。

「呼んでない」

深川は慌てて、五歩ぐらい下がった。列がつまる。何人かがよろけた。初々しい。これから自分が育てる警官の卵たちが、五味はもうかわいい。同時に、これが自分にとって最後の学生たちになると思うと、一抹の淋《さび》しさを覚えた。

深川を呼んだ。改めて場長を命じる。次に並んでいたのは、小田桃子だった。自治係に任命した。女性でも、教場一の熱血漢として、しっかり教場を見てくれるはずだ。

五味は次を呼ぶ。

「一三〇〇期五味教場、村下拓海《むらしたたくみ》です！」

音大を卒業した二十三歳だ。警視庁音楽隊に入ることを希望して入庁した。特技はトランペットだ。楽器の入った黒い革張りのケースを持っている。クラブ活動で使用するので、五味も許可している。

背後の高杉が「ん？」と唸《うな》る。

「村下。お前、その前髪はなんだ」

襟足はきれいに刈り上げてあるが、前髪が波打っている。面談したときも前髪が長かった。きのこみたいだと高杉が言うと「くねらせているのでマッシュルームヘアではない」と反発していた。前髪にこだわりがあるようだが、切ってくるように面談で注意していた。高杉の指摘に、村下が笑顔で答える。

「ああ、これは、パーマを当ててきたんですよ」

五味は耳を疑った。高杉も絶句している。

「警察学校はハードスケジュールで、朝、髪をセットする時間がないと聞いたので。僕、前髪のセットに毎朝三十分かかっちゃうんです。パーマかけちゃった方が早いと……」

　高杉が村下の前髪を鷲摑《わしづか》みにした。「こっちへ来い！」と本館へ引きずっていく。高杉は規則違反者がいれば尻《しり》を蹴《け》り上げる役だ。警察学校は学生に暴力を体感させる場所でもある。誰かを殴ったことも殴られたこともない警官が現場に出て迷惑を被るのは、都民だ。

　本館ロビーでは、バリカンを持った統括係長が待ち構える。頭髪違反者は丸坊主の洗礼を受ける。毎度、五、六人は頭髪違反者がいるが、パーマを当ててきたバカ者は初めてだ。

　五味は学生の列に視線を戻した。呼んでいないのに、三上が怯《おび》えた表情で立っている。

「ぼ、僕の髪は天然パーマで」

「わかってる。面談の時から気が付いていた」

　三上はほっとしたようにため息をついた。本館のガラス張りのロビーでは、高杉が村下の尻を蹴飛ばしている。親からも叩《たた》かれることがない世代だ。三上は恐怖に口を歪《ゆが》ませ、書類袋を抱いて学生棟へ走っていった。

　高杉が戻ってくる。八時半ごろが行列のピークだった。九時過ぎには行列が途切れた。他教場の教官たちが撤収していく。五味教場はまだ来ていない学生がひとりいた。龍興《たつおき》力《りき》。新卒の二十三歳で、熊本県出身。

　一週間前の面談では、名前負けした青年という印象だった。百八十センチ五十八キロのもやし体型、おどおどしていて受け答えにも時間がかかる。高杉が腕時計を見た。

「初日から遅刻とは肝が据わってやがる」

気が付くと、五味と高杉、二人だけになっていた。

「あと五分待って、引き上げるか」

静かだ。警視庁警察学校は、周囲を住宅地や学校等の施設で囲まれている。店は少ない。東側に味《あじ》の素《もと》スタジアムやサッカー場、調布《ちょうふ》飛行場などがある。平日の昼間は閑静だ。たまに、調布飛行場を離着陸する伊豆《いず》七島への定期便が爆音で飛ぶ。正門に面した朝日町《あさひちょう》通りを走る車は少ない。

敷地の周囲は盛土で囲まれ、ケヤキなどの巨木が並ぶ。葉がサラサラと風にゆすられる音がした。

「嵐の前の静けさみたいだな」

五味の言葉に、高杉が肩を揺らして笑った。

「嵐なんか来たら大変だ。お前は栄転と結婚を控えているんだぜ」

ちゃんと送り出させろよ、と高杉が五味の肩を揉《も》んでくる。

「おー、五味チャンどうしたよ。肩、めっちゃ凝ってるぞ」

ほらココ、と高杉が左肩を親指でぐいぐいと押す。痛いが気持ちよくもあり、思わずンーッ、と目を細める。

「教場スタートはこれからだぞ。どうして肩がこんなだ。さてはマリッジブルーだな！」

「まだその段階じゃないよ」

「とっとと決めろよ、いつ入籍すんだ。挙式や披露宴は？　ん！」

五味は礼だけ言って立ち上がった。高杉はやたら五味と綾乃の仲を詮索《せんさく》したがる。酒が入ると、「ＡＢＣＤのどこまでいった！」と古いたとえで迫る。

五味は片づけを始める。門を閉めようとした練交当番の学生から「教官！」と呼ばれる。あそこ、と警察学校の銘板が埋め込まれた門を示された。

龍興力が、銘板の前に座り込んで泣いていた。駆け付けた五味と高杉を見て、どうしようもないという様子で、しゃくりあげている。怪我でもしたのか。龍興は幼児のように泣きながら、訴える。

「で、電車を、乗り間違えちゃって。新宿《しんじゅく》から特急で、ちょ、調布駅に来て、各駅停車に乗ろうとしたんですけど、間違えて京王相模原線《けいおうさがみはら》に乗ってしまって。大遅刻を……。うわぁーっ、ごめんなさぁいっ」

こういう学生を立派な警官に育てるのが、教官助教の仕事だ。


一三〇〇期五味教場の教壇に立った。

深川は場長だ。廊下側の最前列の席にいる。三上は教壇の目の前の席に座っていた。桃子は窓際の真ん中の席だ。キリッとした目を向ける。丸坊主にされた村下はその後ろの席で恥ずかしそうに背中を丸めている。龍興は教場のど真ん中の席にいた。俯《うつむ》いている。美穂は見つけられなかった。

「起立！」

高杉が号令をかけた。急《せ》き立てられるように、リクルートスーツ姿の学生たちが立ち上がる。

「教官にィ〜、礼！　着席！」

学生たちが頭を下げ、慌てふためいて椅子に座る。張り詰めていた。五味も緊張してしまう。黒板に、教官助教の名前を書いた。チョークを置いて、向き直る。

「漢字が読めない奴はいないよな？」

冗談のつもりだったが、誰も笑わない。

「今日から君たち一三〇〇期五味教場の教官を務める五味京介警部補だ。よろしく。担当教科は刑事捜査。平成十三年入庁、丸《まる》の内《うち》署での卒配を経て、浅草《あさくさ》署の刑事課に勤務、渋谷《しぶや》区役所の防犯係へ出向。原宿《はらじゅく》署刑事課を経て、本部刑事部捜査一課に配属。二年前からここで教官をやっている。質問は？」

一二八九期のときは、「独身ですか」と女警から質問が飛んだ。一二九三期のときは出身地を尋ねられた。独身かどうかは答えなかったが出身地は教えた。教官助教は殆《ほとん》どプライベートを教えない。卒業後、教場会と呼ばれる同窓会で尋ねられて初めて答える。

一三〇〇期は質問がひとつもなかった。五味は高杉に自己紹介を振る。高杉も同じように経歴を話した。一二八九期の時は同じように既婚かどうか尋ねられ、一二九三期のときは前職を訊《き》かれていた。

一三〇〇期は高杉に対しても、質問がなかった。

緊張なのか、遠慮なのか、白けているのか、興味がないのか。

全部か。

五味は正門で渡した書類袋から、宣誓書類を出させた。公務員がその職務につく際、署名捺印《なついん》しなくてはならない。五味は書類の内容を全員に読み上げさせた。

サイン、捺印させる。五味は机間巡回して、署名捺印を確認した。三上の横を通る。宣誓内容には『不偏不党』の文字がある。そこを指で二度、叩いた。三上は頷《うなず》く。

龍興はサインの手が止まっている。怖気《おじけ》づいているようだ。村下は坊主頭をきょろきょろさせて、周りを見る。ペンケースを探った。

印鑑を忘れたな。

警官は職務遂行の上で、大量の書類作成に追われる。捺印は日常茶飯事であり、印鑑と朱肉は常に持ち歩かねばならない。高杉が村下に尋ねる。

「村下。印鑑は」

「寮の個室にあるかと」

「印鑑はペンケースに常備する筆記用具として規定書類に明記されている。読まなかったのか！」

高杉は唾《つば》を飛ばして怒鳴り散らした。今日二度目の叱責《しっせき》で、村下はもう涙目だ。

「すぐに取りにいけ！　三分だ！」

教場棟から大心寮の入る学生棟まで、二百メートル近く距離がある。間に川路《かわじ》広場を挟むが、突っ切ってはいけない。本館の方へ大回りしていくことになる。男子寮は学生棟の入口から最も遠い。初任科の学生はエレベーター使用も禁止だ。五味教場の男警が集う東寮六階まで、階段を駆け上がることになる。三分で往復は無理な話だが、無理難題を押し付けて徹底的にしごくのが警察学校だ。

村下は教場を飛び出していった。五味は黒板に張りつけられたタイマーを三分にセットした。

高杉が窓を開けて、川路広場を見る。案の定、村下が川路広場を横切ろうとした。窓の外へ巻き舌で凄《すご》む。

「川路広場を突っ切るなバカ野郎！　大回りして行け！」

タイマーが鳴ってから一分半遅れで村下が戻る。ぜいぜいと息を吐く。五味はペナルティを指示した。

「八十七秒遅い。腕立て伏せ八十七回、後ろでやれ。連帯責任で前後左右の学生もだ」

村下の席の周囲の学生たちが、きょとんとして五味を見る。前の席の桃子は、他人のことと素知らぬ顔だ。五味はひとりひとりの名前を呼び、村下と共に腕立て伏せをやるよう命令した。

ここで「なぜ自分が」と反抗する学生が出て、「それが警察学校だ」と答えるのが常だ。文句は一つも出ない。不承不承、学生たちが教場の後ろのスペースで腕立て伏せを始めた。桃子は腕を少し曲げただけで床に胸がついてしまう。三上が桃子の胸元を凝視している。頭をついた。慌てて目を逸《そ》らしたが、三上は今度、鼻血を出した。中学生か。

続いて、スケジュールの確認をする。

四月はとにかく忙しい。

十五日に警視副総監が観閲する入校式がある。それまでに学生たちに最低限の警察作法を仕込む。毎週金曜日の駆け足訓練の説明、教場旗・教場ティーシャツのデザイン決め、皇居靖国《やすくに》神社参拝、翌日には警察手帳の写真撮影があり、ゴールデンウィークに突入する。今年は令和への改元があるので、十連休だ。スケジュールもカリキュラムもぎゅうぎゅう詰めだった。

スケジュール確認後は、警察学校ツアーに連れて行った。学校内には主に四つの建物がある。北に教場棟、南は学生棟、術科棟が東にあり、西に本館がある。四方を建物に囲まれて外からは一切見えないのが川路広場だ。警視庁の祖である川路利良《としよし》大警視の銅像が立つ。警察学校が中野《なかの》区にあったころからこの銅像はあった。警察官の卵たちが住む大心寮を、見守る位置にある。

昼休みになった。この時間は、世話役に新入生の指導を頼む。

各教場には、一期上の一二九九期の学生が世話役として二名、配置される。彼らは学生棟にある食堂の利用方法を教え、個室の布団のたたみ方も指南する。

午後は警察制服の採寸を行った。余った時間で、川路広場を十周走らせる。龍興が悪目立ちしていた。周回遅れだ。深川がペースを落とし、龍興と並走し励ます。

夕刻のホームルームで『こころの環《わ》』を配った。A5のベージュ色の冊子に、日々思ったことを好きなだけ書かせる。なにを書いてもいい。嘘を書いたらペナルティだ。始末書か、内容によっては退職だ。

表紙に期と教場名と氏名を書く欄がある。見開きには好きな言葉を書く。みな『努力』とか『心技体一致』とかまともなことを書いていた。突飛なことを書く者は一人もいない。五味がこれまで見た中で最も面白かったのは、『女』と書いた学生だった。高杉だ。

初日が無事、終わる。最後は深川の号令で締めた。

高杉と教官室へ戻る。階段を降りながら、五味は初日の感想を尋ねた。

「真面目過ぎるな、みんな」

「右に同じ」

「あとは、龍興だ。顔がすでに抜け殻だった。あれはやばいぞ」

「深川にひとこと言ってくる」

五味は教場に戻った。扉を開けて、驚く。まだ教官がそこにいるのではと思うほど、緊迫していた。学生たちが一心に前を向いている。

教壇に、深川が立っていた。深川は慌てて席へ戻ろうとした。

「すいません、みな緊張している様子だったので、体調が悪い者がいないか確認していました」

深川の目がちらりと、龍興を捉《とら》えた。

「そうか。続けていろ」

五味が頼むまでもなさそうだ。自教場を出た。


夜は飛田給《とびたきゅう》の駅前の飲み屋『飛び食』で、高杉と飲んだ。南口のコンビニの横にオープンしたばかりの大衆居酒屋だ。〆《しめ》のラーメンがうまいと評判で、最近はこの店に通い詰めている。

「いよいよ始まったな、怒濤《どとう》の教場生活が」

グラスにビールを注ぎ合い、乾杯する。高杉は上唇に泡を残し、実にうまそうに飲み干した。五味はあまり強くない。酒で失敗したこともある。十年近く禁酒していた。高杉は「二番目にうまい！」と上機嫌だ。

一番うまいのは、卒業式後の一杯だ。五味も二期送り出している。どんな苦労があろうと、卒業式の一日で全て吹き飛ぶ。教官職というのは不思議だ。

高杉が切り出す。また結婚の話だ。

「お前、結婚式の準備は順調なのかよ」

「まだ早いだろ。まずはあっちの両親に挨拶《あいさつ》に行かないと」

「娘さんを下さいっ！　って奴か」

ゲラゲラ笑った。やがて高杉は探るような目を向ける。

「結衣の様子は」

「変わりないよ。来年三年生で大学受験だから日程を気を付けてくれと。それだけ」

「大丈夫かぁ？　ママがどんどんいなくなっていくね！　だっけ」

五味が、前妻の百合と使用していたベッドを処分するときに、出た言葉だ。

「気まぐれで出た発言だと思うが。面と向かって問いただせるようなアレでもないし」

結衣はもう十七歳だ。いちいち心情を尋ねるわけにもいかない。

「そのうち豹変《ひょうへん》すっかもよ。どー考えても結衣の方が強いだろ。綾乃チャンがいじめられたりとか」

「それはない。そもそも瀬山と出会ったのは、結衣が強引に申し込んだ婚活パーティだったんだ。誰よりも結衣が結婚に押せ押せだよ」

二年前の夏の、警務部主催の婚活パーティだった。綾乃から声をかけてきた。初対面や初めてデートした日のことはあまり覚えていない。興味がなかった。妻を病気で亡くしてまだ三年ほどしか経っていなかったのだ。再婚する意思などこれっぽっちもなかった。それが、なんの因果かあれよあれよという間に再婚という流れになる。人生なにが起こるのかわからない。

「そういえばお前はどこで式挙げたんだっけ？」

五味は尋ねた。帝国ホテルだよ、と吐き捨てるような返事があった。

「この体たらくで派手婚させられて、一括支払いだから俺、組合のローン頼んじゃったほどだもん。八百万円もかかったんだぜ」

高杉には沙織《さおり》という姉さん女房がいる。五十歳を過ぎた派手好きの〝美魔女〟だ。高杉の官舎に顔を出すと、テーブルランナーと燭台《しょくだい》、手作りのコース料理でもてなされる。二人には子供がいない。沙織は、高杉に実子がいることを知らない。高杉も去年知ったばかりだ。話しづらいようだった。

「で、〝娘さんを下さいっ！〟はいつやるの」

「さあ。瀬山がそのうちセッティングすると思うけど」

そういえばこの話をしたのは年始だった。もう三か月経っている。


瀬山綾乃は府中警察署刑事課フロアで残業していた。

ここ半年、府中署管内は強行犯事案が続いている。綾乃はろくに自宅官舎に帰れていない。五味にプロポーズされ、浮かれていた半年前が、あまりに遠い。

横浜《よこはま》の実家の母親からは『三十二歳、独身』を常々心配されている。結婚の約束をしている恋人がいることは話した。連日、母親から電話がかかってくるようになった。

「お父さんが、早く連れて来いってうるさいの」

「お父さんが、どんな男なんだとしつこいの」

父親は中学校の数学教師をやっている。四角四面の厳格な人だ。同僚からは面倒臭がられ、生徒からは敬遠される。

教員の世界には『玉を守り抜く』という言葉がある。徹底的に玉——校長に尽くして、守る。その後釜《あとがま》に座って自らも校長となるのだ。そういう教員が数多くいる中で、綾乃の父親は『玉より石』を座右の銘にして現場主義を貫いた。

この場合の『石』は生徒のことだが、厳しすぎて慕ってくる生徒は少なかった。出世もできず、定年後の天下りもかなわず、いまは産休代替教師をしている。相変わらず「イマドキの若いのは」と晩酌するたびに母親に熱弁を振るう。一方で「また上履きに画鋲《がびょう》を仕込まれた。いまも昔も子供は変わらんな」と目を細める。

綾乃が女刑事をやっていることにも、「女の仕事じゃない」と小言を言う。直接苦言を呈することはない。いつも母親に言う。

その父親に、なかなか五味のことを言い出せない。

血の繋《つな》がらない十七歳の娘を養育している、と……。

五味は誠実で優しくて仕事もできる。ギャンブルもやらない。酒は付き合い程度、煙草も吸わない。貯金もある。マイホームも持っている。

結衣は明るいしっかり者で、さばさばした性格だ。実父の高杉とよく似ているせいか、一緒にいると楽しい。綾乃が五味の自宅を訪ねる日は、気を利かせて家をあけてくれる。「高杉さんとデートだから、今日はフレンチのコース料理食べさせてもらうの」と却《かえ》って嬉《うれ》しそうな顔をして出かけていく。三人でうまくやっていく自信はある。

問題は、綾乃の父親だった。

「瀬山さん！」

背後から声をかけられ、我に返る。地域課の中沢尊《なかざわたける》巡査が立っていた。今年の一月に府中警察署に卒業配置された。いま、府中警察署新町《しんまち》交番に勤務している。一二九三期五味教場出身だ。

中沢は場長で、ちょっとした問題児だった。綾乃がプロポーズされたときも、偶然そばにいた。婚約の『証人』でもある。

「びっくりした。今日、PB二当なの？」

PBとはポリスボックス、交番の略称だ。二当は夜勤で、十五時から翌十時までが勤務時間だ。間に休憩時間があり、睡眠時間も多少は取れる。中沢はすでに防刃ベストと帯革を身に着けていた。警棒、手錠、けん銃を腰からぶら下げている。休憩を終えてこれから交番に戻るのだろう。「冷蔵庫、失礼します」と刑事課フロアの給湯室に行った。

「勤務前に駅前でケーキ買ったんですけど、地域課の冷蔵庫がいっぱいで」

中沢はホールケーキの箱を取り出した。誰かの誕生日かと思ったら、定年祝いだという。

「うちの北村《きたむら》さん、来月定年退職で、今日が最後なんで」

中沢は卒配三か月目だ。明日から警察学校に戻る。初任補習科で二、三か月学んだのち、また府中署で本格的に勤務が始まる。箱の中身を見せてくれた。いちごのショートケーキにチョコレートのプレートが載っている。『北村さんおつかれさまでした』と書かれていた。マメな子だ。

五味の誕生日にも、寄せ書きの色紙を用意して五味を感涙させていた。中沢はその懐に、大事に五味の名刺を入れている。卒業の日に五味が学生たちに配ったらしい。手書きで一枚一枚丁寧に携帯電話番号が記してある。苦しいこと、辛《つら》いことがあったら必ず電話をよこせ、と全員に手渡した。

時計を見る。二十二時半を過ぎていた。もう帰ろう。綾乃は帰り支度を始めた。


中沢尊は白い自転車にまたがった。小金井《こがねい》街道を北へ向かい、走る。府中警察署から新町交番まで、自転車で十分強の距離だ。後ろの白いボックスにケーキの箱を入れた。

中沢が勤務する新町交番は、府中市立新町中学校のすぐそばにある。府中市北部を東西に貫く学園《がくえん》通りに面していた。向かいは新町西小学校だ。周辺には大学や私立の小中学校が集中している。最近は子供を狙った犯罪が多い。高齢ドライバーによる暴走事故も相次いでいる。朝夕は通学の子供たちの安全を守るため、交差点に立ち、パトロールを強化する。市内でも多忙な交番のひとつだった。

いまは北村良一《りょういち》巡査長がひとり交番に残っているはずだ。

北村は、中沢が五味の次に慕う警察官だ。痩《や》せて小柄だが、交番の前に立っているととても大きく見える。初めて横に並んだ時、目線が下だったので驚いた。すぐに北村の立ち居振る舞いを真似した。北村も中沢をかわいがってくれた。

北村は独身を貫き、地域課交番の巡査長として、一心に、交番の前に立ち続けている。極寒の日や酷暑の日も当たり前。交番内のデスクに座って待機する警察官が多い中、二十四時間、誰一人通らなくても、風雨に打たれても、表に立つ。

それだけで防げる犯罪がある。

北村の無言の背中から、そんな声が聞こえてくる。

学園通りに出た。道路を渡り、右折する。周囲は建物からの明かりが消えていて暗い。新町交番だけが煌々《こうこう》と光る。

北村が立っていない。

今日はどうしたのかと思いながら、交番脇のスペースに自転車を止めた。北村の自転車はある。巡回には出ていない。時刻を確認する。二十二時四十四分。北村と最後の晩、警察職務について存分に語り合いたかった。ケーキもある。中沢の休憩は午前一時までだったが、仮眠を取らずに戻ってきた。荷台のボックスからケーキの箱を取り出した。

「お疲れ様です」と交番の中に入る。

デスクの脇から、半長靴の足が伸びていた。警官が倒れている。

「えっ」

中沢は思わず、後ろに一歩、飛びのいた。ケーキの箱を落としてしまう。血が飛んだ。床は血の海だった。物音がしない。動く人の気配がデスクの向こうにある。中沢は慌てて警棒を取り、伸ばした。

「誰だ……！」

暗闇の学園通りに、自分の叫び声がこだまする。

デスクの向こうでぬっと男が立ち上がった。警官だった。北村ではない。府中署の地域課の人間でもない。彼はニューナンブを構えていた。銃口が中沢に向いている。

なんで？

中沢は頭が真っ白になった。銃声と同時に、左肩に衝撃が走る。被弾した。ケーキを箱ごと潰《つぶ》すようにして、倒れた。帯革の右側にぶら下がる銃入れに手をかけた。途端に左肩に激痛が走る。爆発したように熱い。濡《ぬ》れている。血だ。中沢は左肩をかばいながら仰向《あおむ》けになった。空に向かって空砲を打ち、警告する。パンッという破裂音が響く。

「銃を捨てろー！」

右腕だけで起き上がる。警察学校のけん銃取り扱い授業で習った動作は全部、吹き飛んでしまった。体は覚えている。立膝《たてひざ》の体勢を取る。右手でニューナンブを構えた。左手を添えて銃身を安定させたい。あまりの痛みに腕を伸ばせない。左肩から鼓動が聞こえる。そこに心臓があるようだ。相手はデスクの向こうに隠れている。悪態をつく声が聞こえた。

「銃を捨てろ！　撃つぞ！」

もう一度、警告する。デスクの向こうの壁に、赤いボタンが見えた。交番に設置されている緊急通報ボタンだ。届かない。

デスクから警官が顔をだす。ニューナンブのつりひもが目一杯に伸びている。倒れている警官のけん銃で撃っているのか。

再び、発砲される。

弾は上へ逸《そ》れた。ガラスを貫通する。割れたガラスが中沢に降り注いだ。顔が切れた。方々から出血する。ガラス片を振り払っているうちに、男がデスクを飛び越えた。逃走するつもりだ。

中沢は男にタックルした。コンクリの地面に倒れた。中沢や男の制帽が地面に転がる。男の手から、鍵束《かぎたば》が落ちた。ピーポくんのキーホルダーのついた鍵束は、北村のものだ。奪い返さなくては。男の帯革に手を掛けた。懸垂のようにずり上がる。

馬乗りになろうとしたところで、相手の半長靴が顔面を直撃した。左目が見えなくなった。鼻血も噴き出す。中沢は顔を押さえて体を丸めた。分厚い半長靴が降り注ぐ。執《しっ》拗《よう》に、被弾した左肩を踏みつけられた。経験したことのない激痛に、意識がそがれる。

「やめろ」と叫ぶつもりが、「やめて」という懇願になっていた。

「弱い」

男は捨てゼリフを吐き、落ちた制帽を拾った。余裕の体で被《かぶ》りなおす。北村のキーホルダーのリング部分に指を入れ、くるくる回しながら自転車にまたがった。自転車を漕《こ》ぐ。男は肩についた無線を取った。

「至急、至急。府中署管内、新町交番に於《お》いて、交番襲撃事件発生。警官一名死亡、一名は左肩に被弾。繰り返す――」

あいつ、なんなんだ。自分で襲撃しておいて、自分で通報している。

中沢は左肩を庇《かば》いながら交番の中へ戻った。警官一名死亡だと……？　慌てていた。滑ってしまう。血の海を、泳ぐように進んだ。

北村が仰向けに倒れている。目をかっと見開いていた。眉間《みけん》に深い皺《しわ》が寄る。口があんぐりとあいて、顎《あご》や顔に血が飛び散っていた。瞳孔《どうこう》が開いている。つい一時間前、休憩に行こうとする中沢に「ゆっくり休め」と気遣ってくれた大先輩が、死んでいた。

中沢は活動服の内ポケットに手を入れた。御守としていた、五味の名刺を出す。

五味は新百合ヶ丘《しんゆりがおか》の自宅の玄関を開けた。二十三時前、娘の結衣は起きていた。

「お酒臭ーい。だいぶ飲んだね」

お茶漬けでも作ろうか、と結衣がキッチンに立つ。結衣は高校生になって少し太った。エプロンをした後ろ姿が、百合にそっくりだった。

〈ママがどんどんいなくなっていくね！〉

綾乃との結婚を本心ではどう捉《とら》えているのか。水とお茶漬けが出てきた。

「あとはひとりでしてよ」

結衣がそばに立ち、五味を見下ろす。長年連れ添った妻みたいだった。手を合わせ、お茶漬けをかきこんだ。結衣は「おやすみー」と、二階へ戻ろうとした。

「結衣。ちょっと、座ってよ」

結衣は「なに」と短く言った。五味のそばに立ったままだ。正面には座らない。五味は深刻にならないように尋ねた。

「お前さ。覚えてる？　その――俺がママとのベッドを、処分するとき」

結衣は黙って五味を見下ろしている。

「言ったよな？　ママが、どんどんいなくなっちゃう、的な……」

答えない。いつまでも黙って見下ろしてくるので、五味は居心地が悪くなってきた。

「言わなかったっけ。あれ、空耳だったかな……」

「あのさ」

強く遮られる。茶碗《ちゃわん》と箸《はし》を取り上げられた。結衣はどっさりと、五味の膝の上に跨《また》がってきた。首に腕を回し、恋人のようなそぶりだ。顔は近づけて来ないが。

五味は結衣が九歳の時に父親になった。結衣が十二歳の時に百合が亡くなった。まだまだ母親に甘えたいときに違いないと、求められるスキンシップには全て、応《こた》えてきた。手を繋《つな》いで歩いたし、膝枕で寝かせてやったこともある。それを義父の小倉隆信《たかのぶ》に注意されてきた。小倉は警察官で、五味が警察学校時代の担当教官でもあった。

最近は結衣と二人で出かけることも少なくなった。スキンシップも減っている。父親に恋人ができたせいなのか、結衣が成長したからなのか、わからない。ここまで結衣と密着するのは久しぶりのことで、五味は戸惑った。

「ねえ。年頃の娘にそういうセンシティブな質問を、面と向かってする？」

「遠回しに聞いたってわかんないだろ。父親だから、心配だし」

「それで？　京介君にはママをずーっと好きでいてほしかったぁって私が泣いたところで、綾乃チャンと別れられるの？」

五味はうーんと唸《うな》って、明後日《あさって》の方向へ顔を背けた。顎を摑《つか》まれ、正面を向かされる。結衣が表情を変えた。目をとろんとさせ、甘い声を出す。

「さみしいなー」

「えっ」

「綾乃チャンが越してきたら、もうこうやって京介君とイチャイチャできなくなっちゃう～」

酔いのせいなのか。何度瞬《まばた》きしても、百合にしか見えなくなってきた。声は同じだ。顔は高杉に似ているはずなのに。

結衣は五味の腋《わき》の下に両腕を回し、ぎゅうっと抱きついてきた。五味の胸に頰を押し付ける。髪からいい匂いがした。どうしようと思っているうちに、結衣はぱっと離れた。

「おやすみぃ」という作った低い声音は面白がっている。高杉そっくりだ。去り際、五味の顎をさらりと撫《な》でる。その手つきの艶《つや》っぽさは、百合そのものだった。

警察学校時代のことをありありと思い出した。百合に振り回され、高杉に絡まれ……。

十八年経っても、なにも変わらない。

結衣はげらげら笑いながら階段を駆け上がっていった。五味は立ち上がり、階段の下から叫ぶ。

「お、俺は瀬山と結婚するからな！」

二階からいつまでも笑い声が聞こえた。くそ、からかわれた。ダイニングテーブルの上に置いたスマホがバイブしていた。卒業生の中沢だった。五味は水を飲み干した。顔を叩《たた》く。電話に出た。

「――教官ッ」

泣いている。


結衣に戸締りに気を付けるように言い、五味は家を出た。綾乃に電話をする。官舎へ帰宅途中だった。交番襲撃と聞いて仰天している。

「そんな一報、署に入っていませんでしたよ。とにかく戻ります」

五味は狐につままれたような気分になった。電車に飛び乗る。一報が次々と入った。

綾乃からと、警察学校で当直勤務中だった教官からだ。府中署管内新町交番で襲撃事件発生、犯人は自転車に乗って逃走中、警察官の恰好《かっこう》をしている。五十九歳の巡査長、北村良一が死亡。頸動脈《けいどうみゃく》を切られたことによる失血死とみられ、体に三十か所以上の刺し傷があった。

交番の警官は防刃ベストを着用している。斬撃《ざんげき》には強いが、刺突には弱い。女性の力でも貫通してしまうことがある。

中沢は被弾し、銃創という特殊な傷を負っている。府中市内の病院ではなく、三鷹《みたか》市の杏林《きょうりん》大学病院へ救急搬送された。

五味は病院へ向かった。まずは現場だという刑事の思いより、卒業生を守りたいという教官としての思いが勝った。

夜間出入口から中に入った。スーツ姿の男たちが集う診療室がある。知った顔もあった。府中署刑事課強行犯係、係長の三浦弘明《みうらひろあき》警部補だ。綾乃の直属の上司でもある。三浦は病室の中へ声をかけた。

「もう大丈夫だぞ、お前の教官が来た」

中沢は診察ベッドにちょこんと腰掛けていた。上半身裸で、左肩を中心に包帯が幾重にも巻かれている。肩から警察制服のワイシャツを掛けている。

「大丈夫か」

つまらない第一声だった。丸椅子を引っ張り、中沢の前に座る。血がついた手を取り、強く握った。握り返される。小刻みに震えていた。中沢の顔には切り傷の痕《あと》が無数にあった。一部はかさぶたにもなっていない。左目が赤黒く腫《は》れ上がっていた。声はしっかりしている。

「すいません、パニックになってしまって、いきなり教官に電話をかけるべきじゃなかったです。こんな深夜に」

「そんなことはない。すぐに呼んでくれてよかった」

中沢の背後を忙《せわ》しく行き来している看護師を呼び止めた。傷の具合を聞く。銃弾は貫通していた。体内に銃弾の破片等も残っていなかった。

「射入口と射出口を二針ずつ縫って処置しました。骨や神経、筋肉への影響も最小限で済むと思います。後遺症が残るほどでもなく、全治一か月ぐらいかと」

二針で済んだわりに、中沢の顔や髪、首にべっとりと血痕《けっこん》が残っている。死亡した巡査の血だろう。頸動脈を切られたとなれば、現場は血の海のはずだ。

体の傷より、心の傷だ。

近しい人の惨殺現場を目撃した。自身も銃口を向けられ、傷を負った。まだ二十四歳、警察学校を出て三か月しか経っていない。

大丈夫か、と五味は意味もなく繰り返す。刑事として何体もの悲惨な死体を見てきたのに、自分が育てた警察官が襲撃されたことに、五味の方が動転している。

高杉も駆けつけてきた。中沢の足元にしゃがみこむ。中沢は反省の弁を口にした。

「犯人、逃がしちゃって……助教からあんなに熱心に逮捕術を教えて貰《もら》ったのに」

「撃たれたんだ。無理もない」

「――弱い」

ぽろりと中沢が言った。とめどなく涙が落ちる。

「誰でも突発的な襲撃を受けたら、訓練のようにうまく立ち回れない」

五味は中沢を高杉に託し、診療室の外に出る。三浦に綾乃の居場所を尋ねた。現場にいるらしい。

「犯人は、銃器を置いていったんですね？」

「ああ。つりひもを外せなかったようだ」

けん銃を狙った交番襲撃事件は昨今、相次いでいる。けん銃のグリップ底部と帯革を結ぶ伸縮性のつりひもをナイフで切る手口が多かった。ひもの芯《しん》は金属に変わっている。簡単には切断できない。帯革とつりひもをつなぐフック状の金具も、ねじを回す仕組みになっている。咄嗟《とっさ》に外せるものではない。警官が無抵抗の状態であれば、試行錯誤で外すことができただろう。中沢が応戦しなかったら、ニューナンブは奪われていたはずだ。周囲は小中学校が集中する地域だ。影響は計り知れなかった。

「けん銃強奪のために、襲撃を？」

「どうだろう。相手は警官だったと、中沢は証言している。活動服を着用していて、交番用の自転車に乗っていた」

三浦は第八方面本部の所轄署地域課警察官の顔写真リストを持っていた。

「府中署地域課の警官じゃないと断言している。近隣所轄署の警官である可能性を考慮して、写真で面通ししてこいと課長から言われたんだがな」

「相手は本当に警官ですか」

「そこだよ。活動服着た警官なら、ニューナンブを奪わなくても自分のがあるだろ」

それ以外にも妙な点が多い。学校近くの交番が狙われてけん銃が奪われたと聞くと、その後、校内で銃乱射事件などを起こして子供を道連れにすると予想できる。だが事件発生は深夜だ。学校に押し入ったところで人っ子ひとりいない。

そもそも深夜に襲撃したら即座に緊急配備が敷かれる。厳戒態勢だ。学校も休校となるだろう。襲撃は不可能だ。

犯人の目的は一体、なんだ。

スマホが鳴る。長田実《おさだみのる》からの電話だった。警察学校の教官で五味の大先輩にあたる。中沢がいた一二九三期五味教場は当初、長田教場だった。長田は肝臓がんに倒れ、教場を五味に託して自宅で療養中だ。五味は電話に出た。

「長田だ。そっち、どうなってる。いまニュース速報で――中沢は無事なのか？」

もう警官の名前が報道されているのか。五味は状況を伝えた。

「すぐ行く。病院はどこだ」

「長田さんは療養中でしょう。安静にしておいた方がいい」

「もうとっくに病巣は取っちゃって健康体だよ。余計な心配すんな」

長田はこの道十年以上のベテランだ。育てた警官は千人以上、中には綾乃も含まれている。卒業生に自殺されたこともある。五味は病院の名前を告げた。いま教官として最良のケアを中沢に施してやれるのは、長田の方だ。つい弱音を吐いた。

「かなり動転している。命に別状はないと聞いたが」

「仕方がない。まだ卒配中の巡査だ」

「俺の話だ。俺が動転している」

「仕方がない。お前もまだまだ教官としては新人の域だ」

長田は着替えているのか、そわそわと音を立てながらも、冷静な声で言った。

「だがお前は優秀な刑事だった。中沢を早く安心させてやれ」

五味は病院を出た。心は刑事に戻っていた。


現場から三百メートルほど離れた浅間町《せんげんちょう》の交差点から、交通規制がされていた。五味はタクシーを降りた。警察手帳を示し、規制線をくぐる。片側一車線の道路沿いにはガソリンスタンド、コインランドリー、飲食店、司法書士事務所などが並ぶ。その隙間にぎっしりと住宅が並ぶ。歩道とガードレールが整備されていた。通学路を示す緑色の看板が、電柱に張りつけられている。

別の規制線にあたった。交番は目の前だ。大量の鑑識捜査員の姿が見える。ここからは担当刑事でも入れない。野次馬は最初の規制線の向こうに排除されている。周囲は警察関係者ばかりだ。機動捜査隊だけでなく、本部捜査一課も来ている。品川《しながわ》ナンバーの車があちこちに停まっていた。府中署の刑事たちも総出だ。簡易テントを張った一画がある。検死中なのだろう。ロングヘアをひとつにまとめた、綾乃の後ろ姿を見つけた。テントの入口で、様子を見守っている。

「瀬山」

綾乃が振り返る。目が真っ赤になっていた。泣き顔を見たのは半年前にプロポーズしたとき以来だ。月に数回しか会えないが、最近は笑顔と照れた顔しか見ていない。

ひとつ頷《うなず》き、綾乃の肩越しに中をのぞいた。北村が仰臥《ぎょうが》している。防刃ベストが脱がされたところだった。鑑識係の検視官が、血染めの活動服を泣きながらハサミで切っていた。涙が落ちないように、何度も上を向く。

血まみれの上半身が露《あら》わになる。傷は首や胸に集中していた。頭は白髪交じりだ。皮膚もたるんでいる。

「定年まで、あと一か月でした」

綾乃が無念そうに言った。中沢の様子を訊《き》かれる。

「高杉に託した。長田も駆けつける。犯人は警官の恰好《かっこう》をしていたと聞いたが？」

「府中署の警官ではありません。第八方面本部の全所轄署員でもありません。たったいま、確認が取れました」

第八方面本部以外の警官だろうか。もしくは、偽者か。

「なにか取られたものは？」

「鍵束《かぎたば》がありませんでした」

警察官はデスクの鍵、交番の鍵など、業務上の種々様々な鍵を持っている。

「幸い、官品ではありません。所定のキーボックスの中に収められていました。取られた鍵束は私物です。北村さんの自宅の鍵らしいです」

「鍵束ということは、複数の鍵を持っていたのか？」

「まだそこまでは調べがついていません。地域課の警官たちの証言で、北村さんはいつも胸のポケットにスマホと鍵束を入れていたと。財布は持ち歩いていません。勤務中は休憩室のロッカーに保管していました。こちらは手付かずです」

五味は首を傾げた。スマホはいまどき、業務中に懐に入れていてもおかしくないが、財布をロッカーに仕舞ったのなら、どうして鍵束も一緒に仕舞わなかったのか。

「自宅のものなら、勤務中に身に着けている必要はないだろう」

「北村さんの官舎に捜査員が飛んでいますが、侵入や物取りがあった形跡はないということです」

五味はもう一度、検死中のテントの中を覗《のぞ》き込んだ。死後まだ一時間くらいだろう。腐臭がしないと血の臭いがするものだが、北村は全ての血を、交番の中に流してきた。肌の色は真っ白で、マネキンのようだ。監察医は頸部《けいぶ》右脇の刺し傷を注意深く見ている。

「恐らくここが致命傷だろうな。頸動脈が断絶している。相当な血しぶきが周囲に飛び散ったはずだ」

傷は胸より上に集中している。腹部には傷が一か所もなかった。五味はシューカバーとマスクを綾乃から受け取り、テントの中に入った。周囲に声をかけ、北村の腰の横に立つ。帯革を指さした。

「下半身の検死はこれからですか」

そうですが、と監察医が答える。

「誰も帯革やスラックスのベルトを触っていませんね？」

「勿論《もちろん》です、下半身は発見当時のままです」

鑑識係が答えた。五味は手袋をはめた手で帯革をぐいと上に押し上げる。

「スラックスのベルトが外れ、チャックが開いている」

場が静まり返った。綾乃が反応する。

「トイレに行こうとしていたところを、襲われた？」

「大と小、どっち？」

揶揄《やゆ》しているように聞こえたのか、「それ、いま関係ないでしょう」と鑑識係が咎《とが》めた。五味は指摘する。

「小便の方なら、スラックスのベルトを外す必要がない。チャックを下ろすだけ。大便の方なら、普通は帯革を外す」

けん銃や警棒をぶら下げたまま、尻《しり》を出して便座に腰掛ける警察官はいない。

「凶器は？」

「現場には残っていませんでした」

綾乃が答えた。傷口の形状から、一般的な出刃包丁だろうと監察医が言った。

「交番内には監視カメラが設置されているはずだ。その映像は？」

綾乃が五味を交番規制線前へ促した。交番の入口には、ホールケーキの箱が落ちている。無残につぶれ、箱の隙間から生クリームが飛び出している。溶けて血の海と混ざり、グロテスクな模様をつけている。綾乃が説明する。

「交番の建物の裏に、配電盤があるんです。監視カメラの電源のみが、切れていました。襲撃現場を捉《とら》えていません。二十二時三十分で映像が途切れています」

交番の建物の裏は物置き場になっていた。アルミ格子のついた窓の下に、回収を待つゴミ袋がいくつか転がっている。柵《さく》はあるが、簡単に乗り越えられる。

「配電盤なら警官が管理する鍵がないと開かないはずだ」

「鍵は所定のキーボックスに保管されていました。壊された形跡もありません」

「それなら鍵を持ち出せる人物に限られてくる」

「やはり本物の警官が犯人でしょうか」

いまの段階では判断がつかない。

「事件発生の無線連絡は犯人がしたと中沢君は証言しています。それで緊急通報ボタンも押していなかったんですが、無線を聞いた警官はひとりもいません」

訳が分からない、と綾乃はため息をついた。

「なにか遺留品は見つかっていないのか？」

綾乃が書類箱を取った。遺留品が納められている。小さな採証袋を取った。毛髪が一本入っている。十センチほどの長さだ。

「ガイシャの右手の中指に絡まっていました。毛根付きだからＤＮＡが取れそうです」

「犯人ともみ合っているうちに引っこ抜いたか。あのケーキは？」

「中沢君が買ってきたものです。今日で一緒の勤務は最後だったとかで」

北村は府中署で『ザ・交番』とあだ名されるほど、立派な警察官だったという。


五味は自宅に帰らなかった。

高杉と共に午前四時ごろ、警察学校に出勤した。通常、各練習交番は一～四名の学生が勤務にあたる。今日は当直の教官六名全員が付き添っていた。

当直教官は主に、学生たちが就寝する学生棟の寮の見回りをする。見回りの時間以外は仮眠をとる。それらを全て中止しているようだ。けん銃は奪われなかったとはいえ、凶器は発見されていない。犯人は警官の恰好をして刃物を持って逃走中なのだ。

五味は本館にある職員専用のシャワー室で熱めのシャワーを浴びた。近くの扉で別の誰かがシャワーを浴びる音がした。当直教官たちは全員、練習交番に配置されている。高杉は仮眠室でもう寝ている。誰だろう。脱衣所で体を拭《ふ》く。腰にタオルを巻いたごま塩頭の男が、出てきた。一瞬、誰だかわからない。

「やあ。五味君の卒業生だってね、襲撃された中沢君は」

男が太い黒ぶちの眼鏡をかけた。

四月一日付で新学校長として異動してきた、大路《おおじ》孝樹《たかき》警視正だ。五味は急いで肌着を身に着け、敬礼する。大路は「堅苦しい挨拶《あいさつ》はいいよ」と笑顔を見せる。五十代くらいだろうが、よく日に焼けて筋肉質な体をしている。見るからに体育会系だ。

「大路校長も徹夜ですか」

「自宅で風呂《ふろ》入ろうとしたところで、緊急通報だよ。自宅の風呂は諦《あきら》めた」

苦笑いする。目尻《めじり》に寄った皺《しわ》に、人の好《よ》さがにじみ出る。警察学校に異動前は本部警務部の人事一課で管理官をしていた。人事一課は警部以上の人事権を握る部署で、キャリア官僚と近い。

「川路広場は騒然としていたよ。警官を狙った警官が凶器を所持したまま管内をうろついているとなれば、警察学校がターゲットにもなりうる。混乱していたから、点呼は行わずに学生はすぐ大心寮に帰した」

学生たちは事件発生を知っている。

「明日《あした》、いや今日以降、五味君も学生たちを気を付けてみてくれ」

「勿論です」

いますぐに。五味は急いでジャージを着た。更衣室を出る。

一三〇〇期を迎え入れたばかりだ。学生たちは大心寮の各個室で、不安な夜を過ごしているだろう。警察学校初日でただでさえ緊張している。管内で交番襲撃事件、被弾した巡査が二十四歳と知れば、卒業配置中の警察官とわかる。彼らも半年後には交番に立つ。

学生棟に入った。食堂も売店も閉まり、ロビーは静まり返っている。自動販売機がうなっていた。女警の入る西寮は男子禁制だ。夜間は男性教官の出入りも制限される。五味は東寮の六階への階段を上がった。みな寝静まっている。廊下は暗闇に支配されていた。個室は引き戸になっている。ドアストッパーで十センチほど扉を開けておかなくてはならない。見回りの教官が中をスムーズに確認するためだ。

龍興の部屋をのぞく。狭いベッドに仰臥《ぎょうが》していた。肩に力が入ったまま、天を睨《にら》む。目が合った。龍興はぎゅっと目をつむった。あれじゃ眠れないだろう。

五味は中に入り私物のタオルの場所を尋ねた。物入れにあったタオルを一枚持って、談話室に向かう。学生棟の各フロアにあるこの和室の部屋は、飲食や喫煙ができる。制服やベッドシーツのアイロンがけにも使う。電子レンジやポットもある。五味はタオルを濡《ぬ》らして固くしぼり、常備されているビニール袋に入れて電子レンジで一分、温めた。即席の蒸しタオルだ。龍興の部屋に戻りながらタオルを広げて粗熱を取る。龍興は不思議そうな顔で身を起こした。寝ていろと肩を押し、その目に、蒸しタオルを載せてやった。右手に力を込めて、しばらく、押さえてやる。

龍興の強張《こわば》った肩が、次第に緩んでいく。

百合が亡くなった直後、結衣をこうやって寝かしつけていた。寝入りばなによく泣いたのだ。背中を叩《たた》いたり撫《な》でたりしても、泣きやまない。五味は苦肉の策で、涙で腫《は》れた目を温タオルで温めてやった。するとすやすやとよく寝たのだ。

五味は龍興の部屋を出て、隣の個室を覗《のぞ》いた。村下の部屋だ。

布団がベッドから落ちていた。壁際に丸まり、寒そうだ。布団をかけ直してやった。デスクの下に、トランペットのケースが置いてある。

三上は熟睡している。枕が血で少し汚れていた。ペンライトで周囲を照らす。ゴミ箱に血のついたティッシュがあった。煙草のフィルターくらいの大きさに丸めたティッシュが、半分血に染まって落ちていた。鼻血か。

深川は両手を頭の下に置き、リラックスした様子で寝ている。美青年の見てくれに似合わない大きな鼾《いびき》をかいていた。苦笑いする。

最後にもう一度、龍興の部屋を覗いた。寝息が聞こえてきた。


八時十分、ホームルームの時間だ。五味と高杉は自教場に入った。

深川が「起立！」と大きな声を張り上げた。今朝がた大鼾をかいて寝ていただけある。血色がよく生気が溢《あふ》れていた。リクルートスーツ姿の学生たちが一斉に立ち上がった。

「おはようございます！」と各々声を張り上げる。入校二日目にしては声が揃っている。

五味は今日一日のスケジュールを黒板に書いた。

一・二時限目は術科授業の見学だ。術科は逮捕術や体育が必須《ひっす》科目だ。武道については選択科目となる。柔道、剣道、女警のみ合気道の選択肢もある。道着や防具等の購入の必要があるから、術科の選択と同時に採寸を行う。出入りの武道具販売業者が午後にはやって来る。それまでに決めるように伝えた。

「三時限目は教科書とPAカードの配布と、生活指導だ」

PAカードは学生棟の出入りを電子管理するものだ。警察手帳が貸与されるまでは、警察学校の出入りにも提示する。

個室の利用方法の他、警察制服をかける場所、PAカードや貴重品を仕舞う場所、布団のたたみ方、シーツの掛け方、全てが警察作法として厳格に決まっている。明日以降、できていなかったらペナルティだ。

「ペナルティはその場で教官助教が言い渡すが、昨日のように腕立て伏せもあるし、腹筋もある。マラソンもだ。マラソンはグラウンド一周ごとに塗り進めるマラソンカードがある」

先に配っておくか、と五味は高杉に合図し、人数分用意しておいたマラソンカードを配った。すごろくのように、警視庁の全百二か所の所轄署名がマス目に記されている。第一から第十方面本部までブロック分けされている。

「走る奴は一日二十キロくらいやるから、卒業までに二十枚近く塗りつぶす。このカードの枚数も評価の対象になるから、子供だましとバカにしないできっちりとやり通せよ」

昼食を挟んで午後からは、一三〇〇期の全教場が合同で講堂に集まる。校歌や警察歌の練習だ。

「午後までに校歌を暗記して講堂に向かうこと。暗記できていなかったらペナルティだ」

村下が手を挙げた。

「暗記の時間は、いつ取って貰《もら》えるんですか？」

「時間は自分で作れ」

えぇ、という遠慮がちなざわめきがあった。すぐに収まる。

「教官助教からの連絡は以上だ。一時限目は術科見学。まずは剣道場から見るから、八時半に術科棟三階剣道場前に集合だ。質問は？」

一同を見渡す。深川の尻《しり》が浮いた。なにか言おうとしている。五味を見て、言葉を呑《の》みこんだ。

五味は注意深く、一同を見た。昨日と同じ顔をしていたのは、村下だけだった。龍興は途方に暮れた顔だ。三上は俯《うつむ》き加減で生気がない。美穂を探した。今日は見つけられた。小さな目を細め、ため息をついた。桃子は唇を嚙《か》み締めている。

五味は深川を指名した。

「なにか聞きたいことがあるなら質問しろ。俺の血液型を尋ねるでもいいんだぞ」

笑ったのは高杉だけだった。

「昨晩の府中署管内における交番襲撃事件についてか？」

学生たちの顔がいくつも上がる。自己主張はないが、素直だ。

「いまお前たちに報告できることはなにもない。校門の外は厳戒態勢だ。府中署管内は緊急配備が敷かれ、第八方面本部や桜田門《さくらだもん》の本部からの要請で通常の五倍以上の警察官が警戒に当たっている。物々しいが、お前たちは守られている。心配するな」

あのう、と遠慮がちに手を挙げたのは、龍興だった。

「先輩期から聞きかじったんですけど」

深川が振り返り、龍興を強く目でけん制した。他の学生たちも龍興に目を吊《つ》り上げている。昨日知り合ったばかりだろうに、もう教場で共有している秘密ごとがあるようだ。

やっぱりいいです、と龍興は俯いてしまった。五味は強く迫った。

「言え。言わないのなら、全員にペナルティを科す」

深川が手を挙げた。直接言うのは憚《はばか》られますが、と気遣いながら尋ねる。

「53教場は呪われている、と先輩期が噂しています」

五味の「はあ？」と尋ね返す声が裏返った。高杉はブッと噴き出し、肩を揺らして笑う。教場が爆発的にざわついた。五味は手を叩き、一同に言った。

「確かに一二八九期五味教場からは逮捕者が出た。一二九三期五味教場は立てこもり事件に巻き込まれた。交番襲撃事件で被害に遭ったのは、五味教場出身者だ。だが、助かった」

八十の瞳《ひとみ》が、五味を一心に見つめる。

「悪運が強い教場なのかもしれないが、そういうジンクスに惑わされるくらいなら、お前たちには一層努力してほしい」

五味は前のめりになり、鋭く言った。

「一三〇〇期五味教場は、優秀な成績でひとりの脱落者もなく卒業していった、と俺も誇りに思いたい。53教場の呪いのジンクスを解くのは、他でもない。お前たちだ」

五味と高杉は夕方、警察学校の車両で府中警察署へ向かった。捜査の進捗《しんちょく》状況を知りたい。中沢も心配だ。昼には退院し、府中警察署の最上階にある待機寮で休んでいる。一二九三期は今日から初任補習科が始まっていた。中沢以外の学生は警察学校に戻っている。会ったこともない初任補習科の担任教官が中沢を迎えに行くより、五味や高杉のほうがいいだろう。

「それにしても、呪われた53教場とはな」

高杉がシートベルトをしながら、苦笑いする。

「結局、交番襲撃事件の詳細なんか誰も聞きやしない」

「聞いても教えてもらえないと、空気を読んでいるんだ」

「空気は読めるのに、現実は読めないのか。呪いだのなんだの、小学生じゃあるまいし」

府中警察署に到着した。駐車場は本部の品川ナンバーの捜査車両で満杯だった。三百人体制の特別捜査本部が設置されていると聞いた。近隣のコインパーキングに車を停め、署内に入る。高杉は直接、待機寮へ向かった。五味は刑事課強行犯係に立ち寄る。綾乃が待ち構えていた。早速、捜査資料を広げる。

「事件発生前後三十分の間に学園通りを通過した車両が八台ありました。全ての車両と持ち主を割り出し、聞き込みをしてきたところです」

通過車両リストを見る。全て多摩《たま》ナンバーだ。持ち主の免許証情報も添付されている。三十代から五十代の男女八人で、全員府中市民だ。殆《ほとん》どが男で、府中刑務所の刑務官の名前もある。二キロ離れた西の晴見町《はるみちょう》に刑務所はある。他、ラーメン屋もいた。それ以外はみな会社員だった。女性がひとりだけいる。彼女は近隣のエステ店の経営者だった。

「会社員や刑務官は、勤務先で退勤状況等を確認してきましたが、不自然な点はありませんでした」

エステティシャンとラーメン屋についても調べが済んでいた。

「二人とも府中市内で店を個人経営しています。エステ店は現場から南西へ約二キロのけやき並木通り沿いの雑居ビルの中にあります。ラーメン屋は現場から学園通りを東へ約五百メートルの場所です」

綾乃が地図を広げ、場所を示した。

「二人とも、学園通りの路地を入った住宅街に自宅があります。交番前を通過したと思《おぼ》しき後は、どのカメラにも映っていません」

「交番の監視カメラにも映っていない？」

「ええ。交番の監視カメラが切れたのが、二十二時半です。山尾絵里香《やまおえりか》――エステティシャンです、彼女の車が最後に捉《とら》えられたのは、新町西小学校の防犯カメラです。通過時刻は二十二時三十三分」

ラーメン屋の方を見る。石橋哲司《いしばしてつじ》、三十六歳。二十二時二十五分に、交番の五十メートル東にあるファミリーレストランの防犯カメラが、通過を捉えていた。

「エステティシャンの方は時間的にも、配電盤をいじるのは無理だな」

監視カメラ映像が切られた後に交番を通過しているのだ。

「するとこのラーメン屋の方だが？」

綾乃が大きく頷《うなず》いた。

「石橋哲司。マエ有りです」

綾乃はスリープ状態のパソコンを起動させた。前科照会画面に入る。石橋哲司の情報を呼び出した。五味はじっくりと画面を見る。

「前科四犯か」

十四歳で喫煙、飲酒による補導を受けている。十七歳のとき万引きで送検、十八歳で傷害で実刑を食らい、少年院に三年ほど入った。二十六歳で傷害で再び逮捕、懲役五年の判決を受けた。三十一歳で出所して以降、逮捕はされていない。

五味はスマホで、石橋のラーメン店『ひだまり屋』を調べてみた。魚介出汁のあっさり醤油《しょうゆ》ラーメンが売りらしい。カウンター席以外にテーブル席が二つある。洒落《しゃれ》たカフェのような雰囲気だ。

「中沢と面通しはした？」

中沢は顔を見ているはずだが、はっきりしないらしい。

「似顔絵も取ったのですが、出来上がったものを見てやっぱり違うと、中沢君自身が破り捨ててしまって」

左肩を負傷しているのに、画用紙を破り捨てる――相当に苛立《いらだ》っている。

「本部は石橋に目をつけているのか？」

「現場周辺に現れた人物でマエがあるのは、石橋だけです」

「犯人は車ではなく、自転車で逃走したんだろう。石橋は車だ」

防犯カメラ映像を切り取った画像を、綾乃に見せてもらった。石橋は黒いティーシャツ姿だった。腕に入れ墨が見える。坊主頭で、柄が悪そうだ。

「自転車に乗った警官については、学園通り沿いにある防犯カメラ、合計六台が捉えていました」

顔は映っていなかった。監視カメラや防犯カメラはより広い範囲を映すため、高い位置にある。制帽の鍔《つば》で、顔がカメラに映りにくい。

綾乃は地図に視線を移す。メモを参照し、警官が通過した時刻を地図に書き込んでいく。

「最初に姿を現したのは、現場から三百メートル東に離れた浅間町交差点の監視カメラ映像です。通過は二十二時三十一分」

五味はいきなりずっこけそうになった。

「ちょっと待て。二十二時三十一分⁉」

綾乃も不可解そうに頷く。交番内の監視カメラが切られたのは二十二時半のことだ。その時まだ犯人は現場の三百メートル手前の交差点にいて、交番に向かっている真っ最中だったことになる。綾乃が説明を続ける。

「現場から百五十メートル東のファミレスの防犯カメラでは、二十二時三十六分に通過しています。次に捉えられるのは、新町西小学校校門の東端にある防犯カメラで、二十二時四十分です」

交番に差し掛かったのと同時刻だろう。五味は頭を抱える。

誰が監視カメラの電源を切ったのか。

「この男の一連の動きは、中沢君の状況とも一致します。中沢君は府中署を二十二時三十三分に出ています。交番への現着は二十二時四十四分だったそうです」

そこで犯人と鉢合わせした。犯人は二十二時五十分には交番を逃走している。

「最後にこの警官を捉えたのは、現場から三百メートル西にある幼稚園の防犯カメラでした。通過は二十二時五十一分。以降、通り沿いのどのカメラにも姿は映っていません。この界隈《かいわい》で、路地裏に入ったものと思われます」

五味は腕を組んだ。

「中沢の襲撃とはぴったり時刻が合う。だが、北村の殺害時刻とは合わない、ということか」

綾乃が大きく頷く。

「北村さんは一方的に刺殺されていますが、抵抗の跡も見えます。犯人の髪を抜いたのもそうですが、右の人差し指の爪にかすかに皮膚片が残っていたんです。ただ、微量すぎてDNA鑑定に耐えられる量ではなく、性別すら判別できませんでした」

「猛烈に抵抗したというほどでもない？」

「そうなんです。相手が警官の制服を着ていたから油断してのことだと思うんです」

「確かに、入れ墨が入った男が交番にやってきたとなれば、もう少し構えるはずだな」

「ええ。だからこそ、石橋は警官の恰好《かっこう》をしたんじゃないかと」

二十二時二十五分に車で交番前を通過。車内か、どこかで警察官の活動服に着替えた。五分後に配電盤の監視カメラ映像を切る。二十二時三十一分に浅間町の交差点に自転車で現れる。警ら中の警官を装って再び交番に向かい、北村を襲った――。

五味は首を傾げた。

「それじゃなんのための変装だ？」

「ですから、北村さんの虚をつくための変装です」

「だとしたら、素顔を晒《さら》した状態で車に乗り、防犯カメラに映り込むようなミスをするか？　犯行場所の監視カメラはわざわざ切ったのに、他は映ってもいいと思ったのか」

綾乃も考え込んでしまった。五味は、監視カメラが切られる直前の交番内の映像を見た。北村は表に立っている。その背中が見切れて映っていた。

二十二時二十九分。

北村が動き出した。交番の裏手に足早に歩いて行くのが、窓越しに見える。北村の姿が見えなくなる。直後、監視カメラの映像は終わった。もう一度、北村の動きを見た。歩きながら、帯革に手をやっていた。綾乃が言う。

「警棒を取ろうとしているように見えます」

「この時すでに、犯人は交番の裏手に回りこんで、配電盤をいじっていたのか」

「異変を察知して、北村さんは裏手に回った」

犯人ともみ合いになったはずだ。北村は緊急通報ボタンを押そうと交番に戻ったところで、刺殺されたのか。現場写真を見せてもらう。北村はデスクの後ろで、西側に頭を向けて仰臥《ぎょうが》している。腕を上げれば、緊急通報ボタンを押せる位置だ。

壁際にはさすまたとアルミ製の盾が置かれている。応戦しようとした形跡が見られなかった。そんな暇もないうちに襲撃されたのか。

「いずれにせよ、大量の返り血を浴びた警官が自転車で走っていたら目立つ。だが目撃証言はない。そう遠くへは行っていないはずだ」

このホシは近隣住民か、もしくはこの界隈に着替えができるアジトを持っているはずだ。

「現場を基点として半径一キロをローラー作戦で回り、アリバイのない二十代から三十代の男性を徹底的に洗うのが早そうだ。似顔絵があれば早いんだが――」

中沢の証言が揺らいでいる。もうすぐ、事案発生から二十四時間だ。時間が経つほど、似顔絵の信憑性《しんぴょうせい》は落ちる。

「本村《もとむら》は来ている？」

捜査一課長の本村一《はじめ》警視は五味が捜査一課時代からの付き合いだ。五味を可愛がっていた。対立することもままある。五味が警察学校に追いやられたのも、秋に捜査一課に戻されるのも、全部、本村の意向だ。綾乃が答える。

「勿論《もちろん》です。未明から本部詰めで、いまも上にいます」


五味は捜査本部に立ち寄った。

垂れ幕のかかった入口から中をのぞく。幹部が座るひな壇の席の数が異様に多い。本村が中央で腕を組んで座っていた。両サイドを固めているのは、警視長の階級章をつけた警察官僚だった。ひとりは地域部長だ。警視庁管内の全交番を統べる上官として、捜査本部に発破をかけに来たか。

　本村を挟んで隣に座るのは、警務部長だった。警察学校は警務部に所属しているので、五味のずっと上の上司ということになる。顔も名前も知っているが、初めて見た。なぜ捜査本部にいるのか不思議に思っていると、本村が五味に気が付いて廊下に出てきた。

「来ると思った。瀬山にいろいろアドバイスしてくれたんだろうな？」

　五味は聞いてやってくれと、本村に頼んだ。

「それにしても、やりにくそうですね。両隣を官僚に挟まれていたら」

　本村はちらりとひな壇を振り返り、「すぐ帰るさ」と適当に肩をすくめた。

「地域部長はわかりますが、なぜ警務部長まで来ているんです？」

「北村巡査長――もとい、北村警部補の、警察葬の相談だ」

　殉職警察官は二階級特進する。警務部が取り仕切って、警視庁主催の葬儀を行うのが慣例だ。霞《かすみ》が関界隈《せきかいわい》の会館を貸し切る。警視総監や警察庁長官も列席し、一般弔問も受け付ける。事案によっては内閣関係者も献花にやってくることがある。

　本村がひっそりと言う。

「あの部長二人、同期だ。次のポストを巡って、バチバチやってんだよ。警務部長が警察葬をすると言えば、地域部長は慰霊碑を建てるとかなんとか」

　どうでもいい。五味は一礼して、立ち去ろうとした。呼び止められる。

「お前、大路警視正とは話をしたか？」

大路学校長とは、未明に更衣室で話をしたばかりだ。本村の視線に思惑がある。

「特に問題のある学校長とは思いませんよ」

「カンが悪いな、お前は。特に、他人の階級や昇進には疎い」

お前のかわいいところでもあるが、と本村は笑う。

「大路は黒いと噂だ。体育会系でトロくて警部になれたのが五十歳のときだぞ。それなのに、五十三歳の今年でもう警視正だ」

五十味は眉《まゆ》を寄せた。たったの三年で、階級が二つも上がったことになる。異例だ。

「大路の躍進には裏があると専らの噂だ」

気をつけろ。本村は五味の肩を叩《たた》いた。

「頼むから、無傷で捜査一課に戻ってきてくれよ」


警察学校への帰り道、高杉がハンドルを握った。

五味は中沢と後部座席に並んだ。中沢はスケッチブックを膝《ひざ》に載せ鉛筆を右手に握ったままだ。似顔絵を描いては、丸める。

似顔絵には共通の特徴がない。五味や高杉に似ている顔もあった。雑念が入りすぎている。五味は中沢の顔を覗《のぞ》き込んだ。そっとスケッチブックを取り上げる。中沢がため息をつき、鉛筆を五味に渡した。

「一二九三期は今朝のうちに戻ってきている。みな大心寮でお前の戻りを待っているよ」

中沢は、弱いのに、とぽつりと言った。昨日からその言葉を使いすぎる。

高杉が腕時計を見た。

「ちょうど飯どきだな。久しぶりの食堂、楽しみか？」

中沢に反応がない。三人で外で飯でも食うか、と五味は誘ってみた。中沢が即答する。

「『ひだまり屋』に行きましょう」

石橋哲司が経営している。事件当時、現場を通過した人物の中で、唯一の前科者だ。

「もし犯人だったら、きっと俺のことを見てひっくり返るはずですよね」

中沢の熱意に負ける。甲州《こうしゅう》街道を途中で左折し、北へ向かった。学園通りに入る。通行止めは解除されていた。警官の数は多い。『ひだまり屋』は雑居ビルの一階にあった。高杉を先頭に、中沢、五味と中に入り、テーブル席に着いた。

十九時前、数人の客がいるだけだった。カウンター越しの厨房《ちゅうぼう》で、湯切りを豪快に振る男がいた。石橋だ。頭に巻いた手ぬぐいが汗で濡《ぬ》れている。長袖《ながそで》シャツ姿だった。腕の入れ墨を隠しているのだろう。「いらっしゃいませ」と言うも、客を見ない。中沢は奥の椅子に座った。五味の肩に隠れながら石橋を観察する。

壁にテレビが括《くく》りつけられている。ニュース番組が交番襲撃事件を取り上げていた。常連客らしき男性と女性店員が、近所だと話す。石橋はラーメンを出しながら「俺、思いっきりこの時刻、通ってるんすよねー」と呑気《のんき》に話し始めた。女性店員は口調から、石橋の妻のようだ。

「この人、運悪すぎなの。昨日に限ってノロノロ食べてる客がいてさー。八時に店閉められなかったの。売上金の計算とか掃除している間に、十時過ぎちゃって」

「じゃあ警察来た？」

「来た来た。ぞろぞろ。また明日《あした》も来るんじゃないの。この人この見てくれだしさ」

「もう、ここでもダメかもしんないな」

前科者故、他の場所でも失敗した過去があるようだ。五味はタイミングを計り、醬油《しょうゆ》ラーメンとチャーハンのセットを三つ頼む。オーダーを受けたのは女性店員だった。石橋は「ラーチャーセット三つ～」とオーダーを復唱しただけで、見向きもしない。

「死んだ警官、ここの常連だったんだよね」

石橋が常連に話しかける。

「ネットもテレビも同情論ばっかりじゃん。マスコミが小学生にインタビューしてさ。雨の日も風の日も交番に立って見守ってくれた、みたいに大袈裟《おおげさ》に泣いている子供までいたけど。仕込みかサクラじゃないの」

中沢が血走った目で、石橋を睨《にら》む。五味は目を伏せるように囁《ささや》いた。

「正直、出禁にしたいほど態度悪かったんだ、あの警官。味噌《みそ》ラーメンをつけ麵《めん》に変えてくれって。ありえないでしょ？　麵の種類もスープもトッピングもなにもかも違うから、って話で」

作り直したら一食分、捨てることになる。

「うちみたいな店は薄利多売だよ。無理っすって言ったら、ねちねち言い始めてさ」

警視庁を名乗り、権力を振りかざしはじめたらしい。

「営業許可大丈夫なのかとか、衛生管理責任者は誰だとかさ。ちゃんと法令遵守してないような店は俺のひとことであっという間につぶれるとか言い出して」

中沢が立ち上がろうとする。五味は右肩を押さえつけた。

食べ終わる。金を払い、店を出た。石橋は最後まで、中沢に注意を払わなかった。

車に乗った途端、中沢は訴えた。

「あいつが犯人です！　あいつが北村さんを殺して、俺に銃口を向けた……！」

中沢は石橋の免許証写真を午前中のうちに確認している。その時は「彼じゃない」と証言した。

五味は中沢を後部席に座らせ、車の外で綾乃に電話をかけた。石橋の北村評を伝える。

綾乃は驚いた様子だ。

「うちの署内では北村さんの悪い噂は出ていませんよ」

「殉職直後だから、出にくい状態なのかもしれない。北村の人物像を『ザ・交番』で終わらせないように聴取した方がいい」

中沢の証言も伝えた。綾乃は嘆息する。

「科捜研の分析結果が出たところなんです。石橋のＤＮＡと遺留品の毛根のＤＮＡ、一致しませんでした」

警察学校に戻った。

中沢は大人しい。石橋のＤＮＡが一致しなかったと伝えた途端、空気の抜けた風船のようになった。泣き出す。弱い、弱い、とまた繰り返した。

本館前の駐車場に車を停める。ロビーからそろりと出てくる女警がいた。桃子だ。消え入りそうな声で「五味教官」と近づいてきた。

五味はどうしたかと車を降りた。桃子がなにか言おうとしたが、背後から出てきた中沢を見て、絶句した。

肩の怪我だけではない。中沢は左の頬骨に裂傷を負い、その周囲が赤黒い痣《あざ》になっている。ガラス片も浴びた。細かい切り傷が顔のあちこちにあった。先輩警察官の生々しい姿に、桃子は衝撃を受けた様子だった。胸元を押さえ、黙り込む。

「小田。大丈夫か？」

桃子は我に返った様子で、五味と目を合わせる。

「――すいません。お忙しいのに。大丈夫、です」

桃子は黙礼して、学生棟の方へ走って行ってしまった。

入れ違いで、お揃いのジャージ姿の一群が学生棟から押し寄せてきた。一二九三期五味教場の面々だ。中沢が戻ってくるのを待ち構えていたのだろう。

先頭に立つのは、中沢と最も仲が良かった、久保田雄輝《くぼたゆうき》だ。初任科時代は丸坊主だった。いまは髪を伸ばして五分刈りだ。額に皺《しわ》をよせ、大きく前に開いた耳を赤くして中沢の肩を抱く。目で気遣っている。仲間たちが言葉もなく、集う。

中沢は途端に背筋を伸ばした。「大丈夫だ、大丈夫」と、かつての仲間たちに笑顔を見せる。中沢は場長だった。教場トップの自分が動揺したら、他に影響を与えると、自覚している。事件発生直後からパニック気味だったが、人の上に立たせた方が、冷静になるかもしれない。教官助教の慰めの言葉より、仲間たちの温《ぬく》もりの方が力になるだろう。

五味は中沢をかつての仲間たちに託した。

「小田はどうしたかな」

桃子が消えた学生棟を振り返る。高杉がにやついて言った。

「教官を出待ちとはなぁ〜」

高杉は「コレなんじゃないの」と手でハートマークを作った。

一三〇〇期の入校から一週間が経った。交番襲撃事件からも、一週間だ。

入校式の予行練習もしたし、校歌も完璧《かんぺき》に仕上げた。今日の午後から本格的に座学と術科の授業が始まる。午前中のうちに決めなくてはならないことが三つあった。

教場のスローガン、教場旗のデザイン、そして教場ティーシャツのデザインだ。

五味は黒板に列記する。チョークを置いた。手をおしぼりで拭《ふ》く。

「この三つがスムーズに決まったら、お前たちにとっておきのプレゼントがあるからな」

お楽しみに、と言ってみせる。まだリクルートスーツ姿の群れに、なんだろう、という純朴な顔が並ぶ。

「スローガンから決めるか。深川、取り仕切れ。南雲が書記だ」

五味は教壇脇のパイプ椅子に座った。深川が教壇に立つ。「まずはなにか案があれば」と教場を見渡す。挙手はなかった。深川が五味に確認する。

「これまでの五味教場のスローガンは、四十人全員卒業、ですよね」

それでいいんじゃないか、と深川は教場の仲間たちに言った。頷《うなず》く頭がいくつもある。異論、反論もなければ、積極的賛成もない。

「それじゃ、今期も〈四十人全員卒業〉で」

あっさり決まった。待て待て、と五味は深川の隣に立った。

「過去の五味教場に倣う必要はない。他に案はないのか？」

反応がない。

「このスローガンだけは嫌だ、という奴もいないのか？　なにせ53教場は呪われているんだろう？」

冗談を言ったつもりだ。誰も笑わない。意見も出なかった。五味は引き下がった。そういう教場なのだ。深川が仕切る。

「それじゃ、次は教場旗のデザインですね」

五味は黒板に旗の枠を描いた。

「絵柄は動物と決まっている。虎とか獅子《しし》とか、ドラゴンとか熊とか。力強い動物を選ぶことが多い。コアラとかパンダはなしだ」

誰も笑わない。

「あとは教場名と、教官助教の名前、それから、熟語を入れる。スローガンにちなんだものだ。例えば、初志貫徹とか。造語でも構わない」

深川が「動物から決めましょう」と教場に向き直る。

「この動物がいい、という意見はありますか」

挙手がひとつもない。深川が言った。

「僕はドラゴンがいいなと。ちょうど、龍の字がつく仲間もいるし」

深川が、龍興を親密そうに見た。龍興は嬉《うれ》しそうだ。やっと挙手がある。三上だ。

「力強い感じにしたらどうかな。ドラゴンが火を噴いている、みたいな」

龍興も頷く。

「翼がついているのとか、かっこいいっすよね！」

今度は深川が照れ笑いした。この二人はずいぶん仲がいい。美穂が黒板にデザインを描いてみせる。

大きな翼を羽ばたかせたドラゴンが、天に火を噴いている。

教場から賛成の声が相次ぐ。デザインはあっという間に決まった。教場旗に入れる熟語はなかなか決まらなかった。五味が例に出した『初志貫徹』をはじめ『首尾一貫』『初心忘るべからず』などの候補が出る。みな、ぴんと来ない様子だ。深川が言う。

「これは後回しにして、先に教場ティーシャツのデザインを考えましょうか」

デザインとなるとこの教場は早かった。口下手だが感性は豊かだ。

「ドラゴンに翼が生えているなら、ティーシャツの背面の肩甲骨の部分に羽が生えているのとか、どう」

美穂が提案した。天使の羽みたいなデザインか。警察学校なのに子供っぽくないかと思ったが、学生たちは盛り上がる。

「それじゃ、ティーシャツのデザインはここまでにして、難題の方に戻りましょう。教場旗に入れる文言」

深川が言った。龍興がピンっと手を伸ばして挙手した。立ち上がり、言う。

「正義の翼」

五味と高杉は本館に戻った。教官室の前の廊下に、段ボール箱が山積みになっている。『五味教場』と記された段ボールを担ぎ、教場に戻る。高杉はやれやれという顔だ。

「教場旗のデザインも正義の翼もいいけどさ、ティーシャツが天使の羽ってなんだよ」

「ちゃんとドラゴン風に描いてくれるだろ」

「コウモリみたいなギザギザした感じ？」

いずれもバカっぽいな、と高杉はぼやく。教場へ戻った。深川が気を利かせて段ボールの運び入れを手伝ってくれた。大半はぼけっと見ている。

「さあ。最初に話した、お前たちへのプレゼントだ」

反応が薄い教場だ。これも無反応か。五味は段ボール箱を開けた。

「警察制服だ。出席番号順に——」

取りに来い、と言った声が、学生たちの歓声でかき消された。「早く着たかった！」とガッツポーズする男警、「やばい本物だぁ！」とはしゃぐ女警もいる。教壇に学生たちが殺到する。五味は嬉しさがこみ上げる。

一度席に戻らせた。落ち着かせる。

ひとりひとり名前を呼び、内ポケットに刺繡《ししゅう》された苗字《みょうじ》に間違いがないか確認させた。透明のビニール袋で包装されたそれを、手渡していく。ジャケット、ワイシャツ、スラックスまたはスカート、青いネクタイの他、白手袋、制帽、名札と階級章もある。五味はひとまとめにして、手渡した。

学生たちの顔が輝く。警察官という職業に対する、強い憧《あこが》れ、秘めた想いが、各自にあるのだろう。警察制服を全員に手渡した。

「今日二時限目から、これを着て自教場に来るように。いますぐ学生棟に戻って着替えてきていいぞ。川路広場で待っていろ。チェックしてやる」

学生たちは歓声を上げ、教場棟を飛び出していった。


五味は週末の午後、綾乃と結婚式場の見学に行くことになった。

綾乃は事件捜査でそれどころではないが、五味に捜査の相談をしたい。「ついでにどっか式場でも見るか」という流れだった。府中駅のバスロータリーで、綾乃を拾う。

「車でわざわざ、すいません。お願いします」

綾乃はパンパンに膨れ上がったトートバッグを叩《たた》いてみせた。捜査資料が大量に入っている。

「早速、捜査の進展についてご相談なんですけど」

「いきなりそこ行くか。これから式場見学なのに」

互いの両親への挨拶《あいさつ》、両家顔合わせ、式の日取りや場所決め。他にも、新百合ヶ丘への転居や新婚旅行など、決めなければならないことが山積みだった。綾乃は捜査資料を捲《めく》りながら、適当な感じで首を傾げる。

「あ、私式場も新婚旅行も全然こだわりないので、五味さんに任せますよ」

五味は試しに言ってみた。

「あみだくじで決めるか。世界地図を買ってきて、ダーツで場所を決めるとか」

綾乃は「楽しそう」と大真面目に応《こた》える。五味はあきらめ、捜査の話をふった。

「五味さんの指示通り、現場を基点とした半径一キロ圏内でのローラー作戦が行われているんです」

事件当夜にアリバイのない二十代から三十代の男性は、百人ほどいた。

「絞り込もうとしたんですが、全員、シロです」

毛根のDNAと一致しなかった。

三十分ほどで目白《めじろ》にある椿山荘《ちんざんそう》に到着した。エンジンを切った車内で五味は資料を捲る。百人分の免許証や身分証のコピー、顔写真だ。会社員、フリーター、学生の他、ラーメン屋の石橋も含まれていた。交番のすぐ裏手の、賃貸マンションに住んでいる。

「DNAにヒットはなかったんですが、地域をくまなく回っているうちに、興味深い事実がひとつ、わかったんです」

綾乃は前のめりだ。五味に顔を近づける。

「ニセ警官と思《おぼ》しき人物を見かけている住民が、ちらほらと出てきて」

決まって夜間に学園通りを自転車で走る、ニセ警官――。

「落とし物をして交番に向かっていた会社員が、ちょうど通りかかった自転車の警官に声を掛けたそうなんです」

ニセ警官は交番に行くように告げ、逃げるように立ち去った。

「交番に行った会社員が尋ねると、そんな警官はいないと言われたらしくって」

どこかの警備員と間違えたのか、と会社員はやり過ごしたらしい。

「その時の監視カメラ映像は？」

「残っていません。警察学校と違って、路上の監視カメラ映像は一週間で上書き消去されてしまうんです」

学校内の監視カメラは二か月で上書き消去される。警察施設はテロターゲットになりうるため、路上の監視カメラよりも保存期間が長い。

他に、自転車の二人乗りをしていた中学生の横を、素通りした警官がいたという証言があった。学園通りでガードレールを擦《こす》る単独事故を起こした老人は、通りがかりの自転車警ら中の警官を呼び止めたが、無視された。

「全ての目撃証言に共通するのが、深夜帯で学園通りでの出来事だということです」

「マニアかな」

全国に警察マニアは種々いる。車両マニアもいれば、無線マニアもいる。コスプレマニアはニセ警察制服を自分で仕立て、コミックマーケットやハロウィンなどのイベントで披露する。体の線を強調するものだったり、スカート丈が異様に短かったりと、極端にデフォルメされたデザインが多い。本物の警察官と見間違えることはない。

「今回は相当入れ込んでいるマニアだろうな。警官と見間違えるような恰好《かっこう》をするのは軽犯罪法違反だ。本物の警官と鉢合わせたら即、逮捕される」

「それでもやるほどのマニアなら、自転車も自分で改造して、交番の自転車仕様にするくらいはしますよね」

「ああ。深夜帯に学園通りにしか出没しないという証言も筋が通る。人通りのある昼間、広範囲に出没するのは危険だ。そのリスクを冒してでもやるマニアなら、本物のけん銃が喉《のど》から手が出るほど欲しいだろう」

綾乃が首を縦に振る。

「制服も自転車も自主制作できても、けん銃だけはどうにもなりませんからね。しかもニューナンブ。闇サイトでも手に入れることはできません」

五味は指を立てた。

「だがするとひとつ、問題点が──」

「そうなんです～」と綾乃は眉毛《まゆげ》をハの字にした。

「どうやって配電盤を開けられたのか、という問題が出てきちゃう」

あらかじめなんらかの手段を使って合鍵《あいかぎ》を作り、監視カメラのスイッチがどれなのか、確認していたと考えるしかないのか。もしくは、内部に協力者がいるのか。

「内部協力者の線は可能性が広すぎて、仮説ばかりになってしまうなぁ」

綾乃は首が折れるほど頷いた。学生より従順だ。五味はアドバイスした。

「警察マニアということなら、警務部にヘルプを求めるのが早いかもしれない」

「警務部……？　なぜです」

「警察マニアというのは警官になりたくてなれなかった連中である場合が多い。採用の上限年齢を越えていたとか、身内に反社会的勢力や共産党員がいたとか、もしくは単に成績が悪くて不採用になったとか」

　いずれにせよ、採用試験にチャレンジしている可能性はある。すでにピックアップされた百人の中で、過去、警視庁採用試験を受けたことがある人物を洗い出すのだ。捜査本部に警務部長が常駐しているから協力を得やすい。

「早速やってみます。五味さん、さすが！　もう本当にすごい。大好き」

「大好きならもうちょっと結婚式のこと考えてくれよ。お前の両親への挨拶、どうする。話、進んでるの」

　綾乃は途端に顔が引きつった。

「もしかして、反対されてる？」

　結婚相手の男に血の繋《つな》がらない娘がいて、心配しない親はいない。綾乃は首を横に振った。申し訳なさそうな顔だ。

「まさか、まだ話してない？」

「特に父親には、話しづらくて。昔気質《かたぎ》の超厳しい人なので」

　五味は胃が痛くなってきた。


　週が明けた。警視庁警察学校第一三〇〇期は入校式当日を迎えた。

　式典は八時四十五分からだ。正門付近では、学生たちの親類の列がある。親類関係は親が殆《ほとん》どだ。採用上限を三十五歳未満に上げた関係で、妻子が来るパターンも多くなってきた。

学生たちは、警察礼服の着用が初めてだ。普段の警察制服に礼肩章をつけるだけなのだが、三本の飾り紐《ひも》をバランスよく垂らすのはなかなか難しい。五味と高杉は早めに自教場に入った。

「起立！」

深川が号令をかける。「予行演習だ、敬礼で」と五味は深川に命令した。深川は教場棟全部に響き渡るほどの声で言った。

「教官助教にィ～、注目！」

五味と高杉も挙手の敬礼をした。上半身を左右にひねり、教場を隅々まで見渡す。手を下ろした。ここで教官助教の息もぴったり合わせないといけない。教官助教の所作を確認後、深川が声を張り上げる。

「敬礼！」

学生たちが挙手の敬礼をする。

「ストップ！　そのままだ」

五味は廊下側の席から、高杉は窓際の席からチェックして回る。挙手の角度、指先の位置、左手の指の場所まで、細かく規定されている。一週間で仕込んだが、完璧《かんぺき》にマスターするのに三か月以上かかる。

五味は学生の肘《ひじ》を下げさせ、指を伸ばし、指導をしていく。名札と階級章、礼肩章の位置も全て確認した。服装については全員、パーフェクトだった。

教壇に戻る。「直れ！」と高杉が命令する。五味は拍手した。

「素晴らしい。敬礼はまだまだできていなくて当然だが、服装はパーフェクトだ。礼肩章をつけるのは初めてだろう。偉いなお前たち」

教場の学生たちに、笑顔が溢《あふ》れる。初日に泣いていた龍興が、手を挙げた。

「深川に言われてがんばったんです、俺たち！」

深川は謙遜《けんそん》する。

「いえ、隣同士、お互いに服装をチェックしておこうと声をかけただけです。そうやって準備しておいた方が、教官助教の手間が省けるかと」

こんなに気が利く場長は初めてだ。

「よし。五味教場は三十五分になったら講堂前の外階段に集合だ。中はすでに親類たちが着席している。入場の際に探したり歯を見せて笑ったりするなよ。壇上で警視副総監殿が目を光らせているからな」

こわーい、と美穂の小さな悲鳴が聞こえたが、笑い声でもあった。

「新入生氏名点呼はハイペースだ。返事が遅れたら次の奴とかぶるし、全教場同時にやるから、他の教場に気を取られて自分の名前を聞き逃すというバカをやる奴が、毎年でる」

「一三〇〇期53教場は大丈夫でしょう……！」

深川が周囲を盛り上げる。教場が沸き立った。

入校式が無事、終了した。

講堂前の長階段で、集合写真を撮る。学生たちが階段に整列する。五味教場だけ教場旗が掲揚された。ドラゴンの絵と『正義の翼』の文字が堂々、描かれている。みな自由時間を削り、教場旗の色塗りに精を出した。深川が完璧に仕切ったのだ。

カメラマンと助手が、学生たちの立ち位置を指示する。五味と高杉は一歩離れて、様子を見た。ここでも深川は周囲をよく見ている。学生たちをフォローしていた。

「深川はなんというか、カリスマだな」

高杉が感心したように言った。五味も頷く。

「ああ。カリスマ場長。あんなの見たことない」

スマホがバイブする。綾乃だ。五味は撮影の輪を抜け、電話に出た。

「入校式の日にすいません。大ヒットホームランが出そうなので、電話しちゃいました」

「例の、ニセ警官の件か」

「はい。五味さんの筋読み通りでした！」

警務部が協力してくれたようだ。過去三年分、警察採用試験を受けて不採用だった者を、ローラー作戦で抽出した百人の男たちと比べた。ひとりの男が浮上したという。

「矢部俊哉《やべとしや》、三十五歳。フリーターで、府中駅近くのビジネスホテルの喫茶店でアルバイトをしています。府中警察署のすぐ近くです」

「なるほど。バイトしつつも警察のそばにいたい、ということか」

矢部は事件発生時のアリバイがない。警視庁採用試験には二十五歳から三年連続チャレンジし、失敗していた。採用年齢の上限が上がった一昨年《おととし》から二年連続で受験している。一次試験で落ちていた。また年を食い、上限を越えてしまった。再び受験資格を失ったのだ。警官になりたいというモチベーションが振り切れた末の犯行か。

「捜査本部も沸き立っています。これから矢部の行動確認に入ります！」

春の嵐か、突風が吹いた。教場旗の『正義の翼』の文字が、歪《ゆが》んで見えた。

# 第二章　乳房

綾乃は待機車両の中で防弾ベストをまとった。訓練以外で着用するのは初めてだ。

府中市新町の住宅街にいる。交番襲撃事件の舞台となった新町交番から、北に二百メートルの地点、築五十年ほどの二階建てのアパート『平和荘《へいわそう》』の前だ。

四月二十四日、水曜日になっていた。

平和荘の一〇二号室に、矢部俊哉が住んでいる。

捜査本部は一週間ほど矢部の行動確認を行った。彼は休日ごとに地元のサバイバルゲームサークルに精を出す戦闘マニアでもあった。専用フィールドで迷彩服を身にまとい、敵味方に分かれてエアガンで撃ち合う。腕前はプロ級らしい。

中沢を連れ出し、捜査車両から面通しをさせた。彼に違いないとは言ったが、石橋ですら「あの男だ」と断言してしまったことがある。中沢の意見は採用できない。

防犯カメラ映像に映り込んだ警官は、制帽の鍔《つば》で顔が隠れ、人相がよくわからない。顎《あご》の一部が捉《とら》えられているのみだ。顔認証システムは使えなかった。北村の指に絡んでいた毛髪のＤＮＡとも一致していない。家宅捜索令状も出ない。強制連行もできない。

それでも捜査本部の管理官は、任意同行を求める接触を許可した。

事件から一か月弱。記者発表できる内容がない。上層部は焦っていた。矢部が外れだったとしても、「重要参考人を任意同行した」と発表できれば、世間は安堵《あんど》する。やがて、忘れる。

先頭に立つのは本部捜査一課の刑事たちだ。綾乃は後方支援にまわった。それでもけん銃帯同許可は出た。相手は中沢を制圧した戦闘マニアだ。平和荘の敷地を囲むブロック塀前で待機だ。

五味に捜査の進捗《しんちょく》を話しているが、多忙で会っていない。父親にもまだ五味の話をできていなかった。電話で軽く言えるものではない。どこかで時間を作り、まずは綾乃が父親に話をしなくてはならなかった。

矢部は扉を開けている。同行には応じない。時間がかかりそうだ。綾乃は父との会話をシミュレーションしてみる。まずは画像を見せるか。父親はきっと褒めると思う。五味は誠実な性格がそのまま、顔に出ている。

「しかも超優しいんだよ。お父さんみたいに」

などと言って、父親の方も持ち上げようか。父は厳格だった。優しいと思ったことは一度もない。嘘っぽいか。そもそも五味と父親は正反対のタイプだ。父は頭ごなしに人を叱る。トップダウンでクラスをまとめようとして、反感を買う。五味は捜査に関して天才肌、教場では学生たちからの信頼が厚い。綾乃にもとても献身的だ。ベッドの中でも……いやそれは言わない。思い出してしまう。いつもベッドの枕に肘をついて頭を乗せ、綾乃が寝付くのを見守る。髪を撫《な》で、冷えた肩をさすり……。

「瀬山ーッ！」

三浦の絶叫に、はっと我に返る。目の前に矢部がいた。目を血走らせ、こちらに突進してくる。綾乃は咄嗟《とっさ》に重心を落とした。

明後日《あさって》から令和の十連休が控えていた。今日も明日《あした》も慌ただしくなる。五味は朝四時半に起きた。外は薄暗い。結衣と自分の弁当を作った。五時になり結衣が降りてくる。二人分の弁当箱を見て「あっ、明日はいらないからね。夕飯も」と大あくびをする。

「明日は学校終わってそのまま友達ンち。お泊まりなの」

五味は血相を変えた。

「聞いてない。誰。どこの友達！」

「話したじゃん、部活の友達のとこだってば。玲奈《れな》ンち」

「もうちょっと詳しく」

結衣は大まじめな顔で言ってみせた。

「田村《たむら》玲奈、平成十四年五月八日生まれ、現住所東京都世田谷《せたがや》区祖師谷《そしがや》七丁目二十二の十、マエなし！」

警官無線でも聞いているようだ。

「了解、わかった。気を付けるんだぞ」

「メモ取らないのは信頼しているから？　どうでもいいから？」

「暗記したから。お前、十連休の予定は？」

結衣はひえーと言ったあと、また警官みたいな口ぶりで応《こた》える。

「二十七日は引き続き玲奈と遊ぶ。二十八日は午後よりバレー部の遠征試合。二十九日はヒマ人。三十日はクラスの友達五人で令和カウントダウンパーティ。あ、この日もお泊まりだからね。京介君は綾乃チャンを呼んでいいよ」

「その日は俺が泊まりだよ。当直」

結衣はこの世の終わりのような顔をした。

「かわいそすぎる！　時代が変わる大事な瞬間に婚約者といられないなんて……！」

〽警官にだけはなりたくないわぁ、と結衣は言う。実の両親は警察官、祖父も警察官、育ての親も警察官で誰よりもその血が濃いのに。テレビをつけた。

北村の警察葬の様子が、報道されていた。警察庁長官が献花し、弔辞を読んでいる。菊の花が飾られた祭壇に、巨大な遺影が飾られている。一般献花の列は二千人にも及ぶ。府中市立新町西小学校の子供たちも訪れた。本村から、この警察葬に一千万円近い費用がかかったと聞いた。

映像の中に中沢の姿を見つけた。腕を吊《つ》っている。最前列で涙を拭《ぬぐ》っていた。自教場のこと、事件のこと、結婚のこと――中沢をフォローする余裕が、全くなかった。

芸能ニュースになった。交番襲撃事件の続報をやっている番組に変える。

「こちらは、事件への関与が疑われる男性を、警察が取り囲んでいる様子です」

アナウンサーが言った。アパートの前で矢部と思《おぼ》しき男と警察官が、押し問答している。視聴者からの投稿映像らしい。矢部や刑事たちの顔にはぼかしが入っている。鼠色のスーツを着た一人は三浦だろう。綾乃は映っていない。アナウンサーが言う。

「すると男が突然、逃走を図りました」

画面が揺れる。結衣が「あれっ」と身を乗り出した。矢部がアパートの敷地入口にいた女刑事と正面衝突している。

「やばっ、これ綾乃チャンじゃない⁉」

五味も思わず、立ち上がってしまう。心配は無用だった。ぶつかって吹き飛んだのは矢部の方だ。跳ね返って地面を転がり、御用となった。綾乃はちょっとふらついただけだ。転がった矢部にワッパを掛けている。元ネタどれよ、と結衣がスマホで元の投稿動画を探した。結衣が腹を抱えて、動画のタイトルを読み上げた。

『警視庁ゲゲゲのぬりかべ女刑事の爆笑逮捕劇』

十七時、綾乃は警察学校へ向けて車を走らせていた。

矢部は逮捕した。まだ入院中だ。綾乃との激突で矢部は鼻骨と肋骨《ろっこつ》を折った。病室で取調べが始まっている。完全黙秘だった。医師や看護師とは会話をする。刑事とは目も合わせない。

矢部が住む平和荘の家宅捜索は終わっている。凶器も、北村の返り血を浴びたはずの警察制服も、現場まで乗り付けてきた自転車も、見つからなかった。警察官の恰好《かっこう》をしていた軽犯罪法違反での逮捕すらできない。

矢部の自宅は、特異な状況だった。五味に見てほしい。迎えに来た。

「テレビのニュース、見た。いや、すごかった」

車に乗るなり、五味が言った。

「なにがすごいんですか。上からはボケっとしているからとめちゃくちゃ怒られました。親戚《しんせき》中からも電話がかかってきましたよ、犯人吹き飛ばしたの綾乃ちゃんだよねって。私は吹き飛ばしてませんよ。あっちが勝手に吹き飛んでいったんです」

矢部が吹き飛ぶ動画は、五万回以上再生されているらしい。綾乃をぬりかべに加工して投稿している動画まであった。

「ひどすぎませんか、ひとのことをぬりかべって」

「実測したろ？　矢部は相当飛んでたぞ。お前の方は無傷で鼻血すら出さないんだから、確かにぬりかべ級だ」

綾乃はむくれた。五味が目を細める。

「褒めてるんだぞ。丈夫な体に生まれた。結衣が安産型だって言ってたよ」

「それ、よく言われます」

「あ、今日結衣がお泊まりでいない」

来るか、という顔で五味がこちらを見る。

「五味さんって意外にスケベですね。安産型の話の流れで泊まりに来るか、なんて誘いますか？」

「俺がそういう風に考えていると短絡的に考えるお前の方がスケベだ。矢部と激突したときも、俺のこと考えてたんじゃないの」

綾乃は顔が茹《ゆ》で蛸《だこ》のようになってしまった。図星か、と五味が助手席で笑っている。

「五味さんの方こそ、教場の方は大丈夫なんですか」

「今期は奇跡的に余裕で終わりそうだ。ひとり、大物の息子がいて」

「逆にやりにくそうですよ。警察官僚の息子とかですか？」

五味が「もっと上」と車の天井を指す。

「政治家とかですか」

「その下」

全然わからない。

「国家公安委員だ」

最高裁の裁判長まで務めた元法務省官僚の息子が、教場にいるらしい。権力を振りかざすでもなく、真面目で優秀、しかも面倒見のいい学生だと五味は語った。

平和荘に到着する。規制線をくぐり、玄関の中に入った。五味が息を呑《の》む。

　室内は二十平米もないワンルームだ。玄関の目の前がキッチンで、畳敷きの六畳の部屋と、トイレ付きユニットバスがある。壁にサイレンが括《くく》りつけてあった。綾乃はスイッチを押してみせた。回転点滅する。音は鳴らない。廊下の壁にはぎっしりと、警視庁のポスターが貼られている。採用募集から振り込め詐欺防止啓発、痴漢撃退ポスターもある。販売はしていない。矢部が盗んできたものだろう。

　矢部はいま完全黙秘だよな、と五味が確認する。

「鑑識が入っても自宅から物証が出ていないとなると、下手をしたら釈放せざるを得なくなる。多少の時間稼ぎはこれでできるか」

　五味が壁に張り巡らされたポスターを見た。

「ポスターの裏側に、発行印が押されているはずだ。全件、窃盗罪で立件して逮捕しろ」

「なるほど。別件逮捕」

　貼り出されているものだけで二十枚以上ある。逮捕一件につき、送検までの猶予は四十八時間。裁判所に勾留《こうりゅう》延長請求をせずとも、四十日以上矢部を拘束することができる。

　キッチンの窓辺には各都道府県警のマスコット人形が並んでいる。ピーポくんをはじめ、埼玉県警のポッポくん、千葉県警のシーポックなど、四十七個あった。コンプリートは簡単なことではない。台所と居間を仕切るガラス戸は開きっぱなしになっていた。

「相当な憧《あこが》れだな、これは」

大きな木札が、両脇に掲げられている。右側が『国家公安委員』で、反対側が『警視庁』だった。桜田門の警視庁本部庁舎を模している。手作りだろう。

「私もあの入口をくぐるのを夢見てますが……」

「いま、夢がかなった」

五味が軽く言いながら、六畳の和室に入った。サイドボードにも警察グッズが押し込まれている。ハローキティやぐでたまとコラボした限定品もある。綾乃はテレビをつけた。HDDに録画されているプレイリストを表示して見せた。

「全部、警察に密着するスペシャル番組です」

五味と高杉が出演していた、『ザ・戦力外』も録画保存されていた。一二八九期五味教場に元プロ野球選手の相川幸一《あいかわこういち》が在籍していた。再生ボタンを押す。五味が「懐かしいな」と目を細めた。教練の様子が映る。しばし無言で画面に見入っていた。刑事ではなく、教官の背中だ。綾乃は五味の肩に両手を置き、揺さぶった。

「五味さーん。刑事に戻って」

五味は少し苦笑いした。

「不審なものは、鑑識がもう押収したあとだろ」

自分が探しても意味がない、という様子で五味は立ち上がった。

「ええ。交番襲撃事件と繋《つな》がるものはなにも出ませんでした」

「パソコンとかスマホは？」

「鑑識が分析中ですが――そうだ。そういえば」

矢部はスマホで、府中市内の貸倉庫について調べていた。

「貸倉庫、トランクルーム、レンタルボックスとか。そういうキーワードに府中市と絞り込みをかけて、一軒一軒調べている様子でした。事件直後からです」

「遺留品はそこに隠しているんじゃないのか？」

綾乃は首を横に振った。

「市内だけでなく、近隣市区町村のトランクルーム運営会社に問い合わせたのですが、矢部俊哉の名前での契約はなかったんです」

偽名の可能性もある。事件以降の新規契約を全て精査した。矢部とは繋がらなかった。

五味が綾乃を真正面から捉《とら》えた。目に刑事らしい鋭さが戻っている。

「北村の鑑取りの方はどこまで進んでいる？」

思いがけない質問だった。綾乃は面喰《めんくら》った。

「ガイシャの鑑取り捜査は基本だろ」

「でも、交番襲撃ですよ。北村さん個人がターゲットになった事件では……」

五味は黙って綾乃を見ている。今度は教官らしい厳しいまなざしだ。

「そう決めつけるな、と言いたい？」

北村の怨恨《えんこん》を疑う……。

「疑ってはいなくとも、何人かは捜査にさくものだろ。捜査会議で報告は？」

「鑑に関する特異な報告は聞いたことがありません。五味さんは、北村さんが怨恨で殺されたと考えている、ということですか」

「言ったろ。本当に『ザ・交番』にふさわしい人物だったのか。殉職すると美化されやすい。北村の人物評については気を付けて捜査するべきだ」

綾乃はつい周囲を気にして、言った。

「実は——ちらほら」

警察葬の際、葬儀を取り仕切っていた警務部の警察官から聞きかじった話だ。

「同期同教場の警官をはじめ、かつての所轄署の同僚たちにも参列するように声をかけたそうなんです。総勢、百五十人。うち、実際に足を運んだのはたったの十人でした」

人徳がなかったという一言に尽きるだろう。

〈キレると面倒なタイプだった〉

〈裏表が激しくて信用できない〉

かつての同僚や先輩後輩からは、散々な言われようだった。

「不思議でたまらないです。府中署で北村さんがそんな風に振る舞ったことは一度もありません」

「北村にはたぶん、なにかある」

五味がぐるりと室内を見渡した。

「それから、矢部の警察愛は凄《すさ》まじい。ここまで警察を愛している人間が、ニューナンブが欲しいというだけで、警官を殺すか？」

「つまり、矢部は怨恨で北村を殺害した……？」

「違う。時間が合わないだろう」

監視カメラの電源が切れたとき、矢部はまだ現場に到着していなかったのだ。

「矢部は、ただの火事場泥棒かもしれない」

火事場泥棒。予想外の言葉に綾乃は呆気《あっけ》に取られた。

「可能性はゼロではないと思いますが、いきなりそこにいきます？　全く根拠がありませんよ」

「だがこう考えると、犯行時刻の五分のズレが解消される」

矢部はこれまでも学園通りに出現していた。四月一日の深夜も、警察官になりきって学園通りを巡回していた。

「そして、北村が交番で死亡していることに気が付いた。ニューナンブを腰にぶら下げたまま……」

あまりに突飛だ。反論を許さず、五味が質問を矢継ぎ早に投げかけてきた。

「瀬山、これまでニセ警官が目撃された日時、把握している？」

「目撃証言のみですが、時刻は二十三時前後と共通しています。日付は——」

綾乃は手帳を出し、読み上げた。

「二月十日、十四日、飛んで三月十二日。あとは三月二十五日。この四回だけですが」

「北村の勤務日の詳細は。PB二当に入った日」

綾乃はトートバッグを探った。北村の勤務表は捜査資料に添付されている。ニセ警官が目撃された日付と照らし合わせる。綾乃は思わず、五味に見入った。

「――すごい」

矢部は、北村が夜勤の日に限って出没している。

しかも二十二時以降――もう一人の警察官が、休憩で署に戻っている時間だ。二十二時ごろから休憩に入る。深夜一時ごろに戻る。

「つまり、矢部は北村が交番で一人になる時間を狙って出没していたことになる」

警官になりきって町を自転車で走ることに、矢部は快感を覚えていたのだろう。問題は逮捕される可能性があることだ。

「それを避けられる唯一の時間が、北村が夜勤に入る日の、二十二時から一時だった。それを矢部は把握していた」

「つまり、北村さんは、ニセ警官の矢部が学園通りを自転車警らするのを見逃していた、ということですか？」

北村は、雨の日も風の日も交番の前に立っていることで有名だったはずだ。

「そうじゃない。北村が立番をしない時刻を、矢部が把握していたということだ。でなきゃ、わざわざ交番の前を通らない」

綾乃は混乱した。五味の意図がわからない。いいか、と五味が咳払《せきばら》いし、丁寧に説明し直す。

「まず、学園通りを警らしていたニセ警官は矢部だ。だが毛根のDNAは一致しないし、ただのマニアが配電盤を開けることも、監視カメラの電源だけ切ることも不可能だ。鍵《かぎ》は厳重に保管されている」

「わかっています。だから私は、共犯者がいたのかと――」

「共犯者なんかいない。いいか。もう一度言うぞ。矢部はどうして、北村が夜勤で他の警官が休憩中の時間を狙って出没しているのか。北村が交番にいないと、知っていたからだ」

「でも北村さんは、事件発生の直前まで交番にいましたよ」

「二十二時半まではな。あとは？」

「監視カメラが切られていて、わかっていません」

言いながら、綾乃は気が付いた。「まさか」と五味を凝視する。

「そのまさか、だ。北村は日常的に勤務をさぼっていたんじゃないか？」

それを知られたくなかったから、配電盤のある交番の裏に自ら回った。帯革に手をかけていた。警棒を取ろうとしたのではないかと綾乃は思っていたが、鍵を取り出していたのか。配電盤の、扉の。

「監視カメラの電源を切ったのは恐らく、北村本人だ」

本格的に授業が始まって二週間経った。今週末から警察学校も改元の十連休に入る。五味は授業を終え、教官室に戻った。

高杉がデスクに座り、『こころの環』を読んでいた。高杉は逮捕術担当教官なので、授業中は逮捕術道着に防具という恰好《かっこう》をしている。休憩時間はジャージ姿で、いま上はティーシャツ一枚だ。巨体の肩甲骨から、黒い羽が生えている。なんだかんだいって教場ティーシャツを愛用している。

「今日の『こころの環』はどうだ」

高杉は「いつも通り」と冊子に赤字で書き込みしながら答えた。

〈もっと人間に興味を持て！〉

五味は笑いながら「龍興か」と尋ねた。高杉が読み上げる。

「今日もハクビシンはいなかった。次の当番の時にまた会えるのが楽しみだ、だってさ」

警察学校と警察大学校は、場所によっては一・五メートルほどかさ上げされている。周囲を盛土が取り囲み、植樹されて自然が豊かだ。北東には武蔵野《むさしの》の森公園と広大な野川《のがわ》公園もある。虫は多いし、イタチやハクビシンもよく出没する。龍興は電線をつたい歩くハクビシンを東門練習交番で目撃して以降、ハクビシンの話ばかり書いていた。野良猫にも目を配る有様だ。

「あいつは農学部出身だからな。家畜の研究をしていたらしいぞ。動物好きなんだろう」

　ところで、と高杉が十連休の予定を尋ねた。

「結衣とどっか行くのか」

「友達と過ごすらしい。どっか連れてってとか言わなくなった。俺も当直が二回も入っているし。瀬山は捜査で忙しいし」

　綾乃は捜査のスイッチが一度入ると、猪突《ちょとつ》猛進だ。五味のことなど、捜査アドバイザーぐらいにしか思ってないんじゃないかとたまに思う。

「高杉は？　夫婦水入らずでどっか行かないのか」

「俺も置いてけぼりだよ。あっちは女友達とヨーロッパ旅行だってさ。インスタ映えがどうのこうのと。全く」

「切ないな。男二人、妻にも娘にも婚約者にも放置されるとは」

「あいている日を合わせて、二人でキャンプでも行くか？」

　五味は笑った。楽しそうではある。統括係長が近づいてきた。

「今月のペナントだ。五味教場、圧勝だよ」

　紅白のペナントが三本渡された。教場旗に取り付ける。筆自慢の教官が毎月一本一本、手書きで記して担当教官に渡す。『一三〇〇期四月定期国語試験第一位』『一三〇〇期四月団結マラソン第一位』『一三〇〇期縄跳び大会第一位』と達筆な文字で記されている。

「すげぇな。入校して一か月でもうペナント三本とは」

高杉は誇らしげだ。思い出したように報告した。

「そういえば、さっき理事官が来たよ。小田が体調不良だと」

理事官とは、医務室に常駐する医者のことだ。けん銃の授業だったが、桃子は途中で気分が悪くなって医務室で休んでいたという。

「ちょっと様子見てくるか」

五味は立ち上がった。高杉が「生理痛」とひとこと言って、止める。

「そういや今週、逮捕術の授業も全部、休んでんだ」

「生理痛で？」

長すぎないかと思ったが、個人差があるだろう。五味は桃子の人事ファイルを捲《めく》った。マラソンカードはまだ第一方面本部の所轄署のマス目すら終わっていなかった。教場の中ではカードの消化がダントツで遅い。高杉は軽い調子で言う。

「ま、仕方ないか。結婚を控えた教官に切ない片思い中のピーチ姫だからな」

「それはないだろ」

五味は桃子の家族関係資料を出した。入校前面談のときに、恋人関係の有無を聞いている。高杉も思い出した顔だ。

「そうだった。地元に恋人がいると申請していたな」

須藤翔真《すどうしょうま》、二十二歳。桃子よりひとつ年下の、国立大学に通う大学生だった。

「そいつ、千葉県議会議員の息子らしいぜ」

女警が噂しているのを聞いたという。

「県議会議員のうら若きひとり息子を手のひらで転がしながら、警察学校の中じゃ教官にラブ光線か？　桃子は熱血なフリして、なかなかの悪女かもなぁ」

チャイムが鳴った。

これから警察手帳の顔写真の撮影だ。写真屋が視聴覚教場にやってきている。警察手帳は、六月に所轄署で行う実務修習の直前に、貸与される。高杉は警察制服に着替えに更衣室へ行った。入れ違いで、教場当番が『こころの環』の回収にやってきた。

「一三〇〇期五味教場、小田桃子巡査です。五味教官、入ってもよろしいでしょうか」

今日は桃子が当番だった。

「体調は大丈夫なのか。医務室で休んでいたと聞いた」

桃子は弾《はじ》けるような笑顔を見せた。大袈裟《おおげさ》なものだった。全然平気ですと言って、足元に五味の革靴を置く。ピカピカに磨かれていた。

教場当番は黒板を消したり、教官に水やおしぼりを用意したり、教官助教の靴を磨いたりするのが仕事だ。靴磨きをさせるのは本当に嫌なのだが、上下関係を意識させるためだ。警察学校に残る悪習だった。

五味は礼を言って、靴を履き替えた。桃子は立ち上がるとき、ふらつく。咄嗟《とっさ》に腕を取る。

「本当に大丈夫か」

「軽い貧血です。帯革をきつく締めすぎてしまって。初めての実射だったので、緊張もありました」

「そうか。今日、初撃ちだったか。どうだった？」

桃子は途端に相好を崩した。

「すっごいドキドキしました。興奮、というのか。テレビの刑事みたいって。でも怖さもあって」

素直な子だった。

桃子が四十冊の『こころの環』を抱える。五味は半分以上を持ってやった。一緒に教場への階段を上がりながら、甘やかしてしまっているか、と考え込む。女警との距離感は難しい。好意を抱かれているとも指摘され、ますます難解に思う。五味には全くわからない。疎いのだ。綾乃の気持ちにも、一年近く気が付かなかった。

「お前、そういえばいつだったかの夜、俺を待っていたことがあったろ」

桃子を振り返る。彼女は視線を落としてしまった。

「なにか聞きたいことでもあったか？　刑事の仕事に興味があるんだろう」

ドラマの刑事みたいにパパッとけん銃で犯人を仕留めてワッパをかけてみたい。そして被害者に寄りそう存在でありたい。入校前面談で、桃子は目を輝かせて語っていた。

「すいません——現実を知らず、とても短絡的な言葉だった、と反省しています」

桃子は中沢を気遣っていた。

「かっこいいのはドラマだから、ですよね。実際に犯人と銃撃戦を経験した中沢巡査を見て、あんなこと言うべきじゃなかったと……」

真面目で他人への気遣いができ、自省もする。女性なので体調に振り回されることはあっても、いい警察官になるはずだ。

高杉も追いついた。自教場でホームルームを始める。ペナントを見せて褒めたたえた。学生たちは「おーっ」とどよめく。互いに拍手をした。

「五月は体育祭があるからな。各種目で一位を取るたびにペナントを貰《もら》える。稼ぎどきだ、期待している」

『こころの環』を返却し、全員を立たせた。服装のチェックをする。名札は外させた。視聴覚教場へ移動した。

別教場の学生たちで行列ができている。水色のスクリーンをバックに椅子に座り、フラッシュを浴びる。廊下の鏡に人が殺到していた。村下が二センチぐらいしかない前髪をどうにかしようと、ひっぱったりひねったりしている。

五味教場の学生たちの撮影が始まる。

龍興が必要以上に緊張している。高杉が揶揄《やゆ》する。

「おい、顔がひきつっているぞ、リラックス！」

美穂が五味にひっそりと尋ねた。

「写真って、次はいつ更新するんですか？」

「階級が上がったときか、五年とか十年後だ。状況によって異なる」

「この髪型とメイクで警察手帳とか本当にいやだ」

「卒配先でいきなりメイクを濃くするなよ。都民から〝この警官は他人の警察手帳を使っている〟と言われるぞ」

美穂は眉毛《まゆげ》を上げた。

「教官それ、セクハラですから」

注意しただけだ。からかったつもりはない。女警は本当に面倒くさい。

深川が椅子に座った。首に絆創膏《ばんそうこう》を貼っていた。その端が、顎《あご》を舐《な》めているようだ。

五味は指導した。

「深川。絆創膏を取れ」

深川がきょとんとした顔で三度、瞬《まばた》きした。

「警察手帳の撮影だ。絆創膏であろうと、顔になにかを貼るのはご法度だ」

「しかし、傷があるのですが……。剃刀負《かみそりま》けを」

「仕方がない。いいから、外せ」

五味は自らカメラの前に出た。深川に近づき、絆創膏を剝《は》がす。深川はかなり痛そうな顔をした。

顎から喉仏《のどぼとけ》にかけて傷ができていた。もうかさぶたになっていたが、その膨らみに厚さを感じる。深く抉《えぐ》れた傷だったのではないか。剃刀でできた傷ではない。

誰かに引っかかれた痕《あと》だ。

南雲美穂が面談室に入ってきた。

教官助教が揃っているのを見て、ぎょっとした顔だ。五味は言う。

「悪かったな、自由時間に突然、呼び出して」

「びっくりしましたよ。小田さんから、面談室に行くように言われて」

警察学校は放送で個人を呼び出すことはしない。教場当番が使いっ走りになる。該当の学生を探し出して、伝えるのだ。

「私、カラーガードがあって体育館にいたんです。小田さん、あちこち探し回ってぐったりしてましたよ」

ただでさえ体調の悪い彼女を、と美穂が白い目で見る。カラーガードは、パレードなどで旗を振る女警の集団だ。警視庁音楽隊と活動する。村下もカラーガードにくっついてトランペットを吹いていた。

「お前は副場長として、よく教場を見ていると思う。最近、なにかトラブルはないか？」

「全くないですよ。平和です」

なんで私に聞くのという顔だ。高杉がうまくごまかした。

「これは通常の面談だ。三役と教官助教は定期的に面談をする。副場長のお前から見て、他の三役の二人はどうだ」

「深川君と三上君、ということですか」

五味は頷《うなず》く。

「特に深川は、場長として本当に細やかに動いている。自分の勉強ができていないんじゃないか、負担になっていないかと、俺たちは危惧《きぐ》している」

「それ、本人に聞いてみたらどうです？」

「聞いたところで〝大変です、助けてください〟と言う奴じゃないだろ。人を頼らずに自分で丸抱えしちゃう奴は、なにも言わずにある日突然倒れて、初めて周囲が気付く」

本当は深川を疑っていた。あの引っかき傷は、刃物でついたものではない。写真撮影終了後、本人に問いただした。剃刀負けだと言って譲らない。だからいま副場長に尋ねている。

深川がトラブルに巻き込まれていないか。

三上とは面談が済んでいる。深川に対して、感心と感謝の言葉しか出なかった。美穂も同じ態度だ。

「誰に頼らなくてもなんでもできちゃうのが、深川君じゃないですか。神がかり的ですよ。もはや教場の神様というか」

教場の神様――五味はその言葉を咀嚼《そしゃく》できない。凄《すさ》まじい違和感だ。

「みな、深川君に感謝しています。深川君がなにかトラブルを抱えるとしたら、それは深川君が誰かの喧嘩《けんか》の仲裁に入ったとか誰かを助けようとしたとか以外、ありえないと思います。いや、それもないかな――」

教場でトラブルが起こる、ということ自体がない。美穂が断言した。

「深川君はトラブルに対する嗅覚《きゅうかく》が鋭いんです。なにか起こりそうだと感じると、先手を打ちますから」

美穂は龍興の例を出した。

「彼が退職しないで済んだのも、深川君のおかげじゃないですか。退職願も、深川君が結局、処分した」

五味は驚愕《きょうがく》で二の句が継げなかった。高杉が眉を寄せて問う。

「どういうことだ。龍興は退職願を書いていたのか？」

「ええ。最初の駆け足訓練があったその日の夕方に書いたみたいです。体力的についていけないと号泣しながら書いたとか。提出に行く寸前で、深川君が止めたんです。自分が話を聞くからって」

深川は夜通し龍興の涙に付き合った。龍興が泣き疲れて寝付くまで、添い寝していたらしい。

「添い寝ってお前、あんな狭いベッドで男同士が……」

高杉が顔を引きつらせた。美穂は呑気《のんき》に笑いながら言う。

「龍興君の背中を、赤ん坊にするみたいにとんとん叩《たた》いていたらしいですよ、深川君」

五味は苦々しく言う。

「そんな報告は俺にはなかった。第一、夜通し付き添うなんて無理だ。消灯時間がある。夜間は巡回の教官が見回りする」

「確かに注意されていたようですけど、場長が退職の説得に当たっているんですよ。ペナルティにはならないはずだ、と深川君が当直教官に抗議したんです」

五味は舌打ちした。なぜ担任の自分の耳に入らなかったのか——。

「プールの授業の時に、村下君が溺《おぼ》れかけたのを助けたのも深川君でした。あの時はすごい剣幕で、吉田《よしだ》教官に抗議したらしいですよ」

吉田教官とは、体育の授業を受け持っている警部補だ。

「訓練が厳しすぎる、もう少し学生のレベルを考えてくれと。実際、某県警では訓練中にプールで溺死《できし》した機動隊員がいたとか、具体的に例を出して吉田教官を説き伏せたらしいです」

女警はプールの時間が違うので、美穂は直接見ていない。男警たちはこの件で「深川様様だ」と彼を拝んだらしい。

「私たちは深川君に守られているおかげで、毎日滞りなく学校生活が送れています」

五味は居心地が悪くなってきた。美穂が察したように言う。

「まあ、あれだからじゃないですか。国家公安委員の息子」

教官自身が、国家公安委員の息子に抗議されたと周囲に知られたくない。だから、担当教官に報告しない。五味は美穂に尋ねた。

「お前、どうして深川の出自を知っている」

美穂が呆《あき》れたような顔をする。

「いまさら。教場中が知っていますよ。初日から」

「本人が言ったのか」

深川は出自をひけらかすタイプではない。美穂が記憶を辿《たど》るような顔をする。

「グループＬＩＮＥで回ってきたんだっけな？」

いや違う、と美穂は首を横に振る。

「入校前面談のとき、深川君と話す機会があって。お父さんがいらっしゃってたので、それで知ったんです」

美穂と深川は順番が近かった。それより、ＬＩＮＥグループというのが気になった。

美穂がはっとする。

「もしかして、トークグループ作るの、禁止ですか」

「警察学校のことをネット上で不特定多数に発信するのは禁じている。警官同士、内輪だけのものなら問題ないが……」

「53教場のトークグループは初日に、深川君の提案で作りました」

五味は改めて尋ねる。

「そのグループトーク内でのやり取りでも構わない。深川が誰かとトラブルになっている、ということはないか？」

「ありません。基本、業務連絡ですよ。こんな行事があるから、いつまでにこれを終わらせようとか。明日《あした》はこれがあるから、備えようとか。昨晩も、写真撮影があるから、男警は髭剃《ひげそ》りを忘れるなって深川君が。そんな程度です」

高杉が難しい顔で腕を組んだまま「基本以外は」と問う。美穂は苦笑いになった。

「それは、聞かないでください……。ちょっとした息抜き、ガス抜きの発言はまあ、そこそこある、ということで」

五味は高杉と目を合わせた。見逃してやるべきか。面談を終了した。

美穂が立ち去る。高杉と揃ってため息をつく。

「――一三〇〇期53教場はトラブルのない、奇跡のような教場だと思っていた」

深川がひとり奔走している。だから教場のトラブルが表面化していなかった。

「本当にこのままでいいのかな。深川は教場の神様。南雲は言い切ったぞ」

高杉が、唸《うな》るように鼻から息を吐く。五味は危機感を持って続ける。

「深川は、教官助教をとっくに追い越してしまっている。それでいいのか」

高杉は首を横に振りながら、「わからない」と言った。

「そんな教場、聞いたことない。経験したこともない」

「どこかで深川の影響力を排除しなくてはならないんじゃないか」

「だが、深川はペナルティになることはなにもしていない。むしろみんなの助けになっている。四月だけでペナント三本の快挙だ。どうやって深川を指導するんだ」

五味は参った、と顔をこする。

「もしかしたら俺たちは、史上最高に指導が難しい教場を、任されたのかもしれない」


綾乃は刑事課の自身のデスクで、リスト片手に事件検索を行っていた。

改元の十連休に突入している。五月三日、金曜日。

交番襲撃事件の特別捜査本部は十連休の後半、休みを取る捜査員が増えてきた。矢部を逮捕したことで、世間は「交番襲撃事件は解決した」という空気になっている。令和に改元したことも大きい。平成最後の月に起こった交番襲撃事件は、過去の遺物なのだ。

綾乃は五味のアドバイスに従い、北村の鑑取り捜査担当者と話をした。初動捜査で三百人体制の特捜本部だったにも拘《かか》わらず、北村の鑑取り捜査には十人しかあてがわれていなかった。幹部が交番襲撃事件を、通り魔的犯行と筋読みしていたからだ。

北村の鑑は非常にこぢんまりとしたものだった。両親は既に他界している。兄弟なし。親戚《しんせき》は遠方だ。最後に会ったのは十年前の母親の葬式だという。定期的に会っているような友人もいない。SNSもやっていない。女の気配もゼロだった。

十人しかいない鑑取り捜査班は、連休明けにも北村と同期の警察官をあたると言っていた。いまは連休中で、警察官もプライベートが忙しいときだ。なかなか相手が捕まらない。鑑取り班ものんびりやっていた。

綾乃は鑑取りの範囲を勝手に広げている。

手元には、北村がこれまでに関わった案件のリストがある。交通違反、窃盗、公然わいせつ、暴行傷害、未成年者の飲酒喫煙などだ。数が多い。北村が検挙した容疑者たちには全員調べが入っていた。アリバイ、DNAの不一致などから潔白が証明されている。綾乃は容疑者ではなく、関係者をあたっていた。被害者やその家族、目撃証言をした人、捜査に関わった警察官などだ。

名前をL1（免許証）照会にかけて現住所を確認する。連休中にリスト化し、ひとりひとり訪ね歩く予定だ。やっと平成十五年の事件に入ったところだった。綾乃はカフェイン入りの栄養ドリンクを呷《あお》りながら、次の案件を指さした。

『三鷹市上連雀《かみれんじゃく》　主婦強盗殺人事件』

裁判名もついていた。『平成十五年（わ）第1456号事件』

交番の警察官が検挙する事案は書類送検か不起訴処分で終わるものが多い。これは北村が関わった中でも大きい事件だった。北村は遺体の第一発見者だった。

人物相関図を探す。最高裁まで争われたからか、ページ数も膨大だ。綾乃は判決内容が気になった。人物相関図は一旦《いったん》飛ばして、裁判の結末を見ることにした。

無罪。

地裁、高裁とも有罪判決が出ている。被疑者に前科があったことから、懲役十八年と重めの判決が出ていた。最高裁では逆転無罪——。

綾乃は判決内容をざっと読んだ。署名捺印《なついん》した裁判長の名前を見る。深川浩。すでに退官し、現在は国家公安委員のメンバーになっていた。

綾乃ははたと手を止める。

――国家公安委員。最近誰かが、その話をしていなかったか。

五味は高杉とキャンプに行く道中にあった。

綾乃からの電話で、甲州街道をUターンする。深川の父親が、北村と鑑があった。真っ先に頭に浮かんだのは、深川の首に残った傷跡だ。高杉ともども私服のまま警察学校へ向かう。

綾乃は本館のロビーで待っていた。大量の捜査資料を持っている。面談室に入った。

早速、プリントアウトした裁判資料を読む。

『三鷹市上連雀主婦強盗殺人事件』

五味は記憶があった。

「これ――最高裁で逆転無罪になったやつか」

俺も覚えている、と高杉が会話に入る。

「逮捕したホシが裁判で無罪を勝ち取るというのは、相当な敗北感があるからなぁ。担当者の心情、察したわ」

被疑者の無罪は担当捜査員の評価に関わってくる。無実の人の人生を狂わせたと悩む者もいれば、あいつは絶対にクロなのにと地団太を踏む刑事もいる。裁判は『推定無罪』が原則だ。状況証拠だけでは有罪にできない。無罪判決が即、冤罪《えんざい》とも言えない。

　五味は事件経過を示す概要を読む。一ページ目から、北村良一の名前が出てきた。

「事件の端緒をつかんだのが、北村だったのか」

　平成十五年、三鷹警察署連雀通り交番の北村良一巡査長が管内を警ら中、突然路上に飛び出してきた湯島泰輔《ゆしまたいすけ》、事件当時二十六歳と接触。湯島は転倒したが、北村の介助を拒み、現場を立ち去った。雨が降っていたが湯島は雨具を持たず、ずぶ濡《ぬ》れだった。不審に思った北村が周囲の邸宅を見て回った。玄関扉が開きっぱなしの一軒家で、主婦が頭から血を流して倒れているのを発見した。

　事件当時に降り注いだ大雨と、スリッパに履き替えての侵入で、ゲソ痕《こん》は一切取れていない。貴金属類と現金約五十万円相当が盗まれていた。

「凶器は玄関にあった花瓶ですが指紋はナシ。現場から湯島の痕跡はひとつも出ていない上、湯島は一貫して犯行を否認しています」

「だが、北村の証言に重きを置いて、起訴に踏み切った。そういうことか」

「はい。彼は裁判に証人として何度も出廷しています」

　五味は北村の証言記録だけを読んでみた。

「証言が揺らいでいる」

「深川裁判長はこの点をかなり重く見たようですね」

北村は地裁では「路地裏から飛び出してきたところをぶつかった」と語っている。高裁では「被害者宅の前から飛び出してきた」と証言した。最高裁では「被害者宅の門扉を開け放ち、路地に飛び出してきた」と話す。

事件当日の日報には『通りを警ら中に、突然前へ飛び出してきた男と接触』としか書いていない。弁護側は、北村が湯島を有罪にするために証言を変えていると指摘、無罪を訴えた。

「結局、深川元裁判長は逆転無罪を言い渡した。北村は針の筵《むしろ》だっただろうなぁ」

綾乃は当時の北村の同僚に電話で話を聞いていた。

「北村は〝あの裁判長だけは一生許さない、末代まで祟《たた》ってやる〟と飲み屋でこぼしていたそうです」

つまりは深川翼も含まれる。高杉が太い眉毛《まゆげ》を上げた。

「末代まで祟るって。そこまで怒るか、普通」

北村が殺害された当日に、北村が恨みを抱いていた元裁判長の息子が、府中署管内にある警察施設にいた。この事実をどう捉《とら》えるべきか。

「そもそも、殺されたのは恨みを抱いていた北村の方です。深川君が攻撃されるのならまだしも――」

「北村は、深川の息子が警視庁に入ることを知っていたのかな」

高杉が問う。綾乃は首を振った。

「北村さん亡きあとは確認のしようがありません」

三鷹署の事件発生は十六年前。最高裁での一件は六年前だ。時間経過と共に怒りは薄くなっていくのが普通だ。綾乃が遠慮がちな様子で、尋ねる。

「深川君のDNAと、遺留品の毛髪のDNAを比べるのが一番早いですが……」

五味は高杉を見た。高杉は唸る。深川は犯人ではないと断言できるなら「すぐに呼んでくる」と言える。

「北村の指の爪に、犯人と思《おぼ》しき人物の皮膚片が見つかったと言ったな」

「ええ。しかし微量すぎて、DNA鑑定には耐えませんでした。性別もわかりません」

「だが、残っていた。つまり、北村は犯人を引っかいた」

「ちなみに、矢部にはそういった引っかき傷はありませんでした」

五味は、深川の首と顎《あご》の傷について話した。綾乃の顔色が変わる。

「それ、いつついたものかわかりますか」

「本人は記憶が曖昧《あいまい》だといって断言していない。というわけで、俺はここで待ち合わせしたというわけだ」

五味は教官室で使用しているノートパソコンを開いた。写真係が入校初日から撮りためてきた画像データが全て入っている。深川が写っている画像を見ていく。四月一日の午後、川路広場でマラソンする画像を拡大した。

「ありませんね。顎に傷」

翌、四月二日は写真を撮っていなかった。次の写真は、警察制服を初めて身にまとった、四月八日の画像だ。

綾乃が深川を見つけ、拡大し、指差した。

「もう絆創膏《ばんそうこう》が貼ってあります」

「四月八日までに負った傷ということか」

これでは判断できない。五味は椅子にもたれた。高杉を見る。

「管理課に行くか」

警察学校内には二百個以上の監視カメラが設置されている。四月一日以降のものは全て残っているはずだ。回収して、深川がいつこの傷を負ったのか、確認する。

「ついでに、脱走がなかったかどうかも確認します」

綾乃が鋭く言った。深川は警察学校を脱走しなければ、事件に関与できない。脱走のハードルは高い。監視カメラだらけなのだ。学校生活が辛《つら》くて逃げ出す者はいるが、深川は翌日以降も順風満帆の学校生活を送っている。

五味は思い出した。

「四月二日の明け方、俺は大心寮を確認した」

「顎の傷は見えたか？」

「頭を入口に向けて寝ているから、顎や首がどうなっているのかまでは見えない」

綾乃は監視カメラの映像を回収してくると立ち上がった。五味は声をかける。

「カメラは二百台近くある。一人で確認するには膨大な量だぞ」

相手は国家公安委員の息子だ。他の捜査員を巻き込みにくい。

「下手に話すと上から妨害されかねない」

捜査本部を仕切るのは本村だ。かつても隠蔽《いんぺい》工作に励んでいた。綾乃は頷《うなず》く。

「鑑識係にこっそり頼んで、顔認証システムを使わせてもらいます。それなら私ひとりでなんとかなるはずです」

顔認証システムに深川の顔写真を認識させれば、あとはAIが、膨大な量の監視カメラ映像から、深川だけを探し出してくれる。ものの数秒で。

綾乃を見送りつつ、高杉が神妙に尋ねる。

「深川はどんな様子で寝ていた？　殺人に関わった人間は普通、その数時間後に熟睡とかはできないだろ」

「熟睡してたよ。大鼾《おおいびき》をかいて」

翌朝も、溌剌《はつらつ》としていた。


連休が明けた。今日も五味教場は完璧《かんぺき》だ。

ホームルームの前に敬礼をさせた。脱帽時の十五度腰を折る敬礼だ。長い休みの後で、間違えて挙手の敬礼をする者がいるのが常だ。一人もいない。名札やネクタイが曲がっている者、ボタンが外れている者もいなかった。深川がホームルーム前にチェックしたようだ。

その深川を、五味は面談室の前で待っていた。

五味の空き時間を利用しての取調べだった。高杉は逮捕術の授業があるので来ていないが、心配していた。

深川が不思議そうな顔でやってきた。中では綾乃が待ち構える。

「府中署刑事課強行犯係の、瀬山綾乃巡査部長です。深川翼君ね？」

どうぞ座って、と綾乃が椅子を促す。深川は困惑した様子ながら、従う。五味は担当教官として、深川の隣に座った。

「どうして府中署の刑事がお前に会いにきたか、わかるな」

深川はあどけない表情で、首を横に振った。まだその顎に、絆創膏が貼ってある。

「その傷。四月一日の夜間についたものね？」

綾乃がノートパソコンを開いた。深川が目を丸くした。

「ちょっと待ってください。まさか、交番襲撃事件の件ですか!?」

「その傷はなにが原因でついたものだ」

「ですから剃刀《かみそり》で――。僕は事件には関与していません。絶対に違います」

声を裏返して動揺する。嘘をついているようには見えなかった。

「ならば、その傷は誰につけられたものだ」

「これは、剃刀負けです」

五味はパソコンを受け取り、キーを押して動画をスタートさせた。

四月一日夜間の、映像が始まる。顔認証システムが十秒であぶり出した、深川の足取りだ。二十三時、川路広場にいる。二十三時十分には学生棟のロビーで教場の学生たちと立ち話している。その後、東寮の廊下を歩く。自教場の仲間たちの個室を訪ね、世話を焼いている。

「二十三時半が就寝のはずだが——これはなんだ」

映像の中の深川が自分の個室に入った。ものの三十秒で廊下に出てくる。二十三時二十九分のことだ。一階ロビーの監視カメラが、肩で息をしながら学生棟を出る深川の姿を捉えている。階段をいっきに駆け下りたのだろう。二十三時三十分には本館と教場棟を繋《つな》ぐ通路を横切る。

二十三時三十一分。講堂の裏にある監視カメラが、深川を捉えた。講堂は警察学校の敷地の北西にある。東側はグラウンドだ。北側は警察大学校と隣接している。間には二重フェンスがある。幅五メートルほどの雑木林で仕切られていた。講堂のすぐ裏に、この雑木林に出られる北門がある。

北門には練習交番は設置されていない。講堂裏のゴミ捨て場の監視カメラが北門の一部を捉えているのみだ。普段、門は施錠されている。昼間でもここを通る者は少ない。夜間はもっとだ。

二十三時三十一分十五秒。深川が北門に現れた。門をよじ登る。乗り越えて雑木林に入った。

深川は二度、深呼吸した。

「──大変、申し訳ありません」

「どこへ行っていた」

黙りこんでしまった。

五味は映像を早送りした。深川は二十三時五十二分に、北門に戻ってきた。行きと同じように乗り越える。学生棟へ歩いていった。

「府中署管内の交番襲撃事件が、この日に起こっていることは知っているわね」

綾乃が訊《き》いた。深川は慌てて首を横に振った。

「断じて僕は犯人ではありません。事件はこの三十分以上前ですよね。この時学校は厳戒態勢で、僕が事件に関与できたはずはありません」

「知っている。点呼が急になくなり、当直教官は練交配置となった。つまり、学生棟の監視がなくなった。事件以降、お前はやりたい放題できたということだ。例えば、凶器の処理とか」

「僕が共犯者だというんですか！　だいたい、警察学校から現場まで、どれだけ距離があると──」

「三十分あれば、現場から逃走した犯人と接触して戻ってこられる。お前は北門を乗り越えて、どこに行っていた」

「どこにも行っていません」

「だが門を乗り越えた」

「乗り越えましたが、敷地の外から出ていません。周囲には監視カメラが十メートルおきに設置されているじゃないですか。この雑木林から外に出た僕の姿は、うつっていましたか？」

綾乃が無言で腕を組んだ。ここがわからないところだ。確かに、深川が警察大学校や雑木林から出た形跡が、全くないのだ。

「それじゃ、なんのために北門を乗り越えた」

「――好奇心、というか。桜の花が、きれいで」

「そんな理由があるか！」

デスクを拳《こぶし》で叩《たた》いた。映像をもう一度、流す。北門を乗り越える前の映像を一時停止した。深川の顔をキャプチャする。拡大した。

「顎《あご》にも首にも傷はない。だが二十分後――」

早送りし、件《くだん》の映像を呼び出した。北門をよじ登り、警察学校側に戻ろうとする。首の皮膚に、赤い筋が見える。

「流血しているじゃないか」

「桜の木の枝に引っ掛かってしまったんです」

「雑木林でなにをしていた」

「ですから、桜を、見たくて」

わかりました逮捕してください、と深川は両手を突き出した。

「器物損壊容疑で、どうぞ、逮捕してください」

綾乃が戸惑ったように、五味を見た。

「桜があまりにきれいで、寮の部屋に持ち帰りたくなったんです。木の枝を折りました。ジャージの下に隠して、個室に持ち帰りました。あの……！」

深川は涙目で訴えた。

「父には、言わないでください！」


「桜の枝を取りに行っただと!?　少女じゃあるまいし、なんだその言い訳は」

高杉が白飯をかきこむ。

綾乃は五味と高杉の三人で、学生棟の食堂で昼食を摂《と》っていた。十三時はもうすいている。数人の学生がちらほらと残っているだけだ。三人、テラス近くの隅っこのテーブルでひっそり深川の話をしていた。

「あれは嘘だ」

五味が断言した。事件の翌日の明け方、深川の個室を確認している。

「俺が見たとき、桜の木の枝なんか部屋にはなかった」

深川に指摘すると、彼はこう答えた。

「結局、部屋に戻って捨てたんです。バレたら怒られると気がついて」

嘘の上塗りだ。

「そもそも、桜の木はグラウンドの脇にも並んでいる。わざわざ北門を乗り越えて桜の枝を取りに行く意味がわからない」

だが——と五味は難しい顔だ。

「いまの状況で、深川と北村の襲撃事件を繋げるのは無理がある」

犯行時刻が合わない。深川が侵入した雑木林も調べた。なにも見つからなかった。掘り返したような跡もない。深川のDNAは毛髪のものとは合わなかった。高杉が問う。

「現場を通過した車がピックアップされていたな？」

「刑務官、ラーメン屋、エステティシャン、会社員五名といったところです」

彼らは警察学校周辺の防犯・監視カメラ網には映っていなかった。高杉が反応する。

「刑務官。法務省の所属じゃないか」

深川浩は法務省の官僚だったのだ。高杉が推理する。

「深川浩が指南役だとして、手先に実行させ、息子に共犯を頼んだ？」

綾乃は否定した。

「この刑務官はキャリアではありません。府中刑務所に採用された地方公務員であり、法務省の官僚と会うことなどなかったと思います」

綾乃は刑務官のプロフィールを取り出して高杉に見せた。

「栗田《くりた》明憲《あきのり》、三十六歳。平成十八年、新卒で府中刑務所に採用……か」

「以下、府中刑務所内での部署移動があったのみで、法務省等への出向はありません」

「研修とかで法務省に行くことはありそうだが？　接点は見つからなかったのか」

綾乃は首を横に振った。気になると言えば、二十代の頃に待遇改善を上司に訴えた際、暴力沙汰《ざた》を起こしたことだ。以降は冷遇されている。出世街道から外れていた。

五味が尋ねる。

「エステティシャンはどんな人物なの」

「山尾絵里香、三十八歳の女性で現住所は府中市新町二丁目五十五の十四。エステ店はインド古式のアーユルヴェーダマッサージサロンで、従業員なし。開店は八年前です」

山尾絵里香は結婚を控えている。話を聞きたいと申し出ると、式場に呼び出されたこともあった。相手はＩＴ関連企業の経営者だ。目黒《めぐろ》雅叙園《がじょえん》で式を挙げるらしい。綾乃はついでに式場のパンフレットを貰《もら》ってきた。まだ見ていない。

「じゃ、やっぱり桜の枝が欲しかっただけなのか？　深川は」

高杉がつまようじをすった。

「動機も微妙なところですよね。恨みを抱いていたのは北村の方だったんです」

五味が大きく頷《うなず》いた。

「つまり北村は深川裁判長への復讐《ふくしゅう》の機会を窺《うかが》っていた、とは考えられないか？　じっくり時間をかけて、深川の周辺を洗っていた」

「深川親子は弱みを握られていたとか？」

高杉が言った。綾乃は頷く。

「交番の監視カメラを北村さん自身が切っていたのだとしたら、五味さんの話に一理、ありますす」

「脅す相手を、交番で待っていたのか」

金銭の授受等を監視カメラに残したくなくて、自ら切った——と五味が言ったが、

「すると矛盾点がひとつ」と反証もする。

なぜ交番でなくてはならなかったのか。

「北村は一人暮らしだ。脅した金を巻き上げるのなら自宅か、監視カメラも人の気配もないところでやるだろう」

府中市内なら絶好の場所がいくつもある。多摩川河川敷、多磨《たま》霊園、府中の森公園などだ。

「わざわざ監視カメラを切って交番でやり取りをする意味がない」

裏を返せば、と高杉が前のめりになる。

「交番でやり取りすることに意味があった取引、ということだよな」

五味が考え込んだ。視線がゆっくりと動く。目で誰かを追っている。女警を見ていた。ひとりでご飯を食べている。ただの食事なのに、必死さがあった。顔色は良い。目を奪われたのはその胸元だ。警察制服のボタンがはちきれんばかりだ。Gカップくらいはあ

るか。綾乃はホルスタインを連想してしまった。

高杉が「煙草」とお盆を持って立ち去った。五味と二人きりになる。綾乃は五味に、囁《ささや》いた。

「胸、見過ぎです」

五味は真面目な顔で言った。

「いや——だって、はちきれそうだろ。制服のサイズが合ってないのかな」

そういうことじゃない。綾乃は五味の太腿《ふともも》をつねった。


夕刻、ホームルームの時間だ。五味は高杉と自教場に入った。

綾乃につねられた太腿がまだ痛い。戦闘マニアの矢部を弾《はじ》き飛ばした件にしろ、意外に力がある。嫉妬《しっと》深いところもあるらしい。

深川がいつも通り「起立！」と声を上げた。五味は両手を振った。

「やめ、やめ。三上！」

三上が不思議そうに立ち上がった。

「今日から副場長のお前が号令をかけろ」

びっくりした顔で、三上は深川を一瞥《いちべつ》した。深川が悲しそうに五味を見据えている。

五味は美穂にも指示した。

「南雲もだ。今日からお前ら副場長が教場を回せ。いいな」

あれほど場長を嫌がっていた美穂だ、抗議の声が飛んできた。

「どういうことですか。深川君は――」

五味は無視した。三上に号令をかけさせる。一同が戸惑ったまま一礼する。座った。深川がいちばん冷静な顔をしている。覚悟を決めていたのだろう。

「深川」五味は教卓の横に彼を立たせた。

「しばらくお前を場長から外す」

教場が張り詰めた。

「お前が役職を降りるとなると、副場長二人がてんてこまいだ。まずは謝罪しろ」

深川は三上と南雲にそれぞれ、一礼ずつした。十五度の敬礼だった。五味は頭を押さえつけて、四十五度の最敬礼をさせた。屈辱的だろう。深川の肩が揺れている。龍興が立ち上がった。

「教官……！　いくらなんでもっ。どうして」

五味は手を離し、深川に頭を上げるように言った。

「自分の口で説明しろ。どうして自分が場長を降ろされるのか。これから副場長二人だけでなく、教場全体に迷惑がかかる」

五味は机の間を抜け、教場の後ろに立った。高杉と並ぶ。「座れよ！」と高杉が龍興の肩を突いた。深川は伏し目がちに、言った。

「私――深川翼巡査は、四月一日、二十三時頃……」

「正確な時間を」

「二十三時三十一分です。北門を乗り越えて雑木林に入り、桜の木の枝を、折りました」

深川がごくりと、唾を飲み下した。美穂が親身な様子で尋ねる。

「――折って、どうしたの？」

「きれいだなと思って、つい……部屋に持って帰りました」

教場は、誰一人言葉を発しない。五味は教壇に戻った。

「脱走と器物損壊だ。お前、同じ文言を始末書に書いて提出しろ。学校長宛だ」

始末書の中で、最も重い。軽い物は教官や助教官宛にさせる。次は統括係長だ。その上が教養部長で、最悪が校長というわけだ。座学や術科で満点でも、警察学校在学中に校長宛の始末書があるのは、人事書類に残る瑕疵《かし》だ。

深川を席に戻した。三上が混乱した顔で質問する。

「ちょっと待ってください――重すぎませんか」

「脱走は退職処分ものだ。始末書と場長解任のペナルティなんかクソほどに軽い」

「でも桜の枝を取りに行っただけで、実際に脱走したわけではないですよね」

美穂も加勢する。

「事実、翌日以降しっかり教場を引っ張って行ってくれています。どうして入校初日にちょっと桜の枝を折っただけで、こんなに重い懲罰が――」

「桜の枝を折る。器物損壊事件だ。警察官としてやっていい行為か」

美穂は黙り込んだ。だからって、と龍興が立ち上がる。度胸がついてきているようだ。

「どうしてこんな見世物みたいなことをするんですか。確かに法律違反かもしれませんが、教官だって、文化クラブの生け花教室とかに参加する意義として、自然を愛する気持ちは大事だとおっしゃっていたじゃないですか」

「桜の木を折ることは自然を愛する気持ちから出たものじゃない。自己の欲望から派生した、傲慢《ごうまん》な行為だ」

教場から反論はない。

「我々警察官の正式名称はなんだ。龍興」

龍興は口ごもった。深川が答える。

「司法警察職員、です」

「そうだ。法を司《つかさど》るべく権力を与えられた我々が、自分の部屋で愛《め》でたいという理由で桜の木の枝を折った。しかも、禁止されている脱走をしてまでだ。警察官としての自覚が低すぎる。ましてや教場を支える場長がやった行為とは思えない」

深川は立ち上がり、再度、頭を下げた。

「本当に、申し訳――」

「いい加減にしろ！」

五味は、教卓の上に積み重ねられていた返却前の『こころの環』を、乱暴に突き崩した。ベージュ色の冊子が、教場の床に散らばる。教場の沈黙が濃くなる。

「ここへ来てもまだ嘘をつきとおすか」

ますます首を垂れた深川は、肩を揺らす。指先も震わせた。

「深川。四月一日の二十三時三十一分から二十三時五十二分まで、どこでなにをしていた」

深川は五味を見た。決して目を離さない。すがるような瞳《ひとみ》だった。

「本当のことを言うまで、決してお前を場長には戻さない」

五味は、三十九人の学生たちも見据えた。

「お前らも、深川を頼るな。トラブルがあるなら、すぐさま教官助教に報告しろ。以上だ！」


五月二十三日。

五味はバスに揺られていた。深川を場長から降ろしてから一週間ほど経っている。深川は桜の木の話を譲らない。

カリスマ場長を失っても、五味教場には大きな変化がなかった。遅刻や忘れ物もない。教練の声は揃い、結束も固い。体育祭でも数々の種目で一位を取った。一三〇〇期内では総合優勝だ。すでに八本のペナントを獲得している。

交番襲撃事件も、大きな動きはない。特捜本部は、矢部の自白を取ろうと必死だ。矢部が契約した可能性のある貸倉庫を一軒一軒、回っている。成果はない。綾乃は北村と深川元裁判長の因縁を調べている。双方に接触の痕跡《こんせき》は皆無だった。行き詰まっている。

全てが膠着《こうちゃく》状態のまま、一三〇〇期は野外訓練の日を迎えた。高尾山《たかおさん》登山にチャレンジする。

バスの車内は、警察歌の歌声で盛り上がっていた。特に『この道』は卒業式でも必ず歌われ、学生棟の掃除の時間などにも流れる。警官たちが最も胸を熱くする曲だ。

行事を取り仕切る見学・旅行係が、選曲に勤《いそ》しんだ。「次はなんの曲がいいかな」と一同を振り返る。必ず最初に深川を見た。深川の顔色を窺《うかが》っている。

高尾山のふもとに到着した。三上が点呼する。深川の周りに人が集まった。それはとても自然な流れに見える。三上が「こっちに整列！」と声を張り上げねばならなかった。

改めて、三上に場長を任命している。

肩書は人を作る。交番襲撃事件で打ちひしがれた中沢も、ひとたび学校に戻って『場長』の肩書を持てば、背筋がピンと伸びる。三上は優秀だ。これまで五味が見てきた場長となんら遜色《そんしょく》ない。深川がそれに勝る存在だとも思わない。

しかし、なぜかこの教場は深川が中心になってしまう。

この教場にはなにか、根深い問題がある。

見学・旅行係が声を張り上げ、説明する。

「高尾山にはいくつか登山コースがありまして、我々は難易度中級の、六号路を登ります。通称『びわ滝コース』と呼ばれる道です」

水行中の者が打たれるびわ滝がコースの途中にある他、川を飛び石で渡る場所もある。変化に富んだ山道だ。

五味教場は最後尾についた。全部で八教場、総勢三百人がぞろぞろと列をなして、登山道に入る。高杉と三上が先頭に立ち、二番手には見学・旅行係の二人が続いた。彼らは登山道を事前リサーチしている。最後尾には五味と美穂がついた。教場の学生たちの安全に配慮する。

びわ滝までは勾配《こうばい》が緩い。学生たちの顔に開放感が見えた。普段は厳しい規則と、監視カメラだらけの警察学校で生活している。

先頭にいた高杉が「きたー、水だぜ水！」と飛び出す。学生以上にはしゃぐ。緩やかな上り坂が終わり、祠《ほこら》の向こうにびわ滝が見えてきた。

水しぶきを上げる細い滝を前にして「気持ちいい！」と走り出す者が何人もいた。

休憩の後、登山道に戻る。勾配は緩いがぬかるみが多くなった。水の流れがすぐ脇にある。足場が悪い。川の流れが登山道を浸食している場所もあった。

女警たちが悲鳴をあげながらジャンプする。滑って尻《しり》もちをつく者もいた。大げさな黄色い声は、殆《ほとん》ど笑い声だった。見学・旅行係が拡声器で説明する。

「ここから先、大山《おおやま》橋を渡ると、川と山道が完全に一体化している場所があります。滑らないように注意を！」

飛び石をジャンプして進む。桃子がたどたどしい足取りで飛んでいる。ずいぶん慎重な足取りだ。後ろの男警がつんのめっていた。

しばらくぬかるんだ砂利道が続く。まだまだ学生たちに余裕がある。談笑している者もいた。

突然、山道ががらりと態度を変え、目の前に立ちはだかった。

木枠で踏み固められた階段がお目見えする。先は木々に隠れて見えない。階段が目の前に迫っているようだ。

旅行・見学係が拡声器で説明する。

「ここからが六号路の最難関です。階段は全部で二百段！」

うへえ、と音を上げるような声が続いた。すでに一時間登山している。消耗した体に鞭打《むちう》ち、最難関に挑む。あとは自分との闘いだ。

高杉が登山の列を二つに振り分けた。拡声器で周囲に言う。

「ここからは各自のペース配分を許す。自分はペースが遅めだと思う者は左側へ。ペースの速いものは右側へ。高速道と一緒だ。進め！」

列が崩れた。先頭に躍り出たのは龍興だ。高尾山六号路を踏破する、という気概であふれている。女警はほとんど左側を登った。何度も流れが滞る。

桃子だ。

立ち止まり、膝《ひざ》に手をついて肩で息をする。後ろの女警に道を譲る。最後尾の五味はすぐ桃子に追いついた。

「大丈夫か」

はい、と桃子は呼吸ついでに言ったが、足が止まる。五味は美穂を先に行かせた。後ろは誰もいない。

肩を激しく上下させ、何度も唾《つば》を飲み込みながら、桃子は進む。五味もペースを落とした。登山の列から引き離されていく。

桃子は足取りが重くなっていく。一度止まると三分しても動き出せなくなった。とうとう座り込む。木漏れ日が、桃子の顔を照らしている。肩で息をしているのに、汗一つかいていない。唇も紫色だった。

急斜面の周囲を見る。勾配の緩い、切り株のある開けた場所が見えた。

「あそこで休憩しよう。あと十段だ。がんばれ」

五味は桃子の腕を引き、登山道をそれた。鬱蒼《うっそう》と葉が茂る木々の根本は薄暗い。じめじめしている。緑の匂いを強く感じた。

「お前はもう下山だ。病院へ連れていく」

高杉に無線報告を入れようとして、桃子に手を摑《つか》まれた。必死の眼差《まなざ》しで、五味の手を両手で握りしめる。

「もう少し休んだら、また登ります。大丈夫です」

「無理だ。お前は脱水症状を起こしている。病院だ」

「元気です！　あの、それじゃ、下山します。先にバスに乗って休んでいれば、大丈夫です。病院に行くほどでは——」

五味の手を握る力が強くなる。五味はやんわりとその手をほどこうとした。桃子が腰にしがみついてくる。

「教官、お願いします。私は登山だって下山だって自力でできます！　だから、病院には——」

「そんなに病院が嫌か」

五味は体を引き離し、座らせた。前にしゃがみ、顔を覗《のぞ》きこむ。体調が悪い状態で登山に挑もうとしたことを、まずは叱責《しっせき》する。

「時々嘔吐《おうと》しているというのは、南雲から報告を受けている。五月になってから明らかに成績は急降下だ。授業中も居眠りがダントツで多い。体調が悪そうなのに、顔つきがふっくらしてきている。食堂では酸っぱいものや脂っこいものばかり食べて、白飯はにおいをかぐだけでしかめっ面だ。そして——」

乳房。採寸したばかりの警察制服が、はちきれんばかりだった。胸が異様に張っている。桃子は唇を嚙《か》み締め、うなだれた。

「お前、妊娠しているな」

二十時。五味は八王子《はちおうじ》市内の救急病院のロビーにいた。登山の恰好《かっこう》のままだ。汗臭い。

入口の扉が開く。スーツ姿の高杉が小走りにやってきた。

　高杉もてんてこまいだっただろう。下山途中で龍興が五メートルほど滑落してしまった。すぐに引き上げられたが足首を捻《ひね》った。高杉をはじめ、体力自慢の学生たちが順番に担いで下山した。五味は龍興と桃子をまとめて引き取り、診察させた。龍興は軽い捻《ねん》挫《ざ》だった。ひとりで警察学校へ帰らせた。

　高杉は五味教場の学生の引率がある。一度、バスで府中の警察学校に戻った。ここへとんぼ返りしてきたのだ。

　五味は高杉を病室へ案内しながら、桃子の容態を説明した。

「小田は妊娠三か月。九週目だそうだ。いまは休ませている」

　高杉は鼻でため息をついた。なんとも複雑な顔をしている。

「聞きづらかったが、その——行為のあった日を特定できないか、と医者に尋ねた」

　高杉は「んなこと後回しだろ」と眉《まゆ》を上げた。

「産むのか、産まないのかがまず問題だ」

「落ち着け。妊娠に至る行為が、入校前か後のことなのかをはっきりさせるべきだ。俺たちは教官だ。学生の評価を正しく行わねばならない」

　桃子は恋人がいると申請していた。入校前のことなら、懲戒やペナルティの対象にならない。入校後のこととなると、相手が誰なのかということから始まる。禁止されている不純異性交遊があったとして、処分を下さねばならない。

「妊娠三か月だろ？　三か月前。明らかに入校前だ」

「妊娠週数は数え方が特殊だ。九週間前に行為があったとは計算しないらしい」

最終月経日初日から妊娠一週目と数えると医者は言った。排卵があるころは妊娠二週目となる。高杉は面倒くさそうな顔をした。

「細かいことはどうでもいいよ。で、医者はなんて？」

「三月三十一日日曜日から四月六日までの一週間が、行為があった日だろうと」

「微妙すぎる。絞り込めないじゃないか」

「本人に問いただすほかない」

「お前、聞くのか」

五味は嫌だと首を横に振った。高杉も首をすくめる。不謹慎と思いながらも、五味はじゃんけんするかと提案した。

「ふざけんなよ。小田の警察人生の運命を決める上、子供の命がかかっている。じゃんけんはない。三人で話そう」

「性行為について尋ねるんだぞ。男二人が女警ひとりを詰問するのはまずい」

「誰か女の教官を呼んでくるか？」

一三〇〇期には女性の教官がひとりいるが、合気道の担当だ。桃子は剣道を選択している。合気道の授業を受けたことがない。その女性教官としゃべったこともないだろう。

高杉が口を引き結び、苦々しい顔つきで拳《こぶし》を振った。じゃんけんをする。五味は負けた。病室をノックして、中に入る。白いカーテンの向こうで、桃子が横向きに寝ていた。背中を向けている。呼んだ。ちらりと五味を見た。不貞腐《ふてくさ》れたように目を逸《そ》らす。妊娠は医者から聞いているはずだ。五味はベッドの足元にあった丸椅子を引いた。座らないうちに、桃子が早口に言った。

「子供は、堕胎します」

五味は椅子に座り損ねた。桃子が身を起こし、頭を下げた。

「入校前のこととはいえ、軽率でした。ご心配をおかけして、本当に申し訳ありません」

「――相手の男性は？」

「恋人です。申請してあったと思いますが」

須藤翔真。国立大学に通う四年生。千葉県議会議員の息子だ。

「もう一度、確認する。行為は、入校前のことなんだな」

「そう言っています」

刺々《とげとげ》しい。妊娠初期で気が立っているのか。

「恋人に連絡をしたか？　話し合うべきだ。彼の子供でもある。勝手に堕胎は――」

「まだあっちは学生です」

「四年生だろ。来年にも社会人だ。責任は取れるはずだ」

「私の人生はどうなるんです？　せっかく警視庁採用試験に合格して、警察官になろうとしているのに。出産のために退職しろというんですか」

五味はため息交じりに、言った。

「規則違反を犯してできた子じゃない。そうだったとしても、簡単に殺していいのか?」

「殺すなんて言い方、やめてください。堕胎は母体保護法で認められた女性の権利です」

「警視庁には産休育休制度がある。落ち着いてから復職するのはどうだ」

「乳飲み子を抱えた状態で、また全寮制の警察学校に入れというんですか? 誰が子供の面倒を見るんですか?」

「だから、恋人とよく話し合って——」

桃子は突然ヒステリックに叫ぶ。

「私は産みたくないって言っているの、強制しないで!」

すごい剣幕だった。カーテンが開く。看護師が「大丈夫ですか」と五味に非難の目を向けた。

五味の先妻の百合は警察の道をあきらめて、結衣を産んだ。どうして簡単に決断できるのか。悩み続けた挙句に出した、重い決断なのか。

「小田。妊娠に気が付いたのはいつだ?」

「今日です。ただの風邪か疲れがたまっているだけと思っていました」

「生理だと言って何度も術科の授業を休んでいた」

　桃子は黙り込む。

「本当に生理は来ていたのか？　それなら、いま妊娠九週というのは計算が――」

「わかりましたもういいです」

　桃子がうんざりしたように、開き直る。

「全部、嘘です。生理が来ていないことで悩んでいました。つわりみたいな症状もあったのですが教官助教にバレないように生理痛だと言って術科を休んでいました。一人でなんとかしようと考えているうちに、今日になってしまったという次第です」

　五味はスマホを懐から出した。百合と結衣の画像を表示させる。新百合ヶ丘に引っ越してすぐのころだ。小5だった結衣の運動会の日の朝、家の前で撮った。

　いま、五味はこの時考えていたのとは全く違う人生の上に立っている。それでも大事な一枚だった。妻子の写真だと、桃子にスマホを見せた。

「もう、結婚していたんですか」

「どういう意味だ」

「いえ――教官は、結婚を控えているという噂を聞きました」

「最初の妻は亡くなった。この娘は、妻の連れ子だ。妻は女警だった。在学中に妊娠して、学校を辞めた。女手一つでこの子を育てていた」

　五味はスマホを仕舞った。

「娘はもう、十七歳だ。元気に学校に行き、部活で汗を流し、休日は友人と楽しく過ごしている。献身的に俺を支えてくれてもいる」

百合があの時堕胎していたら、結衣のこの濃密な人生はなかった。

「そう簡単に、堕胎すると言わないでくれ。出産するとなったら大変な問題が山積みかもしれないが、俺と高杉は応援するし――」

「教官」

桃子の声音は、五味の言葉をはねのける力があった。

「教官の亡くなった奥さんは、妊娠したとき、相手の男性を深く愛していたんだと思います」

五味は無意識のうちに、目を逸らしていた。

「私は違います。だから堕《お》ろします」


翌日。五味と高杉は自教場に入った。桃子の席が空いている。三上が号令をかけた。

「おはよう。昨日の野外訓練はみなよく頑張った。誰か、体調の悪い者はいるか？」

龍興に足の具合を訊《き》いた。龍興が右足を庇《かば》うように立ち上がる。

「今朝はだいぶいいです。あと二、三日で普通に歩けると思います」

改めて、皆に頭を下げる。

「昨日は下山も大変だったのに、いろんな人に背負ってもらって、本当に助かりました。

そして、ご迷惑をおかけしました」

次に手を挙げたのは、三上だった。桃子の不在を気にしている。

「体調を崩してはいるが、心配ない。来週にも戻ってくる」

五味は教場当番に『こころの環』を回収させた。教卓の上に積みあげられる。

「それじゃ次はスマホだな」

いつも朝のホームルームで回収する。箱に入れて教場内の鍵《かぎ》付きの保管庫に入れる。

教場当番が段ボール箱を回そうとした。五味は言う。

「いや、回収は後だ。お前ら全員、LINEアプリをいれているんだろ？　開いてくれ」

なぜ、という顔が並ぶ。少しざわめいた。質問は出ない。学生たちは素直にスマホをタップする。

「五味教場のLINEグループがあるんだってな？」

学生たちは目を伏せてしまった。横目で互いを探る。誰が教官にチクった、と言わんばかりの目だった。深川が立ち上がる。

「五味教場のグループLINEは、入校初日に僕が声をかけて作ったものです。とくに学校の規則で禁止しているとも聞かなかったので――」

「咎《とが》めてはいない。問題は、内容だ」

深川が眉《まゆ》を寄せた。

「毎日のスケジュール確認や、業務連絡ばかりですが」

「深川。お前はいま場長じゃない。教場代表のような面で発言するな」

学生たちの表情が凍り付いた。これから始まるなにかを察している。五味はジャケットを脱いだ。教官専用のハンガーにかける。パイプ椅子を開いて、座った。

「休憩なしで一時限目を行う。刑事捜査授業は中止。高杉助教は別教場で逮捕術の授業があるから途中でいなくなるが、気にするな。さあ、始めよう」

グループLINEの最初の会話まで戻れ、と命令した。

「四月一日に作ったグループだと言ったな。最初の発言者は誰だ」

深川が困ったような顔で挙手する。

「よし。最初の発言から順番に、LINEに書き込んだ内容を声に出して読め」

教場が爆発的にざわめいた。「いくらなんでもそれはない」と拒否の声が溢《あふ》れる。

「黙れ!」

怒鳴ったのは高杉だった。警棒を出して伸ばす。学生たちの『こころの環』の山に振り下ろす。ビシッと強烈な音が響き、冊子がへこんだ。教官助教は警棒など持ち歩かないので、学生たちは目を丸くしている。

「教官に従え! ここは警察学校だぞ!」

警棒を構えたまま、高杉は机間巡回を始めた。学生たちは慌ててスマホをスクロールする。指がスマホの画面をなでる音が、沈黙を濃くする。チャイムが鳴った。扉の外は移動する学生たちで騒がしい。「五味教場やべぇ」「雷落ちてる」という声が聞こえてくる。

深川が声を震わせて、ＬＩＮＥの読み上げを始める。

〈みなさん初めまして、一三〇〇期五味教場の深川翼です。これから半年間よろしくお願いします。二十三歳の新卒、東京都出身、係は場長です。みなさん気軽にお声かけください。……という感じで、各自、自己紹介をアップしていただけたら幸いです。では半年間、がんばろう〉

沈黙。

「次は誰だ！」

高杉が怒鳴った。美穂が慌てて言う。

「次は、小田巡査です」

「お前が代わりに代読しろ」

五味の命令に美穂は頷《うなず》いた。何度も唾《つば》を飲み、言う。

「〈初めまして、小田桃子です〉……これって、絵文字も言うべきですか？」

口で説明するよう、指示した。

「桜の絵文字。〈房総出身のいなかっぺです。女刑事になるのが夢です〉桜の絵文字。〈自治係ですが、なにもチクリたくない！　これから一年間、よろしくお願いします〉」

言葉を切り、美穂が続けた。また桃子の発言だ。

「〈あと、深川君、LINEグループ作ってくれてありがとう！　超便利だねこれ、みんなとすぐ仲良くなれそう〉桜の絵文字」

一度沈黙した後、美穂が続ける。

「〈深川君はさすが国家公安委員の息子さん〉ハートマーク、連発。〈尊敬します〉」

五味はすかさず尋ねる。

「いまのは誰の発言だ？　お前か、小田か」

「私です」と言った美穂の声が異様に小さい。続けた。

〈南雲美穂です。年齢内緒。元警察行政職員です。組織のことはそこそこ知っている方だと思うので、お気軽にお声かけください。会計監査副場長です〉

何人かが、自己紹介の文言を読み上げた。深川が国家公安委員の息子であることに対して、〈最強だ〉〈末永くよろしく〉と冗談めかす。再び沈黙があった。高杉が警棒を伸ばす。

慌てて美穂が発言した。覚悟を決めた顔だった。声が震えている。

〈それにしても、女警のこの髪型とメイクの制限はありえない、時代遅れ！　五味教官とか、フルメイクしていない私を見て、絶対認識できてなかったし〉

ありえない、サイテー、と軽蔑《けいべつ》のスタンプを、何人かの女警が送信している。彼女たちの声は掠《かす》れていた。美穂が続ける。

「小田巡査の発言です。〈五味教官も高杉助教もイケメンですよね〉桜の絵文字。続いて、私の発言です……。〈外側だけはね〉」

刺すような沈黙があった。美穂は涙声で訴えた。

「ごめんなさい。これ以上は、言えません」

五味は「言え」としか答えなかった。美穂は首を振る。

「無理です。ごめんなさい。教官と助教の悪口です。でも、冗談です。悪気があったわけでは……」

「言え」

美穂は、いやです、と絶叫した。村下が立ち上がる。

「教官！　これは、僕らには拷問です。この後も、正直に言いますが、教官と助教を揶《や》揄《ゆ》する内容がたびたび出てきます。ただのガス抜きで、決して僕らは教官と助教を嫌っているわけではなく――」

黙れ、と五味は遮った。

「いまは南雲の番だ。彼女の発言が終わるまで次には進まないし、最後の発言が終わるまではお前らをこの教場から出さない。急がないと二時限目以降の授業を受けられないぞ。南雲、続けろ」

美穂は泣いていた。早口に読み上げる。

〈五味教官は、女に鈍感なタイプ。高杉助教はめっちゃ怖そうだけど、軽そう。女関係、絶対激しそう。これ女の直感。やばい、チクらないでよ、自治係！〉

美穂は「小田さんの発言です」といっきにまくしたて、息継ぎする。

「〈言いませーん！　絶対に〉笑いの顔文字。〈でも、南雲さんの意見、あたってそうな気がする！〉」

村下が、苦々しい声で読み上げた。

〈女警さんたちで盛り上がっているけど、ＬＩＮＥでそんなこと言っちゃって大丈夫？　スマホは毎日没収されるらしいよ〉

美穂が言う。

「〈保管庫に入れられるだけ。さすがに教官助教は個人情報保護法があるから、スマホの中までチェックしないよ。チェックするとか言い出したら訴えるし〉笑いの顔文字」

龍興が発言する。初日に号泣していたのを微塵《みじん》も感じさせない内容だった。

〈龍興力、新卒、熊本出身の二十三歳です。俺自身、熊本地震で被災しています。それなのに警視庁、いや、だからこそ、警視庁なのです〉

意味不明だったが、聞き流す。それから、と龍興が言った後が続かない。高杉が背後に立つ。龍興は慌てて言った。

〈僕は五味教官の秘密を知っています。いま、マリッジブルーらしいです〉

学生たちがここでスタンプを連発したようだ。笑った顔、拍手する手、驚きの顔などを言い表す声が、方々から飛ぶ。ネット上では爆笑炎上、と言ったところか。揶揄した教官を前に、現実世界は静まり返っている。龍興が言い訳する。

「あの——入校した日に、校門の前で高杉助教と会話しているのが聞こえてきて」

「知っている。続けろ」

龍興は口元を震わせ、続けた。

「〈これも見られたらまずい奴かな。スマホチェックなんかされたら、即、国家公安委員にチクろう〉ビックリマーク……。〈教官助教って警部補と巡査部長だよ。階級下のほう〉笑いの、マーク。〈深川君には頭が上がらないよ〉」

弱い奴ほど階級を気にする。

自己紹介が続く。深川の〝肩書〟への敬服と、教官助教をからかう言葉が溢れる。深川は一切、反応していない。村下が再び、発言する。

〈深川君の力で、僕の頭を刈った統括係長にもなんらかの処分を下してほしいな！〉

ここでやっと、深川がＬＩＮＥ上で発言する。

〈村下君は坊主頭も似合うよ。大丈夫〉

美穂が、小さな声で言う。

「〈深川君は発言もイケメンすぎる〉ハートマークが、五個くらい」

美穂が強烈にアピールしている。男に頼らない生き方をしたいから、警察官に鞍替《くらが》えし、警視総監賞を目指していたのではなかったか。結局、男の肩書に媚《こ》びる。

自己紹介が続く。簡潔な文面で終わり、ほとんど会話に参加しない学生もいれば、警察官への思いを長々と語る者もいた。教官助教への揶揄が何度も入る。これを肴《さかな》に盛り上がっていた。入校してすぐに五味教場が団結して見えたのは、この楽し気なやり取りがあったからだろう。

初日の締めくくりは、深川が行った。

〈これで全部かな？　というわけで卒業までの半年間、助け合ってがんばろう〉

五味はあえて、口を挟んだ。

「待て。まだひとり、発言していない」

一同は俯《うつむ》き固まってしまった。ひとりが顔を上げる。悔しそうで、目が真っ赤だった。

「三上。お前は自己紹介をしていないのか」

「いえ」と三上は言葉を切った。顔が怒りに満ちている。

「僕は、そのＬＩＮＥグループに入っていません。存在することも、知りませんでした」

三時限目のチャイムが鳴った。

ＬＩＮＥの投稿メッセージの読み上げは続いている。大小さまざまなトークグループの会話を発言させていた。

二人だけの会話はグループとはみなさず、三人以上のグループのみ申告させた。五味教場内だけで最大で十五人のグループが十八個もできていた。女警だけのものもあれば、学習班ごとのグループもある。係や文化クラブごとのグループもあった。『一三〇〇期

53教場刑事課』と凝った名前がついたものもある。将来刑事を目指す学生八人が集まって情報交換をしていた。紅一点で桃子も入っている。刑事の道にいかにして最短で進めるか、どの所轄署に卒業配置されると有利なのか。学校時代の成績はどの程度必要か。妊娠騒動を起こすとは思えないほど熱心に、情報収集している。

三上は相変わらず、どのグループにも入っていない。深川は十八個あるグループのうち、十五個に参加する好かれようだった。

十八個のグループ内の会話は、悪口のオンパレードだった。厳しい指導をする教官に、死ねだの殺すだの不謹慎な言葉も飛び交う。五味や高杉がやり玉にあげられることは殆《ほとん》どなかった。存在感が薄かっただけだ。五味や高杉の側もそうだった。この二か月、〝優秀な教場〟を理由に、彼らに深入りしてこなかった。

プール授業での吉田教官に対する抗議事件が盛り上がっていた。吉田の画像に卑猥《ひわい》なコラージュをしてＬＩＮＥグループにアップする。それが女警にまで回っていた。深川の力で吉田を辞めさせてもらおうとも盛り上がる。深川は反応しなかった。この〝炎上〟は翌日には沈静化している。

五味は一旦《いったん》会話を止めて、村下の『こころの環』を取った。

「お前、吉田教官の溺水者《できすい》救出訓練でのしごきを、ありがたがっていなかったか？」

村下はＬＩＮＥ上では吉田教官を「ハゲ」「クソ」と罵《ののし》っている。五味は、『こころの環』の該当部分を読み上げた。

〈今日の溺水者救出訓練は非常にためになった。吉田教官に頭を押さえられ続けて、死ぬかなと思ったけれど、限界を知ったからこそ、現場に出て恐怖を味わわなくて済む。吉田教官には感謝だ〉

村下は俯き、顔を赤くしている。

「村下。本心はどっちだ?」

答えない。

「『こころの環』には嘘を書いてはいけないと言った。LINEの方が嘘か。お前は教場の仲間たちに嘘をついたということか」

村下の顔面がみるみる青くなっていく。『こころの環』に嘘を書いたら、ペナルティだ。

女警では、桃子が仲間外れになった七人組の会話が、最も活発だった。悪口が並ぶ。

〈小田さんは女刑事目指しているわりにサボり多いよね〉

県議の息子と付き合っているという情報には、白けている。

〈勝ち組はいいよね、必死にマラソンカード消化しなくても、いずれは政治家の妻〉

〈男に媚《こ》びてるよ。五味教官への熱視線、やばいし。誰か言ってやってよ、見え見えだって〉

女警たちは「これ以上は口に出して言えない」と泣き出した。五味は無言で続きを待つ。三十分、教場は沈黙が続いた。三時限目の途中でようやく、ひとりの女警が悪口を読み上げ始めた。大きな声だった。放心状態か、目が据わっている。村下に対する嘲笑だった。

〈また聞こえてきたよー。騒音トランペット〉

村下は文化クラブの日、カラーガードと一緒に演奏している。五味のもとに苦情は一件も入っていない。村下には「いい演奏だったね」とか「この曲を吹いてほしいな」というリクエストまで入っていた。村下がそれを『こころの環』に誇らしげに書いていた。

だが、女警のトークグループでは違った。

〈誰か言ってやってよ、それで音大出？〉

〈才能ないから、警視庁に流れてきたんでしょ〉

龍興を愚弄する投稿も頻繁にあった。龍興が入る学習班は、彼を仲間外れにしたトークグループを作っていた。

〈深川君が降ろされてから、龍興がうざいのは俺だけ？〉

〈国家公安委員の親友気取り。自分が場長に取って変わるつもりなのかな。完全空回りしている〉

〈誰か言ってやってよ。お前には学習班の班長すら無理だからって〉

誰か言ってやってよ。

この無責任な言葉が恥ずかしげもなく繰り返される。

三上が仲間外れになっている件は『一三〇〇期五味教場刑事課』内の会話で、明らかになった。

〈三上君が教場のトークグループに入っていないんだけど、どうしてだろ〉

〈LINEアプリダウンロードしてないらしいよ。そういうの嫌いらしいって、深川君が言ってた〉

三上が深川を睨《にら》む。深川は前を見据えたままだ。

〈深川君はそれ、気を遣ってそう言っているだけで、本当は違うんだよ〉

〈三上君、親戚《しんせき》関係に共産党がいるらしい。関わると、こっちの警察人生がやばくなるから、親しくなるのはご法度だ。いい奴なんだけどな。残念〉

この情報は瞬く間に他のグループにも拡散している。

〈まじかー。あいつ、赤犬だったのか。よく警視庁に入れたな〉

これは村下の発言だった。三上が「ちょっと待てよ！」と立ち上がった。

「母のことを言っているのか？　母は近所のCCストアでレジ打ちのパートをしていただけだ。そこが共産党系だと知らなかった。教官に指摘されて、すぐに辞めてもらった。共産党とうちはなんの関係もない！」

教場に、戸惑ったような空気が流れた。五味は尋ねる。

「そもそも、三上の母親の件をどうして他の連中が知っているんだ？」

三上はまた、深川を見た。

「お前だろ。お前にしか話していない！」

深川は申し訳なさそうに、三上を見返すだけだ。三上が五味に説明する。

「母の仕事の件を、五味教官が人事書類に書き込んでいたのを見て、不安でした。母は仕事を辞めたけれど、本当に大丈夫なのか、初日に深川巡査に相談したんです」

国家公安委員の息子だから、人事のことはよくわかっていると思ったのだろう。実際、国家公安委員は警視正以上の階級の人事については所掌する立場にある。人事権を持つ警務部に大きな影響力がある。深川は否定しない。

「父に、関わらないに越したことはないと言われていまして……」

「深川」

五味は立ち上がった。

「お前、目の前で転んだ人がいて、その人が共産党員の腕章をつけていたら、助けないのか？」

「そんなことはありません」

「関わらないに越したことはないんだろう？」

深川は唇を噛《か》み締めた。五味は、いいか、と学生たちに言い聞かせる。

「我々警察は、共産党や市民団体の活動を監視する立場にある。だから深く関わることは禁止されているが、困っていたら声をかけろ。それが警察官というものだ。デコ助、権力の犬と石を投げられていても、倒れていたら抱え起こせ。それが公務員というものだ。〈赤犬〉と差別するなど言語道断だ」

昼休みが終わり五時限目に入った。逮捕術の授業だ。高杉が戻ってくる。ようやく全ての読み上げが終わった。五味は教壇に立つ。

「さあ。四時間ぶっ通しだが、あとひと踏ん張りだ」

五味はその場で、LINEの中にある五味教場関連のトークグループを削除させた。抗議の声はあがらない。高杉がひとりひとりのスマホをチェックして回った。

五味は『こころの環』を返却した。最後のページはメモ帳になっている。スマホの電話帳に入っているデータを書き写すように言った。

「在学中に連絡を取る可能性がある相手だけでいい」

変な顔をして五味を見る者もいれば、黙って従うだけの学生もいた。

「書き終わった者から、スマホの電源を切って回収ボックスに入れろ。保管庫の鍵《かぎ》は俺が預かる。しばらく開けるつもりがないことを言っておく」

え、と一同が顔を上げた。驚愕《きょうがく》で目が見開かれ、口もぽかんと開く。

「スマホは没収する。使わせない」

猛烈な抗議が沸き上がった。

「スマホはライフラインですよ!」

「スマホなしでは生きていけません!」

顔を真っ赤にして怒る者、真っ青になって訴える者、信じがたいと固まっている者、様々だ。五味は教卓に拳《こぶし》を振り下ろした。

「黙れ！」

深川が立ち上がった。また教場代表という顔だ。

「教官。スマホ没収はやりすぎです。確かにトークアプリを使っての悪口はよくなかったと思いますが、スマホはそれ以外にも、勉強や調べもののツールに役立っています。警察官として、日々の時事ニュースにも目を向けたいですし――」

「調べものがしたいなら図書室へいけ。パソコンがある。時事について知りたいなら新聞を読め。売店に売っている」

教官、と深川が悲しそうなため息をついた。

「僕らをこんな風にして、楽しいですか。せっかく作った絆《きずな》を、こんな卑怯《ひきょう》な、晒《さら》すような手段でぶち壊しにして――」

「なにが絆だ、ばかたれが」

五味はあえて汚い言葉を使った。

「陰で悪口ばかり飛び交って表でニコニコ団結か？　お前らがこれまで作り上げてきた人間関係など、仮想空間上で作られたものだ。現実には存在しない」

五味は学生たちを、見渡した。

「これまで俺はいろんな教場を見てきた。一三〇〇期五味教場は、史上最低の教場だ！」

# 第三章　この道

六月三日、今日は野外活動の日だった。桃子が復帰する日でもある。

桃子のスマホは個別に没収している。自分が発した言葉を全部、声に出して読み上げさせた。初日は活発に発言していたが、全体的な量は少なかった。五分で終わる。桃子の悪口を、五味は話してきかせた。堕胎直後の女警にまずいのではないか、と高杉は言った。不平等なことはしない。

桃子は、女警の陰口に気が付いていた。「自分にも悪いところがあったんだと思います」と優等生の発言をする。警察学校の日々を充実させるべく真面目に取り組むと改めて五味に誓った。病室での態度とはまるで違う。堕胎して憑《つ》き物が落ちたようにも見えた。

五味教場はバスで桜田門の警視庁本部へ向かっている。通信指令センターと警察参考室を見学したあと、最高裁判所へ行く。裁判を傍聴するのだ。

バスの座席は五味と高杉で決めた。陰口を叩《たた》いていた者と叩かれていた者を、あえて隣同士にした。この座席表は朝、発表した。学生たちはあきらめの表情だ。大きな反発はなかった。

バスの中は緊張感があった。警察歌を流しても、誰も歌わない。高速道に入ってからは会話が出てきた。桃子に直接謝罪する女警が何人もいた。女たちはもう打ち解けて和気あいあいとしている。嘘っぽくも見えた。

男警は意固地だ。村下は〈赤犬〉呼ばわりしたことを三上に謝らない。トランペットの件を女警が謝っても、口をきこうとしない。三上は窓の外の景色を見るだけで、誰とも口をきこうとしなかった。

警視庁本部に到着した。

来館者が身につける赤いストラップを首からかけ、中に入った。部外者は一般開放部にしか入れない。他のフロアはセキュリティゲートを抜ける必要がある。ICカードは本部勤務者にしか与えられない。水色のストラップを首から下げ、ゲートを次々と出入りする刑事たちを、五味は遠くから眺めた。

あと四か月でここに戻る。

あと四か月で、ネットと現実世界に二つの人格を持った張りぼて警察官たちを、人間味溢《あふ》れる警察官に生まれ変わらせることができるか。

通信指令センターに向かう途中の廊下で、肩を叩かれた。

本村捜査一課長だ。

五味は高杉に学生を任せ、見学の輪から外れた。廊下で立ち話する。

「お前には赤いストラップは似合わんなぁ。これは部外者証じゃないか」

「本村課長。もう府中署の捜本には詰めていないんですか」

「嫁に深川親子を追わせているな」

質問を質問で返された。

綾乃が秘密裏に動いていることを、もう察知している。

「まだ入籍していませんが？」

「深川浩氏から、捜査本部に抗議の電話が入った。花嫁は結婚の準備そっちのけで、深川氏の人脈をつぶして歩いている」

お前の筋読みなんだろ、と突っ込まれる。五味は答えなかった。本村は、通信指令本部の方を見た。意味ありげに言う。

「今日はお前なんぞに時間を割きたくない。深川翼君に挨拶《あいさつ》をしに来たんだ。どんなお坊ちゃんかと思ったら、かわいいじゃないか。見てくれはモデルか俳優級だ」

五味、と赤いストラップを引っ張られる。乱暴な手つきだった。

「花嫁に言え。深川親子の捜査からは手を引けと。やめさせなかったら、お前の秋の人事異動の内定を取り消すぞ」

手を離す。五味の鼻先へ人差し指を突き付けた。

「定年までずっと、赤ストラップのままだ」

最高裁判所へ移動する。

今日は詐欺事件と強姦《ごうかん》事件の審理が各小法廷で行われていた。学生たちは場所を確認し、散らばっていく。

五味と高杉は近くの喫茶店に入った。集合時刻まで待つ。高杉に尋ねた。

「桃子の彼氏の件はどうなった？」

高杉が須藤に、確認の電話を入れている。正しい評価を下すため、仕方がない。

「ああ、電話した。もう、平謝りだった」

「認めたのか。自分が妊娠させたと」

「どうも、入校する直前までお泊まりしていたらしい」

しばらく会えなくなる。一分でも一秒でも長くいたいだろう。三月三十一日まで一緒に飛田給のホテルに宿泊していた。

「それじゃ、三月三十一日の晩も、行為があったってことだな」

「ああ。避妊したつもりだが完璧《かんぺき》ではなかったってさ。ゴムつけずに生でやっちゃったんだろ、中出ししなけりゃＯＫと——」

「そこまで言わなくていい」

高杉は肩をすくめる。

「相手の大学生、須藤君だっけ。ひっくり返ってたぜ。桃子から連絡がいっているものとばかり思っていたが、なにも知らなかったらしい」

入校してから殆《ほとん》ど連絡を取り合っていなかったという。

「報告いただいて助かりました、これを機会にちゃんと話し合いを持とうと思います、だってさ。電話だけだけど、須藤君は好青年だったよ」

五味は腕を組み、唸《うな》る。

「堕胎の話になったとき、相手を愛していたら産んでいる、みたいな発言をしていたんだよなぁ、小田の奴」

高杉が意味ありげに、外を見た。

「まぁ、そういうことだろ……」

深川が最高裁判所から出てきた。後ろをついて歩いているのは桃子だ。二人はベンチに並んで座る。深刻そうな空気があった。五味は時計を見た。

「もう裁判、終わったのか？あいつらなんの裁判傍聴してたっけ」

五味と高杉はコーヒーを飲み干し、喫茶店を出た。最高裁判所の中庭に出る。二人に声をかけた。深川が立ち上がった。

「教官を探そうと思っていたんです、写真係のデジカメ、貸してもらえないかと」

五味は首にかけていたそれを深川に渡した。裁判はどうしたかと尋ねる。

「休廷になってしまったんです。強姦事件なので……。被害者の方が途中ショックで倒れてしまって」

まだ時間があるので、ロビーの写真を撮ってくるという。

「写真係の負担を少しでも軽減してやりたいので」

深川は桃子を連れて、建物に戻っていった。場長を降ろされたいまでも、気が利く。

高杉は二人の背中を見て、別のことを考えていたらしい。

「県議会議員の息子から、国家公安委員の息子に乗り換えたか。そりゃ堕胎しなきゃまずいわな」

――桜。

LINEのグループトークで、桃子はよく桜の絵文字を使っていた。連発していたと言ってもいい。

「深川が桜の木の枝を折ったのと関係があるのかな」


六月七日、金曜日。

綾乃が警察学校の五味を訪ねてきた。夕方、面談室で顔を合わせる。いつもは捜査資料でパンパンの黒いトートバッグが、今日はぺしゃんこだ。

「捜査はどうなの」

「どん詰まりで、五味さんになにを相談すればいいのかすらわからない状況です。しかも、捜査本部出るたびに、いちいちカバンの中身を管理官にチェックされるようになっちゃって」

なにも持ち出せなかったらしい。五味は一枚のコピーを見せた。

「深川の『こころの環』のコピー。スマホに登録されている連絡先の一部だ」

五味は事情をひと通り話した。綾乃は、スマホを没収したことに目を丸くした。

「いまどきそんな暴挙に出て、大丈夫なんですか」

いまのところは、と五味は肩をすくめた。

「まさか、深川君の関係先を探るためだけに、没収したんですか」

「それもありつつ、教場運営もありつつ、だ」

深川は親類や友人をはじめ、二十人の電話番号を書き写していた。父親の番号を筆頭に書いている。

「早速こっちの線、洗ってみますね」

珍しく、綾乃から結婚の話が出た。

「もう六月ですよね。今月中にうちに頭下げに来い、という感じになってるんですが……」

もう時代は令和になったというのに、綾乃の実家は昭和という空気を感じる。

「まだ結衣ちゃんの話を、していないんです」

「それはいいよ。俺から話すから」

「昔気質《かたぎ》の人です。頭ごなしに反対するかも」

ノック音がした。返事もしないうちに、高杉が血相を変えて飛び込んできた。

「喧嘩《けんか》だ。すぐ来い。学生棟東寮の大浴場……！」

三上と村下が殴り合っていた。

寮務当番で、大浴場の掃除をしていたらしい。三上は馬乗りになり、村下をシャワーヘッドで殴ろうとしていた。鼻血を流している。

これはまずい。

五味は慌てて中に入った。靴下が濡《ぬ》れる。高杉は滑った。洗剤の泡がいたるところに残っている。五味は三上の手からシャワーヘッドを取り上げた。二人を引き離す。

「やめやめ、終わりだ！」

村下が飛び掛かろうとする。羽交い締めにして、大浴場から引きずり出した。野次馬の中に深川の顔が見える。

「深川。代わりに掃除を頼む。何人か、うちの教場の学生を集めて」

勿論《もちろん》です、と深川は駆けていった。

互いの個室で別々に聴取する。五味と高杉で学生二人を引きずって廊下を歩いた。

「また五味教場だ」という声が聞こえた。五味がネット上の悪口を教場で晒《さら》してから、毎日誰かがいざこざを起こす。

五味は村下を個室に放り込んだ。ストッパーを足で蹴《け》り、扉をぴっちり閉める。

「まずは着替えろ。びしょ濡れだ」

タオルを投げた。村下は体を拭《ふ》いた。換えのジャージを取ろうとした。五味は警察制服を着るように言った。

村下は警視庁のワッペンのついたワイシャツに袖《そで》を通し、ネクタイを締める。呼吸の回数が減る。深くなっていく。自分は警察官と自覚したか。五味はベッドに村下を座らせ、自分はデスクの椅子に腰かけた。

「なにがあった」

「僕にも、わかりません」

「わからなくて、殴り合いの喧嘩になるか？」

「なったんだからしょうがないです……！」

やけっぱちの返事は小学生のようだ。

「恥ずかしいです……。こんなこと子供の頃ですらしなかったのに。感情が抑えられなくなって」

「子供のころにしてこなかったから、いまするんだ」

学生たちはネットに悪口を書き込んで、ストレス発散をする。次の日、悪口を言った相手と笑顔で接する。いまはスマホがないから鬱憤《うっぷん》は溜《た》まる一方だ。

「すごく、イライラしてました。明日《あした》から査閲なのに、なんでこんな時に限って風呂《ふろ》当番なんだよって。でもＬＩＮＥで愚痴れないし。トランペットも吹けないし」

村下はちらりと、デスクの下を見た。騒音と揶揄《やゆ》されてから、村下はトランペットを吹いていない。ケースがうっすらと埃《ほこり》をかぶっていた。

「そうか。趣味のトランペットすら吹けなくて、ストレスが溜まっていたんだな。テスト勉強をしたいのに風呂掃除ときた。その状態で浴室掃除を三上と始めた。なにか言われたか」

「わかりません。本当に、よくわからないです。ただ、三上が鼻血を出したんです。浴室がすごく暑かったので――」

三上は初日も鼻血を出していた。体質かもしれない。三上は「ちょっとごめん」と言って鼻を押さえ浴室を立ち去ろうとした。

「僕はその時、苦笑いを」

本当は舌打ちしたかったらしい。広い浴室をひとりで掃除するのだ。時間も余計かかる。勉強時間が削られていく。我慢し、苦笑いに変えた。

「そうしたらいきなり、三上が胸倉を摑《つか》んできたんです。こっちはすでにイライラマックスだし、意味わかんねぇって取っ組み合いになって……」

五味は村下の個室を出た。三上の部屋は、四つ先にある。ノックして、中をのぞいた。三上が土下座をしていた。高杉が困ったように、五味を見た。

「退職させてくれと……」

もう限界です、と三上は床にちんまりと座り、泣いた。

「五味教場にいることが僕には地獄です。教場で貼られたアカのレッテルは、もう消えないんです」

「そんなことはない。みな勘違いだったと、反省している」

三上は首をぶんぶんと横に振る。鼻に詰めたティッシュが赤い糸を引いて飛んでいく。笑える状況ではなかった。

「自分が場長になってから、53教場はバラバラです。みななにも言わないけど、深川時代と比べられている気がするんです」

どこで悪口を言われているかわからない。かつて『赤犬』と揶揄されたように。また自分だけ仲間外れのグループができているかもしれない……。

五味は三上の肩を抱き、ベッドに座らせた。ティッシュをちぎり、丸めて、三上の鼻の穴に突っ込んだ。

「殴られて出た鼻血じゃないようだな？」

三上は頷《うなず》く。蓄膿《ちくのう》症で粘膜が弱いと説明した。

「ティッシュを探しに行こうとしていたのに、村下に殴りかかったのはどうしてだ？」

「笑ったからです」

「苦笑いしただけ、と村下は言っている」

「同じです。バカにしたんです」

村下にはそんな意図はなかったと言っても、三上は頑《かたく》なに認めない。

「鼻血は、赤いですよね。赤犬が、赤い血を流したと。笑ったに決まっているんです」

とんだ被害妄想だ。三上をかつて『赤犬』と揶揄した村下も悪い。

「村下は、ひとりで掃除をすることになると勘違いして、舌打ちしたかったんだそうだ。するとお前に申し訳ないから、苦笑いにとどめた」

　三上はそっぽを向いてしまった。意外に頑固な性格のようだ。五味は三上を立たせた。廊下に出て、村下の部屋をのぞく。

「村下。トランペット持ってついて来い」

　五味は二人を連れて、エレベーターに乗った。三上と村下は狭い箱の中で互いに気まずいようだ。明後日《あさって》の方を向いている。屋上に出た。あいにくの曇り空だ。夕日も見えない。湿気で暑い。南の甲州街道から車の走行音がひっきりなしに聞こえる。調布飛行場へ降り立つプロペラ機が、爆音を立てて頭上を降下していく。静かになった。五味は二人を振り返る。

「三上。お前、好きな曲はあるか」

「――なんですか、いきなり」

「落ち込んだ時によく聞く曲とか」

　三上は考えた末、ゆずの『栄光の架橋』をあげた。小学校の時から、辛《つら》いことがあると必ず聞いているという。五味は頷き、村下を見た。村下はもう察していた。

「吹けますけど。有名な懐メロですからね」

『栄光の架橋』が懐メロなのかと五味は驚いた。とにかく吹いてくれと頼む。

　五味は三上とコンクリの地べたに座った。村下は楽器を吹ける嬉《うれ》しさが顔に溢《あふ》れていた。トランペットが入ったケースを開く。ウォーミングアップか、マウスピースのみを口にあててリズミカルに吹く。トランペットに装着し、音を出した。伸びやかで輪郭のはっきりした音が出た。

演奏を始める。Aメロは音が安定せず、出ない音がある。Bメロでは音を探すように何度も吹きなおした。「楽譜がないと……」と村下はぼやきながら、サビに入った。予想以上に下手だった。二番に入ると調子が戻ってきた。

トランペットの独奏は哀愁が漂う。メロディが胸にしみる。たまに音は外しても、村下はビブラートのかけ方がうまかった。

三上は神妙に聞き入っている。屋上のコンクリートにじっと視線を注ぐ。目は真っ赤になっていた。歌詞がなくとも心を打つ。最後は五味も鳥肌が立った。

演奏が終わった。五味は拍手した。三上は口をぎゅっとつぐんだままだ。手は叩《たた》く。村下の顔が上気している。演奏で息切れしたからではなく、音楽に触れた喜びからだろう。うっすらと額に汗をかいていた。

「村下。お前、他になんの楽器ができる？」

「吹奏楽で使われている楽器なら、だいたい基礎的な演奏はできます」

「他にどんな楽器を持っているんだっけ」

「自宅にはクラリネットとサックスがあります。あと、母がバイオリンを持っています。ピアノも、ありますけど――」

「ピアノは講堂にある」

五味は立ち上がった。村下と三上の視線が五味に注がれる。

「お前たちに頼みたいことがあるんだ。ピアノとクラリネットとサックスとバイオリンだから……あと四人、楽器担当のメンバーを集めてくれ。歌は何人必要か……」

村下が眉《まゆ》を上げる。

「ちょっと待ってください。なんのメンバーですか？」

「学校祭でな。ちょっと、演奏してほしいのがある」

七月末に学校祭がある。特殊な学校だから外に向けてオープンには行われない。学生の親族や警察官志望者のみがやってくる。各教場、文化クラブごとに出店したり、展示物を発表したりする。そろそろ準備だ。三上が変な顔をする。

「うちの教場は、鑑識作業体験のお手伝いをするんですよね」

宣伝看板の作製、設置、受付、誘導、器具の準備、作業を担当する現役鑑識捜査員への接待など、五味教場が担当する予定だった。村下も鼻で笑う。

「だいたい、学校祭には警視庁音楽隊も来ますよね。プロ級の人たちを前に、僕らがなにを演奏するっていうんです」

三上も同意する。やっと二人は目を合わせた。

「僕はそもそも演奏は無理です。どれも経験がありません」

「お前は指揮だ」

三上は眉を寄せた。助けを求めるように村下に視線を送る。村下は五味と三上の顔を見比べた。察したようだ。にやっと笑う。

「やれよ、三上。いま場長だし、お前は人をよく見ているし、でしゃばらない。適任だと思うよ」

三上は恥ずかしそうに俯《うつむ》いた。目が赤くなる。腕で目元をごしごしとこすった。五味を見上げる。

「やります」


53教場音楽隊が発足した。

村下の音頭で募集をかける。三十人も人が集まった。楽器は四つしかない。残りは合唱だ。ピアノは経験者が九人いた。バイオリンはひとりだけいた経験者に任せる。クラリネットとサックスはみな未経験だった。村下がひと通り指導した中で、素質のある者に割り振った。

三十人の中には龍興もいた。彼は迷走中だった。

これまで深川に支えられ、フォローされてきた。五月の体育祭での、教場対抗ムカデ競走がいい例だ。五味教場は一位でフィニッシュした。最後尾にいた龍興がラインを踏んでいて、失格になった。深川はこうフォローした。

「龍興君は難しいポジションだったと思う。誰でも踏んでいたと思うよ」

鶴の一声で、龍興は教場中の白い目に晒《さら》されずに済んだ。

深川は肩書を奪われてから、中心に立って発言しなくなっていた。五味が咎《とが》めるからだ。五味が発言を阻止するのは、三上の地位を保つためだった。三上はいま場長をやるのに精一杯で、龍興の世話まで手が回らない。

龍興は完全に教場の中で取り残された存在になっていた。

春頃は『こころの環』でハクビシンのことばかり書いていた。いまは自分を捨て猫にたとえたポエムを披露する。警察学校内の雑木林に居ついた猫がいるらしい。

音楽隊ではサックスを希望し存在感を示そうとする。基礎を教えた村下は「センスがない」ときっぱりと断った。クラリネットもダメだった。バイオリンをやりたがったが、みな反対した。経験者の方がいいに決まっている。合唱以外にない。みな、顔がひきつる。美穂が遠慮がちに指摘した。

「龍興君……音痴、だったよね」

警察学校では歌を歌う機会が多い。音痴でも、音が外れていても、大声で歌うことがよしとされる。『53教場音楽隊』では許されない。総監督の村下が懇願した。

「悪いけど、龍興君は外れてくれないかな。僕はこの楽団の責任者として、ある程度のクオリティを目指しているんだ」

楽団希望者の中に、深川はいなかった。誰も龍興に助け舟を出さない。

夕刻、五味が教官室で雑務をしていると、龍興が訪ねてきた。手に白い封書を持って。

綾乃は恵比寿《えびす》にある高級ホテルのラウンジで、メモ帳にペンを走らせていた。

目の前に座る五十代くらいの夫人は、ボブヘアの頭頂部を膨らませ、服装も上品だ。神部葉子《かんべようこ》。大手広告代理店に就職したばかりのひとり息子がいる。息子は深川と私立K小学校時代からの同級生だった。『こころの環』に記された連絡先のひとりでもある。

息子の方を直接訪ねることはしなかった。深川に連絡がいくかもしれない。実家に電話をしてみた。母親の葉子も深川家の複雑な家系のことを知っていた。

深川浩は結婚歴が三度もある。深川浩自身も長身で整った顔立ちをしている。モテるのだろうが、官僚で三度の結婚は珍しい。一度目は死別、二度目は離婚。三度目の現在の妻とは別居婚をしている。

葉子は、深川浩の最初と二番目の妻を知る。深川翼にとっては実母と、継母だ。

「翼君ママは大人しくて控えめな人でしたね。PTAで会計監査役員を一緒にやっていたときに親しくさせていただいて」

深川翼が九歳、小学校三年生の時のことだという。

「翼君は当時から美少年と評判でしたから。ママさんは〝自分に似なくてよかったわ〟って謙遜《けんそん》する、いい方でした。残念でしたね……。あの頃は翼君もかなり落ち込んでいましたし」

深川翼の実母は、彼が十一歳の時にくも膜下出血で倒れ、帰らぬ人となった。

「私、成城《せいじょう》のご自宅での葬儀のお手伝いもさせていただきましたけど、あの時のパパさんと翼君の姿がいまでも目に焼き付いていますもの」

泣きじゃくる深川翼の肩を抱き、深川浩は途方に暮れた顔だったという。

「その印象が強かったので、二年経たずに再婚したと聞いた時、拍子抜けはしましたよね。しかも十歳年下の、同じ法務省内の一般職員の女性と聞いて」

よからぬ噂を立てる者もいた。もともと不倫関係にあったのでは、というものだ。

「二番目の奥さんも控えめな方でしたけど、目立ちますよね。私たちの世代より十歳も若いですから」

深川翼はその時十三歳、中学校一年生だ。継母の年齢は三十歳だった。確かに、中学校の母親の群れの中にいたらとびぬけて若い。

「翼君とはうまくやっていたんでしょうか」

「仲は良さそうでしたよ。翼君の方が気を遣っていたのかも。男の子は反抗期でしょう。うるせぇくそババアってなっちゃう年齢なのに、翼君は二番目の奥さんとスキンシップが多くて。翼君が甘えているようにも見えましたねぇ」

深川翼はそのころにはもう、身長が百八十センチ近くあったという。

「後ろから見たら、普通にカップルでしたよ。あ、そういえばそのころ」

思い出したように葉子は続ける。

「確か中2だったと思うんですけど、荒れてはいないのに翼君の成績が落ちたときがあったんです。このままじゃ高校に進めないかもしれないから、外部受験説明会とかにご両親揃って出ていた姿を見かけましたね」

成績低下の理由は家庭環境の変化だろうか。ギリギリの成績ではあったが付属の高校に進学はできたらしい。

「途中で奥さんは学校行事とか全く来なくなってしまって。どうしたのかなと思ったら、中2の終わりごろに赤ちゃんを抱いていたんです。出産でバタバタされていたんでしょうね。東日本大震災のころと重なってしまって大変だったようですけど、翼君にそっくりの、かわいい女の赤ちゃんでしたよ」

この若い後妻は、赤ん坊が生後六か月のときに離婚している。深川翼が中学校三年生の時のことだ。

「翼君は本当に妹のことをかわいがって、オムツ交換とかミルクとか、積極的に世話をしていたみたいですよ」

小学校から大学までエスカレーター式の、金持ちが集まるエリート校だ。民主党政権はもう終わりだとか政治議論する子がいる一方、秋葉原《あきはばら》のアイドルに夢中の男子がいたり、スポーツ好きはなでしこジャパンで盛り上がったりする。深川翼だけは違った。

「桜《さくら》の首がすわったとか、桜が寝返りしたとか。桜におしっこひっかけられたとか。みんなから浮いていたらしいですよ。息子は笑ってましたたねぇ」

綾乃は、五味から預かったコピーを見た。『こころの環』に書かせたアドレス帳の一部だ。『深川桜』の名前は、二番目に記されていた。母親たちの名前はない。みな携帯電話番号なのに、深川桜の番号だけ、03から始まる一般固定電話番号だった。

「それがある日を境に、ぴたりと桜ちゃんの話をしなくなった。息子は〝もう子育てに飽きたのかよ〟って軽く訊《き》いちゃったらしいんですね。離婚した、出てった、って無機質に言われて、とても気を遣ったと言っていましたね」

以降、桜の話はタブーになった。深川翼も口にすることはなかったという。

綾乃は礼を言い、葉子と別れた。ひとりラウンジに残り、メモを見返す。綾乃は思い切って、深川桜の番号を押すことにした。

呼び出し音が鳴る。桜はいま、小学校三年生になっている。これは自宅の電話番号だろう。母親が出ると綾乃は思っていた。すぐ繫《つな》がる。

「はい、ペットのヒラタです」

綾乃は一瞬、面喰《めんくら》う。聞き返してしまう。そうですがなにか、と相手も怪訝《けげん》そうだ。電話の向こうで、甲高い鳥の声が聞こえた。九官鳥だろうか。犬の鳴き声も聞こえた。母の実家がペットショップを経営しているのか。

「ちょっとお聞きしたいのですが、そちらに深川桜ちゃんはいらっしゃいますか」

「えーっと、そういう名前のスタッフがいるか、ということですか」

小3で働いているはずがない。綾乃は母親の名前を出した。深川弥生《やよい》。慌てて訂正した。離婚している。旧姓がわからない。

「大変すいません。弥生か、もしくは桜ちゃんという名前のスタッフか、関係者の方はいらっしゃいませんか」

綾乃は警察官である旨を説明した。ペットショップの職員は、弥生も桜も関係者にいないと話した。

「うちは全国チェーン展開していますから、どこかの店舗にはいるかもしれませんが」

「ちなみに、これはどこの店舗ですか？」

「成城店です」

綾乃は礼を言って、電話を切った。しばらく考えたが、なにも浮かんでこない。五味に電話をかけてみた。十八時、五味は授業中でもないのにバタバタしている様子だった。

「済まない、ちょっと後でかけなおしていいか」

誰かが泣きわめいている声がした。男の声だ。

「なにかトラブルですか」

「退職希望者が出た」

よくある話だが、教官の前でギャーギャー泣く学生は珍しい。

「わかりました。深川翼君の連絡先の中で特異なものがあったので、報告の電話だったのですが」

それは聞きたいと五味は言う。高杉に学生を託す声、移動している音が聞こえる。やっと周囲が静かになった。綾乃は説明した。

「深川桜、か……。そもそも苗字《みようじ》が変わっているはずなのに、深川って記すのもなぁ」

「しかも電話番号は全く違うところに繋がりました」

「つまり、深川は生き別れた妹の苗字も居場所も知らない、ってことだろう」

「それでも、必須《ひっす》の連絡先一覧にその名を付け加える……」

「桜の木」

五味がぽつりと言った。綾乃も思い至っていた。学校初日、深川はわざわざ北門を乗り越えて、桜の木の枝を取りに行っている。北門を出なくても、東側やグラウンドの隅にも桜の木はいくらでも生えているのに。五味はしばらく考えたのち、「わかった。こうしよう」と言った。

「来週から実務修習なんだ。学生たちが所轄署に散らばる。深川を、府中署にやる」

すぐには意味も意図もわからない。とりあえず「はぁ」と返事だけはした。

「刑事課にも二日間は行くだろ。お前、面倒見ろ。交番襲撃事件の捜査にも参加させる」

綾乃は「はあ!?」と叫んだ。五味は「学生のフォローがあるから」と電話を切ってしまった。

龍興がカウンターキッチンの向こうを、そわそわと眺めている。

二十時半。多摩市にある高杉の官舎に、龍興を招いていた。五味の案だ。

「腹いっぱいうまいもの食わせて休ませよう」

おもてなし好きの高杉の妻、沙織の出番だ。

急な話だったので、「早く言ってよもう！」と沙織は大わらわだ。カレーなどのおふくろの味でいいのに、「子供がいないのにおふくろもくそもない」と沙織は凝った料理をはじめた。

ダイニングテーブルの上にはテーブルランナーが敷かれる。銀の燭台《しょくだい》のキャンドルにも火が灯《とも》される。即席のスープとサラダを作った沙織は、客人が前菜と酒を楽しんでいる間に、メインディッシュを仕込む。

「ごめんね、ゆっくり食べてね。ちょっと時間がかかるから」

ひき肉と玉ねぎを炒《いた》め、平パスタを用意する。ラザニアか。オーブンの温度を確かめながら、ランプステーキの下ごしらえをする。

「すごい奥さんっすね。僕、銀の燭台とか初めて見ました」

龍興が古びた燭台を遠慮がちに触る。十連休中に夫を置いていったヨーロッパ旅行で沙織が買ってきたものだ。龍興は泣き止んでまだ二時間ほどしか経っていない。目が腫《は》れぼったくなっている。高杉はワインを注いでやった。ビールが良かったが、「今日のイタリアンには合わないから」と沙織がうるさい。渋々飲んでいる。龍興はおいしそうに味わう。酒はそこそこ強いらしい。

「それじゃ早速、お前の話だよ」

「なんも話すことないっすよ。全て『こころの環』に書いています。もう辞めて熊本に帰りたい。それだけっす」

「熊本県か……馬肉とかがうまいんだっけ」

高杉は『警察』から離れようと、適当に話題を振ってみた。

「僕、馬は専門外で。豚のことなら答えられますが。分娩《ぶんべん》からソーセージ加工まで、全部学びました」

あら面白そう、と沙織が口を挟んできた。

「ちょうどプロシュートとカンタルを出すところだから」

生ハムとチーズとは言わないのが、沙織だ。テーブルに出した。ロイヤルコペンハーゲンのスクエア皿に載っている。普段使いすると怒られる皿だ。

「カンタルって確か、フランス産のチーズですね」

ナッツのような風味が特徴で、熟成段階によって名前が変わるチーズらしい。出世魚かと笑い、龍興を褒めた。

「よく知っている。ずいぶん農学部でがんばってたじゃん。それがなんで警官？」

龍興は薄い眉毛《まゆげ》をハの字にしてみせた。

「履歴書に書いたとおりです。熊本地震で被災したのがきっかけっすね」

実家は人吉《ひとよし》市で被害はなかった。龍興は阿蘇《あそ》市内の大学近くの、一人暮らしのアパートで被災したらしい。

「それで、なんで熊本県警ではなくて警視庁に？」

警視庁は特殊救助隊や広域緊急救助隊、航空隊を熊本地震の被災地に派遣している。龍興は警視庁の部隊に救出されたのだろうか。福利厚生が充実している警察本部を選んだだけか。

龍興は、答えなかった。

「プリモピアットよ〜」

歌うように沙織は言い、ラザニアを出した。キッチンに戻る。メインの肉料理に取り掛かった。付け合わせの野菜のソテーも作る。

「高杉助教は、お子さんは？」

龍興がラザニアを切り分けながら、尋ねた。

「いや。うちはいないんだ」

龍興はにっこり笑った。

「奥さんが、三人分ぐらいに感じます」

「どういう意味？」

「お母さんみたいに面倒見がいいし、子供のように無邪気じゃないですか」

高杉は腹を抱えて笑った。

「ありがとう、その言葉だけであと三か月は結婚生活持ちそうだ」

龍興は「短っ」とつっこみ、ひととおり笑う。

二十三時にやっと沙織のコース料理が終わった。順番に風呂《ふろ》に入る。和室に布団を二組敷いた。明かりを消して一時間、龍興はまだ寝返りを繰り返していた。助教と枕を並べて眠るのは緊張するか。高杉も眠れなかった。龍興からなにを引き出し、どう言って退職を思いとどまらせるか。高杉は武闘派だ。知恵が出ない。

洟《はな》をすする音が龍興の布団から聞こえてきた。高杉は起き上がり、布団の上から龍興の背中をさすってやる。

「もうちょっと飲むか？　いまならかみさんの邪魔も入らない」

「ピギー・ドラゴン」

唐突に、龍興が言った。ＳＮＳのアカウントだと言う。

「検索してみてください。最後の投稿」

龍興はスマホを没収されたままだ。高杉は自分らのスマホで『ピギー・ドラゴン』というアカウントを検索してみた。『阿蘇で畜産を学ぶ不器用な大学生です』と自己紹介欄に記されている。更新されていない。最後の投稿は三年前だった。

〈またあいつに追い出されたなう。非リア充は豚と寝ろってことね〉

〈まじで死ねよあいつ〉

投稿日時は二〇一六年四月十四日、二十一時二十分だった。熊本地震の最初の大きな揺れが起こる直前だ。

「僕のアカウントです。それで、僕は、卑怯《ひきょう》者です」

高杉はなにも言わず、隣であぐらをかいた。

「実は、被災してないんです、僕は」

そうか、とだけ答え、続きを待つ。

「いえ、アパートは被災しました。でも僕はその時いなかったんです。高校時代からの友人が、家を使わせろと。奴は実家暮らしだったんで、女の子と夜過ごすとき、僕の一人暮らしの部屋を使っていて」

龍興はひっそりと、布団から顔を出した。涙は出ていない。青ざめた顔が、暗闇にぽっかりと浮かんでいる。

「高校の時からそいつ、僕のことパシリにしてて。その日も腹立ってたんです。女連れて酔っぱらって乗り込んできたんで。お前は大学の養豚場にでも寝とけ、って」

龍興がアパートの倒壊を知ったのは、避難所でのことだったらしい。女の方は助かった。友人は生き埋めになり、死んだ。

その友人は警視庁の警察官になることを、夢見ていたという。


翌日の土曜日、高杉は龍興を近所のスーパー銭湯に連れていった。食事処やマッサージもある。龍興をリラックスさせたかった。

男子更衣室で全裸になる。龍興がじろじろと、「すごい体っすねー」と高杉を見る。今日はやけに溌剌《はつらつ》としていた。よくしゃべる。深夜の告白をごまかすような態度だった。

「胸板のぶ厚さを感じてはいましたが、ここまでとは。これは、生まれつきですか」

「んなわけねーだろ。ばか」

龍興の薄っぺらな背中を叩《たた》いた。ばちんといい音がする。

「お前、入校してもう二か月半だろ。なんだこの骨と皮は」

学生は毎日五キロ以上は走る。食べても食べても、痩《や》せてしまう者が多い。

「高杉助教は、自衛隊時代に体を作ったんですか」

「基礎だけはな。あとはひたすらトレーニングを続けることだよ。すんげー努力して維持してるんだ。二週間筋トレさぼったら、もうぷよぷよの脂肪だよ」

体を洗い、内風呂で体を温めた。露天風呂へ行く。温泉宿風の、石づくりの湯船に入った。顎《あご》まで浸《つ》かる。湯の音と顔にかかる湯気が実に気持ちよかった。助教、と龍興が言う。

「昨日からお世話になり続けで、すいません」

「総括すんなよ。まだ楽しんでる真っ最中だろ」

「いやあ……昨晩、話した通りです」

龍興は湯が注ぐ石の隙間をぼんやり見て、続けた。

「僕は結局、人の夢に乗っているだけなんです。そもそも本気で警官目指すなら、なんで農学部に居続けたんだ、って話じゃないですか。まだあの時僕は二年生でした」

警察官を目指しやすい社会学部や法学部には、転部しなかった。

「奴の夢をかなえてやろうなんて、これっぽっちも思ってなかったんです」

汗が噴き出してきた。高杉は両手で顔を拭《ぬぐ》い、龍興の話を聞いた。

「昨日はかっこつけて、分娩からソーセージ加工まで見届けたなんて言っちゃいましたけど。実際は牛の分娩が血なまぐさすぎて見ていられなかったんです。育てた豚の畜殺現場では、かわいそうで、泣き崩れちゃって」

解体現場では吐いた。腸詰の現場でまた涙する。

「教授からお前はむいていないと言われて。迷ったとき、死んだ友人のこと思い出して、警官になろっかなって思っただけなんです」

龍興の顔からも汗が噴き出していた。拭うのも忘れて龍興はしゃべる。

「でも、逃げでなれる職業ではないと、警察学校に入って初めて気が付きました。やっぱり僕、辞めます。学校に戻ったら五味教官に――」

「その死んだ友人、名前、なんていうの」

龍興は戸惑ったように、答えた。飯星健斗《いいぼしけんと》。

「俺にもいたよ。学生時代、お前にとっての飯星みたいな奴が」

「えっ、高杉助教もパシリにされてたんですか」

「いや、パシリじゃない。対等だったさ。そいつは真面目で優秀だったから、負け続けというか。コンプレックスっていうの？　女、取り合って結局負けたし」

「それ、いつの話ですか」

警察学校時代の話だとは言わない。適当にごまかした。

「その三角関係になってた女の方がまた、悪女でさ。俺と喧嘩《けんか》になるといっつも、彼ンとこ行くぅ、みたいな言い方するんだよ」

もう別れる、私には京介君がいるし、と何度百合から言われたか。気を抜いたら取られる。百合のご機嫌を必死に取っていた。たまにキレて突き放すとすり寄ってくる。天真爛漫《らんまん》な女だった。高杉も当時二十八歳で浮ついていた。

五味は当時から真面目で実直な、教場の王子様だった。外見も内面も完璧《かんぺき》すぎて胡散《うさん》臭《くさ》いと思っていた。剝《む》いても剝いても『誠実』の皮しか出てこなかった。教場のために奔走する不器用な一面には惚《ほ》れ込んでしまった。五味に対し負の感情を抱いたのは、一度だけ。結衣の存在を知ったときだ。

「でもさ、結局、好きなんだよな、奴が」

「いまでも、付き合いがあるんですか」

「家族よりも深い仲だよ。そいつとは」

結衣と対面し、憎しみは一瞬で消えた。親に似て天真爛漫なところはあるが、結衣は自分の行動を律して、真面目に生きている。自分と百合が育てたら、ああはならなかっただろう。病に侵され死にゆく百合を、五味のように看取《みと》れたとも思えない。怖くて辛《つら》くて見ていられない。逃げ出しただろう。百合は幸せだったはずだ。

「お前、その……飯星君だっけ。そいつを四六時中憎んでいたわけじゃないだろう」

龍興は遠い眼差《まなざ》しになった。

「一緒にいてすっげえ楽しかったときとか、助けてもらったことだって、あっただろ」

龍興は俯《うつむ》いた。その目に、涙がにじむ。

「最後の瞬間に持った感情だけ切り取って、自分を責めるなよ。それに、後付けの理由だろうが逃げだろうが、飯星君は嬉《うれ》しいと思うぜ。いまごろ、お前が代わりに警官やってひーひー言ってるのを、空の上から見て大笑いしてんじゃないの」

龍興の頭を、濡《ぬ》れた手で撫《な》でてやる。龍興は嗚咽《おえつ》を漏らした。

「その、飯星君てぇのは、どんな外見してたの」

「マッチョな奴でした。助教ほどではないですし、僕より身長は低かったですけど。陸上の短距離の選手だったんです。ジムとか行ってよく鍛えてました」

ジムにも誘われた、と龍興は目を細めた。

「いつだったか、農学部の放牧場まで来たんですよ、僕をからかうために。柵《さく》の外から、僕のこと指さして大笑いしてました」

龍興は放牧した牛を牛舎に戻すのもおっかなびっくりだったらしい。そのへっぴり腰姿を容易に想像できて、高杉は苦笑いする。

「筋肉つけろ筋肉つけろって、よくアイツに言われてたなぁ……」

「そうか。じゃあ龍興」

高杉は龍興の、骨と皮しかない肩をずしりと叩いた。

「筋肉つけろ。今日からだ」

すぐにスーパー銭湯を引き上げた。スポーツクラブに向かう。


夕刻、高杉は龍興を警察学校に送り届けた。

龍興に初心者向けの筋トレマシーンの使用方法を教えた。チェストプレスやレッグカールなどだ。錘《おもり》の重さや回数も高杉が指南する。龍興には初心者の女性レベルの筋肉量しかなかった。まずは食べて太る。骨と皮のままでは筋肉がつかない。ジムを出るとき、「俺からのおごりだ」とプロテインパウダーの大袋を買ってやった。帰りの車内は食事指導だ。たんぱく質をたくさん摂《と》るため、プロテインのほか鶏卵やささみを意識して食べるように言った。

「とはいっても、三食、食堂ですよ」

「おかずは選べるだろ。たんぱく質が多く入っている方を取る」

龍興は真面目にメモを取り始めた。

「それから炭水化物な。筋トレするとかなりカロリー消費するから、それを上回るカロリーを取らないと、痩せてしまう。お前の場合は、毎食ご飯大盛り三杯必須《ひっす》な」

ひえーと言ったが、熱心にボールペンを動かす。チャレンジするつもりはあるようだ。

「寝る前に、牛乳とプロテインドリンクを混ぜて飲め。すぐ太れる。トレーニングの前後もだ」

学生棟の一階にトレーニングルームがある。今日教えたマシーンは全て初心者向けだ。警察学校にも置いてある。

「それじゃ、毎日できますね！」

「毎日やっちゃだめ。週に三回だけにしておけ」

「えぇ……！　卒業までに筋肉、つくかな」

高杉は口元がほころんだ。退職願を出したことを忘れている。

「いきなり頑張るな。継続第一。いいか、筋肉はついたら終わりじゃない。維持するために、死ぬまでトレーニングが必要なんだ。辞めたとたんにぷよぷよのデブになるぞ」

龍興は途方に暮れた顔になった。

「いまは週三回か、一日おきでいい。筋肉にも休息が必要だ。とりあえず来週またトレーニングを見てやる。状況を見て、メニューを変えていくから」

龍興はメモを閉じる。「わかりました！」と力強く頷《うなず》いた。

警察学校に到着した。五味が本館から出てきた。中間査閲の採点で、休日出勤していたらしい。「よう。お帰り」と軽い調子で言い、龍興を見た。五味は目元が甘いが、眼光は鋭い。龍興の心の変化をもう見破ったようだ。

「退職願、いまから学校長へ渡しに行くが——」

龍興は慌てた。

「あっ、ダメです！　大変失礼しました。破棄してください！」

五味は嬉しそうに高杉を見た。この笑顔は十八年前から変わらない。

「高杉。どんな魔法をかけた？」

「筋肉」

龍興が大笑いした。こちらも、いい顔をしていた。


六月二十四日、月曜日。五味と高杉は段ボール箱を抱え、自教場に入った。

学生たちは今日、警察制服を着ていない。すぐに外出する。警察制服も衣替えで夏服に変わっている。ノーネクタイで、ワイシャツにスラックスというい で立ちだ。今日から実務修習だ。学生たちは都下の所轄署で二週間、武者修行に励む。

三上の号令の声はいつもの三倍大きい。ずいぶん気合いが入っている。53教場音楽隊を率いる三上は、「指揮者のなんたるか」を村下から学んでいた。ただタクトを振ればいいだけではないと気が付いてから、音楽隊の学生たちと頻繁にやり取りするようになった。積極的に話しかけ、一緒に飯を食い、相手を知る。相手にも自分を知ってもらう。気づきがあったようだ。『こころの環』に、こんな風に書いた。

〈自分が場長としてなにが足りなかったか、わかった気がします〉

三上は控えめな性格だ。自分の話を殆《ほとん》どしない。それが『赤犬』の誤解を余計に広めた。沈黙はなにも生み出さないと、気が付いたようだ。

「よし。あまり時間がないから、まずは警察手帳から貸与する」

警察制服を受け取った時以上の大歓声が、教場に広がった。

「お前ら、はしゃぎすぎー。これから実務修習だろ」

高杉の声に厳しさはなかった。学生たちが『警察官であることの喜び』を感じてくれる瞬間が、教官助教はなによりうれしいものだ。

出席番号順に名前を呼ぶ。警察手帳を手渡した。三上や深川は力強い目で受け取る。村下は照れている。美穂は涙ぐんでいた。行政職員だったころから、桜の代紋に憧《あこが》れていたのだろう。桃子は無言で桜の代紋を指でなぞる。覚悟が見えた。龍興はあっさりしていた。いまは警察手帳より筋肉らしい。

貸与したあと、五味は保管庫の鍵《かぎ》を一か月ぶりに開けた。

「出先で緊急事態もあると思う。今日でスマホは返す。みんな、持っていけ」

驚きと興奮と喜びが入り混じる、悲鳴のような歓声が上がった。

「なんだよ、スマホがそんなに大事か、お前らは」

五味は苦笑いする。いろんな声が飛んできた。「充電」という言葉に、はっとする。

「充電……そうか、すっかり忘れてた」

幾人かがスマホの電源を入れた。残っているのもあったが、全く電源が入らないのもある。中には、利用を停止している者もいた。「今日いきなり返されても」と嘆く。

深川が自分の電源を入れながら尋ねる。

「所轄署って、Ｗｉ－Ｆｉ入りますか？」

「勿論《もちろん》だ。もしくは、教場の仲間同士、テザリングとかして乗り切ってくれ」

「五味教官って案外テキトーですね」

村下が笑う。悪かったな、とヘッドロックしてやる。

「やっぱーい、ＬＩＮＥが二百件近く来ているし」

美穂の声で、教場が少し緊張する。五味の顔色を窺《うかが》う目が並ぶ。美穂は慌てて言う。

「教場ＬＩＮＥじゃないですよ。学生時代の友達とか親戚《しんせき》関係とかなので」

五味は学生たちを席に座らせた。改めて言う。

「53教場ＬＩＮＥグループについてだ。今後また作るのか、もうやらないのかは、お前らの判断に任せる」

怪訝《けげん》な表情が浮かぶ。特に深川は、驚いた顔だ。

「ただ、ひとつ忘れないで欲しい。ネットの世界を逃げ場にするな。文字とスタンプだけに彩られた世界に、惑わされない人間になって欲しい」

学生たちが真剣に頷く。一心に、五味に視線を注いだ。

「コミュニケーション言語というものがあるだろう。目の動き、肩の動き、身振り手振り、声音、大きさ――。それらに注意を払い、読み取れる警察官になって欲しい。なんでだかわかるな」

誰もなにも言わない。首を縦に振るいくつもの動きが、さざ波のように広がる。

「これからお前たちが現場で相手にするのは生身の人間だ。被害者、加害者、関係者。

いろんな人間と直接、目と目を合わせて会話し、時に正面衝突する」

LINEでやり取りすることはまずない。ネット上に人生の重きを置くな。

「そして自分がメッセージを送るときは、二つのことに気をつけてほしい」

ひとつ目は、人として当たり前のことだ。

「直接口に出して相手に言えない言葉を使っていないか」

二つ目は、警官として心がけてほしいことだった。

「その投稿は、誰かの助けになっているか」

この二つを守れたら、いくらでもメッセージをやり取りしてかまわない。五味は言った。「はい!」という学生たちの返事が、教場の蛍光灯を震わせる。

最後に一つ、と五味はつけ加えた。

「ちょっと早いが、今月のペナントの授与が、さっきあった。五味教場はゼロだ」

六月の五味教場はバラバラだった。学生たちは途端にしゅんとしてしまう。

「大丈夫だ。お前たちはこの一か月で、ペナントには変えられないものを得て成長したと思っている」

さあ! 五味は腹から声を出し、手を叩《たた》いた。

「実務修習だ。お前ら二週間、頑張って来い。現場でたくさん学んで、元気に53教場に戻ってこい!」

六月二十八日、金曜日。

綾乃は鉛筆を握りながら、連続三回、くしゃみをした。

「大丈夫ですか。風邪、ですか」

深川が実直そうな太い眉毛《まゆげ》をハの字にして、綾乃の顔を覗《のぞ》きこんでくる。失礼、と綾乃は洟《はな》をかんだ。今朝からくしゃみと鼻水が止まらない。

一三〇〇期五味教場の実務修習は最初の週末を迎えた。折り返し地点だ。二週間かけて、各所轄署にある交通課、地域課、刑事組織犯罪課、警備課、生活安全課で実務を学ぶ。交通、地域、警備での実務修習を終え、今日、深川は刑事課にやってきた。週明けの月曜日も綾乃が世話をする。

府中署に配置された実務修習生は、深川ただ一人だ。通常は二～三人が当てがわれる。五味の意図でこうなった。捜査一課にいたころから、五味は捜査手法が大胆だった。反対されるとわかっているから上司の許可は取らない。直属の上司とは対立ばかりで、一課長の本村からはかわいがられていた。確実に成果を上げてくるからだ。綾乃はいつもこれに巻き込まれる。

早速、深川に捜査本部を見せることにした。

「自慢になるわね。実務修習で、テレビ放送されるくらいの大事件の捜査本部に入れることは、滅多にないから」

「身が引き締まる思いです」

深川は発言が完璧《かんぺき》だ。変に優等生ぶらない。他人の悪口も絶対に言わない。人をフォローするのが上手だと、五味が記した評価資料にもあった。

ただ一点の瑕疵《かし》が、四月一日の脱走事件だ。交番襲撃事件との関連が疑われ、更に印象が悪い。そして人事書類からは見えない、複雑な家庭環境。

特捜本部は事件発生から約三か月、矢部の逮捕もあって人員を減らしている。いまは百人体制だ。みな聞き込みに出ている。

ひな壇奥には警察旗と日本国旗が掲揚されている。ひな壇の並びに、北村の位牌《いはい》と遺影が置かれていた。

「黒板やホワイトボードにはなにも書かれていないんですね」

「個人情報保護法があるからね。捜査会議中はもちろん書き出すんだけど、書きっぱなしで放置するのはまずいから、いちいち書いたり消したりしているのよ」

「いま、矢部の身柄は？」

「取調べ。見たかったら、マジックミラー越しに見られるよ」

是非、と深川は熱心な目で言う。綾乃は取調室へ深川を案内した。

「ずいぶん長い留置ですね。四十八時間の壁はどうやってクリアしているんです？」

「警視庁のポスターを収集しまくってたの。二十件全部立件して、時間稼ぎしているのよ。ちょっとこの手法はイレギュラーだから、『こころの環』に書いちゃだめよ」

深川が苦笑いする。通りすがりの女性職員二人が、そわそわと深川を振り返った。その〝肩書〟が強すぎてたまに忘れてしまうが、彼は振り返らない女がいないほどの美青年だ。均整の取れた顔に切れ長の目がよく似合う。まだ二十三歳なのに目尻《めじり》に哀愁が漂っていて、色気があるのだ。

取調室にやってきた。綾乃はマジックミラーの部屋を開けて、深川を中に通した。刑事が何人か見ていた。場所を譲ってくれる。

「黙秘しているトコ見て、勉強になるかねぇ」

取調官はいま、矢部の兄の家族の話をしていた。その子供が学校でいじめられている、というものだ。矢部の反省を促し、自白に持っていこうという作戦だ。矢部は目を閉じている。

「逮捕してすぐは、雑談や他の窃盗事件の聴取には応じていたんだけどね。先月あたりから、なにを問いかけても大仏になっちゃって」

たまに意味不明な言葉も呟《つぶや》く。警察無線のやり取りの再現だった。事件直後も真似ていた。取調官をおちょくっていると刑事たちは激怒したが――。

「拘禁反応が出ているのでは？」

深川が言った。他の刑事たちはドキッとしたように黙り込む。勾留《こうりゅう》が長引くと精神に異常をきたす者がいる。一旦《いったん》入院させて投薬治療をしないと、正常な取調べができない。ちらほらと指摘する刑事は出始めていた。まさか、実務修習レベルの学生から意見されると思わなかった。深川が空気を察したのか、慌てて言う。

「すいません。生意気なこと」

「拘禁反応のこと、よく知っているね。お父さんから聞いてたの？」

法務省なら、刑務所や拘置所を管轄している。拘禁反応については詳しいはずだ。深川は曖昧《あいまい》に笑っただけで、答えなかった。

五味の評価シートを思い出す。

〈行動の端々に、父親を過剰に恐れている節が見える〉

五分ほどで取調室を出た。聞き込みに連れていく。捜査車両使用の際に申請する書類の書き方を教え、深川に鍵《かぎ》を持ってこさせた。運転は綾乃がした。

甲州街道を東方面に走らせる。

「これから、矢部が事件直後に調べていた貸倉庫の聞き込みに行くから」

府中市内の貸倉庫は全て確認済みだ。いまは調布、三鷹、小金井、日野《ひの》、稲城《いなぎ》と周辺自治体にまで足を延ばしている。

警察学校近くの白糸台《しらいとだい》三丁目の交差点を通過する。榊原《さかきばら》記念病院や第七機動隊の施設の奥に、本館の近代的なシルエットの屋根が見える。深川が目を細め、建物を見ている。

「なんだか不思議ですね。入校してたったの三か月なのに、もう懐かしいというか、恋しいというか」

「教官助教は親みたいなものだもの。厳しいし腹が立つことも多いけどね」

深川が苦笑いした。綾乃は言う。

「五味教官から聞いてる。例の脱走の件で、場長、降ろされたままなんでしょう」

深川は皮肉なそぶりで言う。

「五味教官が納得できる嘘を考えるほかない状況ですよ。瀬山さんだって、本当は嘘をついていると思っているんじゃ？」

綾乃は答えなかった。

「僕を交番襲撃事件の関係者と思っているのに、捜査本部が入っている所轄署に放り込んだのも、そのためでしょう」

深川が証拠隠滅に走るとか、尻尾《しっぽ》を出すのを待っている――彼は五味の意図を見抜いていた。想定していたことだ。

「一教官に、そんなことができると思う？　五味さんはそこまで影響力はない」

「瀬山さんに対しては強烈な影響力があるはずです」

背中に嫌な汗が噴き出す。

「婚約されているんですよね」

綾乃はため息をついた。「調べたの」と訊《き》く。

「調べたのは父です。あなたが父を嗅《か》ぎまわるからですよ。怒られたんじゃないですか、捜査一課長や署長に」

綾乃が反論する間もなく深川は言う。

「五味教官が高校生の娘を男手ひとつで育てていることも知っています。それが、高杉助教の実子であることも、もう摑《つか》んでいますので」

綾乃は無言を貫いた。深川が力なく続ける。

「繰り返しますが、調べたのは父です。入校前に担当教官がどんな人物なのかを心配して、配下の者に調べさせたんですよ」

「――怖いお父さんね」

「大嫌いです」

深川がいつになく感情的になった。調布市に入っている。交差点は赤信号だった。停車する。車内の沈黙が重い。父親が大嫌い。これは彼の心の叫びなのだろう。そんな父親に命令され、北村の殺害を手伝う……ありえない。

青信号になる。左折した。次の交差点で品川通りに入る。すぐ右手のレンタル倉庫が、目的地だ。

深川はリクルートスーツの上着の裾《すそ》を引っ張り、取り繕うように言った。

「すいません。感情的になってしまいました」

綾乃は口元だけで笑みを作り、首を横に振った。入校初日、桜の木の枝を折って持ち帰るためだけに、警察学校を脱走する。彼の行為の裏には、父親への屈折した思いがあるのではないかと思った。

綾乃は品川通り沿いのコインパーキングに、捜査車両を入れた。エンジンを切る。深川が車を出ようとするのを、止めた。

「実はね。これ――『こころの環』には書いちゃだめよ」

深川は戸惑ったように眉《まゆ》を顰《ひそ》めた。綾乃は声のトーンを落とし、続ける。

「五味さんの筋読み。お父さんが徹底的に五味さんのことを調べたのなら、五味さんが捜査一課のカリスマ刑事だったってことは知っているでしょ」

勿論《もちろん》です、と深川は頷《うなず》いた。

「五味さんは、監視カメラを切ったのは北村本人じゃないかと見ている」

五味から、深川には言うなと口止めされていた。だが、綾乃は深川を信じた。彼は父親を身近に見てきた。父親は北村と因縁がある。なにか知っているかもしれない。

「北村は二当の夜、他の警官が休憩でいなくなるたびに、監視カメラを切っていたとして――」

「ちょっと待ってください。なんのために」

「撮られては困ることをしていたからよ。誰かを脅していたか、抜け出してどこかへ行っていたか。恐らくはそれが発端で殺害されたと五味さんは見ている」

「つまり――矢部は火事場泥棒、ということですか」

「そう。これは捜査本部に伝えている。でも、上はこの線の捜査を許可しなかった」

北村は警視庁を挙げて警察葬にされている。

「立派なお巡りさんだったということで、一般献花の列は二千人を超え報道もされた。そんな人が実は交番内で違法行為に手を染めていて殺害されたとなったら――」

深川は細かく頷く。厳しい表情で、綾乃を見た。

「瀬山さんひとりで、動いているんですか」

「五味さんだけが味方。でも彼も教場の運営で忙しいし」

深川は考え込むような顔だ。やがて「わかりました」とひとこと返す。なにかの覚悟を決めたように見えた。


週末の土曜日。綾乃は小田急《おだきゆう》線新百合ヶ丘の駅で下車した。ロータリーに五味の車が停まっている。助手席に滑り込んだ。五味はナビのセッティングを終えたところだ。綾乃の顔を見た途端、噴き出す。

「顔面蒼白《そうはく》すぎるだろ。緊張してんのか？」

顎《あご》を優しく摑まれ、両口角の脇をくいくいとほぐされた。

綾乃の実家がある横浜市青葉《あおば》区の住宅街まで、車で二十分ほどだ。後部座席に、菓子折りの入った紙袋が置いてあった。今日五味は濃紺のスーツに、青と白の細いストライプの入ったネクタイをしていた。

「だって……今日いよいよ対面ですよ。なんでそんな余裕ぶっこいてんですか」

「緊張したっていいことないだろ」

「でも、うちの父親本当に厳格で相当面倒臭い人ですよ。五味さんが傷つくようなこと言わないか、もう心配で心配で……」

「言うなよそれを。緊張しちゃうじゃないか」

「あっ、すいません」

五味は車を発進させた。昨日の深川の様子を尋ねてくる。

「深川君の話、している場合です？」

「大事なことだろ。俺にとってもお前にとっても」

「シミュレーションとかしなくて大丈夫ですか。うちの父親。カタブツで単純だから、だいたいなに言うか見当つきますよ」

「シミュレーションなんかしたら余計緊張する。ぶっつけ本番でいい。じゃあ結婚式飛び越えて、新婚旅行の話でもするか」

世界地図にダーツ投げるんだっけ、と五味は冗談を言う。

「アマゾンとかヒマラヤとかになっちゃったら警視庁に戻れなくなっちゃいますよ。海がきれいなところでのんびりしたいなぁ」

「オーストラリアとかは。コアラとかいるし」

五味の口から「コアラ」という言葉が出たことにびっくりする。

「あれ、動物嫌い？」

「私、猫アレルギーなんです。獣全般ダメで……。五味さん、動物が好きなんですか」

鶴見川《つるみ》が見えてきた。橋を越えたら、もう横浜市青葉区だ。五味が咳払《せきばら》いをして車内の空気を変える。捜査の進捗《しんちょく》状況と深川の様子を訊いた。綾乃は昨日、深川を連れて調布市内の五軒の貸倉庫を訪ね歩いた。矢部が契約に来た痕跡《こんせき》は全くなかった。

「五味さんは未《いま》だに深川君のこと、交番襲撃事件の関係者だと疑っています？」

「いまは正直、わからない」

人ってさ、と五味はぽつりと言う。

「知れば知るほど、付き合いが長くなればなるほど、相手のことをわかっていくものだと思っていたよ」

「私はそう思っていますよ、現在形で。五味さんが動物好きとか」

「瀬山が猫アレルギーとか？」

二人で笑い合う。長くは続かなかった。五味は困惑したように続ける。

「深川だけは違う。日常を共に重ねるほど、わからなくなっていく。基本的にできるいい奴なんだけど、いい子の皮で複雑な中身を覆い隠しているという感じだ」

綾乃は頷き、続報を伝えた。

「捜査の合間を縫って、弥生と桜の行方を追っています」

「見つからないのか？　法務省の一般職員なんだろ」

「結婚退職していたんです。復職していません。離婚後すぐの住所は、母子生活支援施設だったんです」

シェルターか、と五味は目を丸くする。貧困または家庭内暴力などで夫から逃れるために母子が入る施設だ。国家公務員だった母親が離婚後すぐに貧困に陥るとは考えにくい。夫のＤＶから逃れるために入った可能性が高い。

「すでにシェルターは出ていますが、その後の住所は令状がないと追えません」

令状は出る状況にない。五味はため息をついた。

「深川浩はＤＶ野郎だったってことか？　深川自身も虐待を受けていた可能性があるじゃないか」

ナビが割り込んだ。

『目的地に到着しました』


綾乃は五味を和室に通した。隣に座ろうとしたが、キッチンの母親に呼ばれた。五味と父親を二人きりにしてしまうのを申し訳なく思う。菓子折りの中身を手早く皿に移す。

「やだ綾乃。かっこいい人じゃな〜い」

母が綾乃の肘《ひじ》をつつき、嬉《うれ》しそうに言う。

「優しそうだし。お母さん狐につままれたような気分よ。なんであんな素敵な人が、四十過ぎまで独身だったの？　バツイチ？」

五味が、自身の警察官としての経歴を話しているのが聞こえてくる。警察学校の教官と聞き、父親が感心する声がした。うまくいきそうね、と母親がニコニコと和室を見る。

「お父さんも先生だもんね。ある意味、いまは同業かぁ」

母親と共に茶を出した。既に和室は父親の独擅場《どくせんじょう》になっていた。最近の若者はどうだという苦言だ。五味は教場での気苦労などを差し込む。二十分ほど歓談した。十七時になろうとしていた。父親が時計を見上げ、言う。

「母さん、もう夕飯の準備をしたらどうだ。京介君も飲みたいだろ?」

父親が、指でお猪口《ちょこ》を持つ仕草をする。父親は飲んべえだ。教師も警官もよく吞《の》む。

「帰りは綾乃が運転して帰れよ。お前は女なんだから飲まないでお母さんを手伝え」

はいはい、と綾乃は立ち上がり、母親とキッチンに立った。いまさら父親と言い争うつもりはない。「女なんだから」という言葉を幼少期からシャワーのように浴び続けてきた。「女なんだから」に猛烈に反発したからこそ、「女らしさ」に嫌悪を抱き、女らしくない人生に憧《あこが》れた。

母親はすき焼きを準備していた。共にキッチンに立ち、ねぎや焼き豆腐を切った。コンロを和テーブルの上にセットし、あいたビール瓶を回収する。父と五味の空気は和やかだ。父親に「冷酒、出して」と言われ、グラスのお猪口に注いで持って行った。少し空気がしんみりしている。

五味が、前妻を看取《みと》ったときの話をしていた。

「息を引き取る何時間か前に、突然、いますごい幸せってわざわざ口に出して言ったんですよね。あ、そろそろなのかな、とは思いましたね。あの時は……」

綾乃はキッチンのコンロですき焼き鍋《なべ》に火を入れる。取り皿に生卵を割り入れて、盆に載せて和室に入った。父親が目頭を拭《ぬぐ》い、五味のグラスにビールを注いでいる。

「こんなできた色男がどうして四十まで独身と思ったら……大変だったね」

母親がいつの間にか、父親の隣に正座して話を聞いていた。

「新婚三年でというのは辛《つら》いわね。マイホームを買って、これから子供を、ってときでしょう」

五味が切り出す時だった。皿の中で四つの生卵が、それぞれに揺れる。

「子供は――。はい。もう、その時にはいましたので」

時が止まったかのような沈黙があった。母親がちらっと綾乃を見た。父親は五味に尋ねる。

「――子供、いるのか。いま、いくつですか」

「十七歳です」

両親は無言でちらちらと視線を合わせた。綾乃が中学生の時、十年続けたピアノを辞めたいと言ったときも、両親はこんな顔をしていた。

「連れ子なんです。亡くなった妻は、シングルマザーだったので」

失望。両親の顔にはっきりとそれが表れていた。場が静まり返る。あまりに長い沈黙に感じた。綾乃は慌てて言った。

「結衣ちゃんていうの。すごくいい子だよ。仲良しなの。正直、五味さんとよりも、結衣ちゃんとの方が先に仲良くなった、みたいなところ、あるよね？」

五味とは未だに敬語で話すのに、綾乃は馴《な》れ馴れしい口調になってしまった。本当のことを言っているのに、ものすごく、嘘っぽい。

父親がお猪口を呷《あお》った。母親が醒《さ》めた様子で言う。

「五味さん。あの……こう言ってはなんだけど、連れ子だって大変なのに、連れ子の連れ子というのは……。娘にとってもあなたにとっても他人でしか……」

「やめておきなさい」

父親が、母親を制した。徳利の首を持ち、五味の方に向けた。

「ま、飲んでください、五味さん。事情はわかりましたから」


深夜一時過ぎ、綾乃は新百合ヶ丘の五味家のインターホンを押した。泣きそうだった。五味結衣には見せられないが、官舎にひとりでもいられなかった。五味と電話が繋《つな》がらないのも気になった。終電はなかったので、タクシーでここまで来た。

横浜の実家は十九時に出た。あんなに味がわからないすき焼きは初めてだった。五味と綾乃は普通に送り出された。五味が「結婚の承諾を」と両手をついて頭を下げたとき、母親は答えなかった。父親は「まあもう娘も三十過ぎてますからね」とだけ答えた。

官舎に帰ると、電話が鳴っていた。母親からだ。嫌な予感がした。案の定だ。

「結婚の話は保留にしなさい。お父さんが、まずはその結衣って子と会ってからだって。どういう子なのかちゃんと見極めてからじゃないと、嫁にはやれないって」

三時間、母親と電話で言い争いをした。父親は一切、電話には出てこない。電話を切り、すぐに五味に電話をかけた。五味は綾乃を心配してくれたが、結衣を横浜の実家に連れていくことは断固、拒否した。

「結衣をジャッジしてから結婚承諾の判断がされるなんてありえない。俺が直接話す」

電話を切った。二時間経っても五味から折り返しの電話がない。新百合ヶ丘に飛んできてしまった。

綾乃はインターホンを連打したい気持ちをぐっとこらえ、玄関先で待った。薄桃色の、タオル地のパジャマを着た結衣が玄関から出てきた。

「来ると思ったー。やだ。綾乃さんまで大丈夫？」

「五味さんは？　電話に出なくて」

「やけ酒。ぐでんぐでんに酔いつぶれちゃって、いま寝かせてきたところ。なにがあったの？」

五味は実家に電話したはずだが、うまくいかなかったのだろう。

「とにかく、綾乃さん泊まってって。もう終電ないでしょ。お腹すいてる？」

結衣がキッチンに立ち、茶碗《ちゃわん》を出す。綾乃は断った。水だけもらう。結衣が上目遣いに尋ねる。

「私のこと、言われたんだよね？」

綾乃は曖昧《あいまい》に笑って目を逸《そ》らした。

「ごまかさなくていいって。はっきり言ってよ。ぶっちゃけ、京介君には欠点ないじゃん。血の繋がらないこぶを抱えているってこと以外」

そんな言い方、と綾乃は苦笑いする。結衣が綾乃に顔を近づけてきた。

「ねえ。女同士、腹割って話そうよ」

この迫力。高杉の血だった。

「私、自分のせいで二人の結婚がダメになるとかホントやだから。そんなことになるくらいならこの家、出るし」

「結衣ちゃんまで、ちょっと落ち着いてよ」

綾乃は疲れ切ってしまった。

「ごめんごめん。コーヒーでも淹《い》れよっか」

結衣がコーヒーメーカーのスイッチを入れた。豆をブレンダーに注ぎ込む結衣に、綾乃はいきさつを話した。結衣が、自虐的に言う。

「そりゃ良識的な人は嫌でしょ。私は京介君と血が繋がっていないんだもの。どこの馬の骨って奴。実父は誰だってなるよ。で、京介君は言えないでしょ」

「勿論《もちろん》、高杉さんにはなんの問題もないけど――」

「タイミングがねぇ。私は男女交際禁止の警察学校で受精したようなもんだし」

表現に同意しかねたが、事実ではある。

「突きつめて話しちゃうと、私は校則を破ったしょうもない男警と女警の間にできた子供でしょ。京介君は言えない。綾乃さんのお父さん、学校の先生なんでしょ？」

生活指導の担当を進んでやるような教師だった。毎日校門の前に立ち、学生たちの服装や態度を口うるさく指導していた。

セットしたマグカップに、コーヒーが落ちる。香ばしいにおいに鼻が反応する。深呼吸した。気持ちが落ち着いてくる。結衣は砂糖とミルクを準備しながら、毅然《きぜん》と言った。

「私、会いに行くよ。綾乃さんのお父さんに」

「いいよ。気にしなくていいから」

「説得しに行くんじゃないよ。頭を下げに行くのでもない」

結衣はにやっと笑って、綾乃を見た。

「綾乃さんのパパをぶっ飛ばしに行くの」

綾乃は目を丸くした。同時に、噴き出す。女二人、腹を抱えて大笑いした。


五味は目が覚めた。時計を見た。午前十一時過ぎ。ワイシャツ一枚に下着姿で寝ていた。ジャケットとスラックスはハンガーにかかっている。

部屋着を穿《は》いた。ワイシャツを脱ぎながら、階段を下りる。キッチンはスナック菓子の匂いでムンとしていた。菓子が食い散らかされている。コーヒーやジュースが入ったマグカップが出しっぱなしだ。式場のパンフレットが方々に広げられていた。結衣と綾乃のスマホも放置されている。

和室から、寝息が聞こえてきた。襖《ふすま》を開けて中を覗《のぞ》く。女二人が枕を並べて寝ていた。

結衣は部屋着姿だが、綾乃はブラウスにショーツ一枚という恰好《かっこう》で、足を投げ出している。なかなか大胆な姿だ。五味は布団をかけなおしてやった。襖を静かに閉じ、ダイニングの片づけをした。

十二時過ぎ、結衣が「やばい寝ちゃった！」と和室から飛び出してきた。五味はダイニングテーブルでコーヒーを飲みながら、式場のパンフレットを捲《めく》っていた。

「ちょっと起きてたなら起こしてよ！　今日部活の遠征だって言ったじゃんっ。やばいもう試合始まるし、顧問にまじ殺される」

「殺されそうになったら通報しろ。すぐ所管の交番警察官が駆け付ける」

「そういう問題じゃない！」

結衣は二階へ駆けあがり、一分でジャージに着替えて玄関へ突進していった。見送りに立つ。結衣はスニーカーを履きながら「そういえば」と早口に言った。

「いま、どっかの式場のパンフ見てた？」

「目黒雅叙園」

「もう椿山荘に決めたから」

「は？」

「来年は私の受験があるから年内って綾乃チャンと話してたんだけど、秋には京介君が異動でしょ、十二月も一月も師走《しわす》とか正月でみんな忙しいよねってなって、来年二月十六日の大安の日がいいんじゃないって話になって」

結衣がいっきにまくし立てる。口を挟む余地がない。

「で、前に二人で椿山荘見に行ったんでしょ？」

「庭園を散歩しただけだよ」

「朝一で試しに電話をかけてみたら、いまちょうどキャンセルが出たところで～って言われて。私と綾乃チャンで即決しちゃった。前金を振り込み次第、予約確定だから、なる早でね！」


十四時過ぎに綾乃が起きた。「朝まで女二人、盛り上がっちゃって」と苦笑いしながら、結衣が用意したらしい部屋着に着替えた。申し訳なさそうに尋ねてくる。

「あの、それで五味さん、実家との電話、どうなりました？」

「結衣をジャッジするような会合は持てない、両家の顔合わせの時に連れていく、結婚はしたい、で押し通したら、勝手にしろってガチャンって切られた」

というわけだ、と五味は綾乃に向き直る。

「勝手にしよう」

「はい。勝手にしました。予約」

二人で遅い昼食を作る。インターホンが鳴った。綾乃が出る。

「高杉さん来てますけど」

五味はフライパンにホールトマトを投入中だった。手が離せない。綾乃が扉を開けた。

「よーう！　すっかり五味家の一員だなコラ」

高杉は手土産に白ワインを持っていた。家で余っていたものらしい。五味がパスタを作っているのを見て「俺ナイスタイミング」と自画自賛する。五味は具材を増やした。

「お前、なにしに来たの」

「なにしに⁉　慰めに来てやったんじゃないの～」

五味はため息をついた。結衣から聞いたのだろう。高杉が慌てた。

「あ、もしかして触れちゃいけなかった？　じゃあ綾乃チャン事件捜査の話でもしろよ」

高杉が食器棚からワイングラスを三つ出し、ソムリエみたいな恭しい手つきでワインを注ぐ。巨体で彫の深い顔をしているから、スペイン人とかイタリア人あたりがワインをたしなんでいるかのようだ。週末だけの無精髭《ぶしょうひげ》がまた絵になる。

綾乃が三人分のカトラリーを準備しながら言う。

「そうでした。実務修習の真っ最中ですもんね。明日《あした》も通常通り深川君を捜査に連れていって大丈夫ですか？」

五味は少し考え、全く別の質問を投げかけた。

「北村の鑑取りはどうなったんだっけ？」

綾乃が首を横に振った。彼からはなにも出ていないらしい。

「昭和五十三年に入庁、卒業配置は日野署。ここを皮切りに、ひたすら交番に立ち続けて四十年。昇進試験も一度も受けていません。主に三多摩地区の交番を渡り歩いていました。結婚歴もありません。女の影もない」

「一方で府中署以外での人徳はゼロだったんだよな。キレやすい、裏表がある」

五味は三人分の乾パスタを目分量で手に取り、真っ二つに割った。沸騰した鍋《なべ》に投げこむ。高杉がワインの注ぎ口をタオルで拭《ぬぐ》いながら言う。

「そりゃー女にはモテないだろうなぁ。イマドキは五味チャンみたいに、優しくて時短レシピが身について家事完璧《かんぺき》とかじゃないと」

「モテないし友人も少なかったようですけど、それが大きなトラブルに発展したという話は聞きません」

パスタは綾乃が茹《ゆ》で加減を見て、ざるにあげた。三つの皿に盛る。五味は茄子《なす》とひき肉入りのトマトソースをかけた。うまそう、と高杉がつまみ食いをしようとする。叱った。三人揃って手を合わせて食事を摂《と》る。すぐ事件の話に戻った。

「北村の帯革とスラックスのベルトのちぐはぐを、覚えているか」

検死のとき、五味が指摘した不審点だ。説明を聞き、高杉も変な顔をした。

「帯革はきちんと締められているのに、スラックスのベルトが外れてチャックが開いていた？　大をするにも小をするにも不自然だが……食事中にすんなよ、その話」

五味は肩をすくめ、続けた。

「北村は、どうして生涯独身を通したんだろう」

「なんか、話が飛んでいませんか?」

綾乃も高杉も眉《まゆ》を顰《ひそ》める。

「飛んでいない。性癖の話をしている」

性癖、と繰り返し、綾乃が更に眉間《みけん》にしわを寄せた。高杉は興味津々だ。五味は、より突っ込んで言う。

「異常性癖だ」

綾乃は宙に視線を泳がせ、「帯革」と口走った。高杉も頷《うなず》いた。

「なるほど。警察制服を着用したコスプレプレイってことか?」

「そう。すると帯革とベルトのちぐはぐが解消する。性行為だからスラックスは脱ぐだろう。だが、警官の象徴である帯革は外さない」

「警官コスプレプレイだから、場所は交番にこだわった?」

綾乃も指摘した。五味は大きく頷く。

「その通り。交番でやる必要があった。異常性癖だから、そういうシチュエーションじゃないと興奮しない。監視カメラを切ってまでやった」

「――すると、そこにいたのは女?」

当該時刻に現場を通過した女は、エステティシャンただ一人。

「山尾絵里香」

五味は鋭く言った。綾乃が大きくかぶりを振る。

「でも、北村の指に絡まっていた毛髪は男のものですよ」

そうか！　と高杉が手を叩《たた》く。

「絵里香と北村のエッチな現場を見てしまった絵里香の彼氏とかが、嫉妬《しっと》に狂って北村を刺殺した？」

綾乃が情報を出す。

「確か、絵里香は婚約中でした。相手はＩＴ関連企業の経営者だと聞きましたけど」

待て待て、と五味がたしなめる。

「その人物は事件前後に現場を通っていないだろ」

そうだった、と綾乃も高杉もうなだれる。五味はスマホで、絵里香のサロンのホームページを表示させた。メニューが並ぶサロンのトップページをスクロールし、一番下に記載されている文章を指さした。

〈男性大歓迎！　ご予約の際には、直接お店まで連絡を下さい〉

言葉の最後に、ＵＦＯの絵文字が記されていた。五味は指摘した。

「メニューを見た。このシローヴィヤンガというメニューはヘッドスパのことらしい。絵里香なら赤の他人の男の頭髪が簡単に手に入ったはずだ」

現場の毛髪は、偽装かもしれない。サイトを見た高杉が前のめりになった。

「おっと。これは俺の畑の案件じゃねーか？」

高杉は生活安全課の刑事だった。所轄の風紀係を渡り歩いてきたので、風俗店の事情に詳しい。〈男性大歓迎！〉の一文を指さした。ＵＦＯの絵文字に注目している。

「ＵＦＯって日本語でなんていう？」

高杉が得意げに問いかけた。綾乃が答える。

「円盤、ですか」

「大正解。円盤は風俗業界の隠語だ。本番ＯＫだけどその代わり追加料金を取るという意味で使われる」

綾乃がフォークとスプーンを投げ出し、叫んだ。

「山尾絵里香はサロンで性的サービスを違法に提供していた!?」

「だとすると、北村は日常的に風俗嬢を交番に呼んで楽しんでいた、ってことか？」

高杉が言う。もしくは、と五味は語気を強める。

「北村は風営法違反だと脅し、交番で絵里香に性サービスを強要させていたか」

綾乃がため息をつく。

「後者ですよね。そうじゃなきゃ、殺されない」


綾乃は週明けの月曜日、始発で府中警察署に戻った。早朝営業のベーカリーでカプチーノと、アボカドと海老《えび》のパニーニを買う。六時過ぎには出勤した。山尾絵里香の行動確認に入りたい。マンパワーが必要だ。上が捜査の許可を出すか。どう説得するか。

薄暗い刑事課のフロアで、パソコンを見ている人がいた。綾乃の席に座っている。深川だった。実務修習生は八時に署に来ることになっている。

「深川君？　ずいぶん朝早いね」

深川は必要以上にびくりと肩を震わせて、ちらっと綾乃を振り返った。

「おはようございます」

マウスをさっと動かし、深川はウィンドウを閉じようとした。綾乃はその腕を摑《つか》む。

「なにこれ」

女性の陰部のアップ写真だ。アダルトサイトではない。強姦《ごうかん》事件の被害者の写真だ。膣《ちつ》の周辺に傷が見て取れる。強姦の証拠となるものだ。四年前、三田《みた》署管内で起こった主婦強姦事件の調書だった。犯人は不詳のままだ。

「なんのために見ていたの」

深川は少し困ったように綾乃を見た。綾乃は深川の隣に座った。

「言って。たぶんもう、五味さんが暴いてる」

深川が目を眇《すが》め、綾乃に尋ねる。

「教官は、気が付いていたんですか」

「君も聞き出したんじゃないの。週末のうちにお父さんになにか訊《き》いた？」

金曜日の夕方、覚悟を決めたような顔をしていた。

深川はパソコンに向き直り、ウィンドウを閉じた。形の良い唇が誠実に動く。

「週末に実家に帰って父に聞き出しました。北村良一巡査のことで、知っていることはないかと」

綾乃の前で大嫌いだと宣《のたま》った父を、頼る。捜査進展のため、ひと肌脱いでくれたようだ。深川浩は渋々語り出したという。

「三鷹の事件の裁判で、北村巡査長の証言を採用しなかったのは、父の耳に北村の悪い噂が入っていたからです。強姦癖です」

綾乃の心臓が大きく跳ねる。こちらが動くまでもなく、核心が転がり落ちてきた。

深川が周囲の耳を気にしながら、続ける。

「雨の日も風の日も、交番の前に立って人の流れを見ていた。あれは、ターゲットの女性を探すためだったとか」

綾乃は強く、目を閉じた。目頭を揉《も》み、頷き、深川を見た。

「最初は、空き巣被害を訴えた女性宅で、警察制服のままことに及ぼうとしたらしいです。もう二十年近く前の話です」

「北村は逮捕されなかったの？」

「犯人が北村だったと、断定できなかったらしいんです。当時はいまほど防犯カメラ網が発達していませんでしたし、夜間で、女性も顔をよく見ていなかった」

二度目は、交番で保護された泥酔女性を、トイレで乱暴した疑いだった。後に女性は被害を取り下げている。酔って記憶が曖昧《あいまい》な上、体を洗い衣類の洗濯もしてしまった。立証は困難だった。

「父は、北村巡査の証言が裁判の過程で二転三転することに不信感を持ちました。北村の警官としての資質に問題ありと周囲に話していたところで、この噂を聞いたそうなんです」

深川が真っ暗な画面のパソコンを見た。

「――父が裁判で北村の証言を破棄した理由はこれです。ただ、大々的にこの件を裁判で指摘することも、警察庁に報告することもできなかった」

深川の切れ長の目に、悲しげな色が浮かぶ。

「強姦被害者は、申告を嫌がります。自分が性的な辱めを受けたと、公表されるのが怖い。万が一裁判となったら、大変な苦痛を味わいます」

警察学校行事で強姦事件の裁判を傍聴したときの話をした。被疑者の弁護士が事件の核心に迫ったとき、被害者はパニック発作を起こした。休廷だ。深川の父親も、被害者を思い、ことを表沙汰《おもてざた》にできなかったようだ。

「父が把握したのはその二件だけですが、まだあるんじゃないかと思って」

「それで、未解決の強姦事件を確認していたの？」

「すいません。瀬山さんのパソコンで勝手に検索を……」

綾乃はパソコンに向き直り、事件調書の検索画面を開いた。

「いいよ。好きなだけ見て」

綾乃は立ち上がった。上司に報告すべく捜査本部へ向かう。

綾乃の意向を受け、三浦が吉村刑事課長に相談した。吉村は難しい顔だ。

「北村を強姦魔と想定した捜査なんか、ゴーサイン出るかなぁ」

困り果てた様子で、捜査本部管理官に話す。管理官は真っ青になって、本部の本村捜査一課長に一報を入れた。本村は府中にすっ飛んできた。綾乃ひとりを小会議室に呼び出す。綾乃が上司に報告してから一時間も経っていない。綾乃は五味に助けを求めようとした。深川が、スマホを持つ手を摑む。

「五味教官は午前中、葛飾《かつしか》区や台東《たいとう》区周辺の所轄署の挨拶《あいさつ》回りに行っています。すぐには府中署には来られません」

実務修習中の学生たちのフォローに回っているのだ。一人で本村と対峙《たいじ》しなくてはならない。無理、怖い、と頭を抱えた綾乃に、深川は力強く言う。

「大丈夫です、瀬山さん。僕を利用してください」


綾乃は小会議室の扉をノックした。名乗る。「入れ！」と刺々《とげとげ》しい返事がある。綾乃は巡査部長、本村は警視正だ。上すぎる。五味を介して知っているというだけで、直接会話をしたことは殆《ほとん》どない。後ろを見た。深川が落ち着いた表情で立っている。頷《うなず》き合った。「失礼します」と中に入る。

本村はきつく結んでいた口を、慌てた様子で開く。

「おい。どうしてお前ひとりで来ないんだっ」

綾乃を頭ごなしに叱る。深川には丁寧な調子で言う。

「深川巡査。世話役が叱責《しっせき》される現場にまで、ついてくる必要はないんだ。刑事課で待っていなさい」

深川は臆《おく》することなく、言い放った。

「瀬山刑事は、なぜ叱責される必要があるのでしょう」

本村はびっくりして、固まる。困り果てた様子だ。国家公安委員の息子には、警視庁の組織防衛論を一瞬で木っ端みじんにする力がある。

「――深川君。僕を困らせないで欲しい」

本村が女のように高く細い声で懇願した。深川がきっぱり言う。

「いいえ。この件で本当に困るのは本村捜査一課長ではなく、都民です。強姦魔が警察権力を持った状態で野放しにされていた。警視庁は都民を危険に晒《さら》し続けてきたことになります」

そこにあるのは正義と権力だ。何人も抗《あらが》えない。本村はうなだれた。わざとらしいため息のあと、ぎろりと綾乃を見上げた。

「五味の差し金か」

「違います！」

綾乃と深川の声が、揃った。

五味は高杉と共に、十六時ごろ府中署を訪れた。

実務修習が始まってから順次、学生を受け入れている所轄署を回っている。府中署は、深川が刑事課の実務修習に入っている日に行くと決めていた。

特捜本部は空っぽだった。ひな壇の本村が五味を苦々しく一瞥《いちべつ》する。

綾乃は深川を連れて、山尾絵里香の行動確認に入っている。まずは内偵をして、違法性サービスの実態を押さえる。

本村は「なにも出てきませんように」と祈っていた。

地域部長が警務部長に対抗して進めていた慰霊碑設置計画は、お披露目を待つ段階だった。石碑はビニールシートを巻かれ、新町交番の敷地内に設置されている。お披露目式典の来賓には警視総監をはじめ、警察官友の会会長、地元の衆議院議員までもが列席予定だ。本村が「胃が痛い、お前のせいだ」と五味に散々当たり散らした。

十七時、綾乃が深川を連れて戻ってきた。くしゃみを連発している。日曜日に薄着で寝ていたから、風邪でも引いたか。五味が心配すると「ここ二、三日ずっとなんで大丈夫です」と綾乃は力強く頷いた。

「私はすぐ現場に戻ります。山尾絵里香の店に、男性客が入ったんです」

チーンと洟《はな》をかみ、引き返そうとする。五味は言った。

「ちょっと待って。鍵《かぎ》の件はどうなった？」

鍵、と綾乃は首を傾げた。山尾絵里香の店の違法行為を摑《つか》むことで頭がいっぱいで、綾乃は本来の交番襲撃事件を忘れている。

「矢部が北村の私物の鍵束を奪った件だ。矢部の自宅からは出てきていないんだろう？」

「そういえば、出ていません。本人は黙秘したままですし」

矢部は拘禁反応の治療のため病院に移送されている。しばらく取調べはできない。

「矢部が鍵束を奪ったことは中沢が目撃している。恐らくは、警官が持ち歩いている鍵を奪うことで、なにか官品を手に入れられると思ったからだと思うが、そもそも――」

綾乃が混乱したような顔になった。深川が「僕にも教えて下さい！」と割り込んでくる。五味は丁寧に説明した。

「最初に現場で俺が言った疑問点だ。北村はなぜ、私物の鍵束を勤務中も持ち歩いていたのか」

財布はロッカーにしまっていたのに、自宅等のプライベートの鍵は身に着けていた。

「よほど大事な鍵だったんでしょうか」

深川が意見した。前のめりの様子を、横で高杉が苦笑いで見ている。

「尚且《なお》つ、北村には異常性癖がある可能性が浮上した。そういう人物は、戦利品をコレクションする傾向が強いが、北村の自宅からはなにも出てきていない。そして鍵を盗んだ矢部は犯行後、貸倉庫をかたっぱしから調べている――」

綾乃は二重瞼《ふたえまぶた》の大きな目をくるくる回して、必死に五味の推理についてくる。

「つまり――矢部が奪った北村の鍵の中に、貸倉庫の鍵があった？」

「そう。それでどこの貸倉庫だろうと、矢部は調べ回っていたんじゃないか？」

深川は興奮気味に手を叩《たた》いた。

「貸倉庫を契約したのは矢部ではなくて、北村……!?」


高杉の運転で、警察学校に戻る。

深川は山尾絵里香の内偵の様子を、ことこまかに五味に伝えた。刑事の本領ともいえる尾行捜査を経験して、興奮しっぱなしだ。

綾乃は五味の見立てに沿って、北村が貸倉庫を契約した実態がないか、調べ始めた。

「事件は大きく進展しますね」

深川は前のめりだが、刑事課の実務修習は今日で終わりだ。もう捜査に関われない。残念がった。

「ちょうど飯時だし、どっか三人で飯食いに行くか」

五味の提案に、深川が目を輝かせる。高杉が交差点を右折した。小さなホテルの一階に中華料理屋がある。高杉は自分も飲みたいから、と先に車両を警察学校へ戻しに行った。帰りは三人、徒歩で帰る。五分の距離だ。先に料理を注文し、高杉が来るのを待つ。

「この一週間、どうだった。これまで回ったのは地域課と交通課と刑事課だな」

深川は課の希望を口にしていない。警察学校の半年間でゆっくり考えたいとしている。

「地域に根差す交番勤務や交通課の仕事も魅力的ですけど、やはり刑事課は圧巻でしたね。士気が違うというか」

「昔は花の捜査一課とか言ったし、刑事課は警察官の花形だったんだがな。なにせ激務だから、最近は不人気だ」

いまは定時で働ける警務、総務が大人気らしい。人事や広報、厚生、警察学校などが属する縁の下の力持ちの部署だ。育てた警察官たちがみな縁の下の力持ちばかりでは物足りない。深川は公務員志向が低いから、つい期待してしまう。

「そういえば、実務修習が終わったら模擬捜査が始まるんですよね」

深川の目が輝く。五味が受け持つ刑事捜査授業は、後半の三か月を模擬捜査授業にあてる。模擬家屋内で事件現場を再現し、学生たちに捜査させ、犯人を検挙する。

五味は自身が経験してきた事件を元に教案を作っている。リアリティと臨場感があると評判だ。今期も五味の模擬捜査授業が始まるのを、学生たちは首を長くして待っている。どの事件を扱うのか、と深川も興味津々だ。同時に、残念そうな顔でもある。

模擬捜査授業では、教場全体をひとつの捜査本部と捉《とら》える。捜査本部を仕切る管理官役を担うのは場長だ。深川は脱走事件の件で場長を降ろされたままだ。

「深川。お前、管理官役をやってみたくないか？」

深川はきらきらと目を輝かせた。半分腰が浮いている。

「勿論《もちろん》です！　是非やらせていただきたいです」

「四月一日の件がクリアになってからだ」

深川は口を閉ざした。静かに視線を下に落とす。

「まだ、言えないか」

五味は、いつか深川が話してくれると信じていた。高杉が「お待たせ！」と店の中に入ってきた。あっという間に無礼講の宴席になる。生ビール大ジョッキが三つ、運ばれてくる。

「ようし、じゃあ乾杯の音頭を五味にと思ったが、こいつは話が長いからな」

高杉が深川に促した。

「いまの若いのはどんな乾杯するんだよ」

深川が流行《はや》りを教示する。ジョッキを高く掲げた。

「志は高く！」

ジョッキを下に突き出す。

「愛情は深く！」

ジョッキを水平に出す。

「友情は等しく！」

ここで「乾杯」ではなく「ＫＰ」と叫ぶのが、若者の流行らしい。高杉はノリノリでやってみせた。

「洒落《しゃれ》てんなぁ。俺らの時なんか、一気飲みして服をどんどん脱いでいくだけだったよな？」

「俺はそんな飲み方はしたことない」

五味や高杉がいた一一五三期や、過去の五味教場、今期の学生たちの話題に花が咲く。龍興の話が肴《さかな》になった。

「初期のころは龍興の面倒をよく見てくれたな」

「いえいえ。いまは高杉助教にくっついて、夢中という感じですよね」

龍興はコバンザメタイプかもしれない。自分がこうだと決めた男を徹底的に慕い、真似て、くっついて回る。深川は真面目に言った。

「僕は龍興をフォローする上で、誰かを導く以上の学びがあるのだろうかって、改めて気づかされた思いです」

達観したことを言う。生ビール大ジョッキ三杯を軽く空け、焼酎《しょうちゅう》を飲んでいる。酔っぱらっている様子はない。

「僕がいまこうしていられるのも、龍興のおかげだと思います。教場が始まって初期のころ、彼の言動に気づかされたこと、学んだことは本当に多かったです」

酔いが回り始めた高杉が、深川の隣に移動する。抱きしめた。

「お前、本当にいい奴だな。どうしたらこんないい子に育つ？」

生活安全課の話になった。深川が明日から実務修習に入る。高杉はこの課の仕事の面白さを滔々《とうとう》と語る。教官職をやっていると、自分が育った畑に自教場の学生を引き込みたくなるものだ。

深川は高杉が得意とする風紀係ではなく、青少年の保護や健全な育成を目的とした少年係の仕事に興味を持った様子だった。そんな反応を見ると、五味は自分の畑に深川をスカウトしたくなる。これまで五味が受け持ってきた捜査のやりがいを熱く語る。高杉に肘《ひじ》を突かれた。

「お前、それ言っちゃって大丈夫なの？　その事件、今期の模擬捜査の題材にするって言ってたじゃないか」

五味は慌てて口をつぐんだが、後の祭りだ。毎度、酒を呑《の》むと失言が多くなる。深川は「犯人わかっちゃったんですけど〜」と腹を抱えて笑っている。

明日もあるからと八時過ぎにはお開きにした。最後、高杉が瓶ビールをマイク代わりにして、深川の口元に突き出した。

「さあそれじゃ、発表してもらうか！　深川翼巡査、卒配後に希望する課は？」

深川は難しい顔をわざと作って間を持たせる。五味と高杉はつい前のめりになる。

「僕は――将来、警務に行きます！」

「警務？」と高杉が素っ頓狂《とんきょう》な声を出す。五味も拍子抜けした。

「なんだよ、結局九時五時定時で帰りたいのか」

違います、と深川は断言した。

「僕は将来、五味教官や高杉助教のような指導者になって、警察官を育てたいです……！」


三人並んで警察学校に戻った。五味はひとり、深川を東寮の六階にある個室まで送った。中に入る。ストッパーを外し、扉を閉めた。改めて深川に向き直る。

彼は覚悟を決めた顔をしていた。

「深川。もう、教えてくれるな」

五味はベッドに腰掛けた。深川は静かに吐息をつく。

「四月一日の二十三時半。北門を脱走し、二十分で戻った。なにをしていた」

深川はひと呼吸置いて、言った。

「義理の母のことはご存知ですね」

五味は何番目を指しているのかわからず、首を傾げた。深川に失望の色が見えた。

「二番目の母です。てっきり、警察は把握しているものと――」

「どういう意味だ」

「いえ……警察には、相談したのですが」

深川は言いながら、顔をこわばらせる。酔いで赤かった顔が、みるみる青くなっていく。なにか言い出そうとした。途端にまた、口をつぐむ。深川の目が現実を見ていない。宙に彷徨《さまよ》う。過去の記憶を探す目だった。指先が震え出す。

「桜、は――」

妹の話のようだ。桜の木を言うときのイントネーションと違う。

「娘、なんです……」

「娘？」

すぐには意味が分からず、五味はオウム返ししてしまった。深川は大きく深呼吸した。苦しそうに顔を赤くする。顔色の変化が著しい。

「おい。大丈夫か」

「あ、あの、ちょっと深呼吸すれば――」

深川の指先が震えている。止めようと思ったのか、両方の拳《こぶし》をぎゅっと握った。今度は肩が揺れ始める。ひとつ制御すれば今度はまた別のなにかが騒ぐ。五味は彼の背中をさすった。落ち着かせようとしながらも、質問せずにはいられない。

「『こころの環』に、彼女の番号を書き写していたな？　深川桜。だが繋《つな》がらなかった」

深川が、びっくりしたように五味を見返す。

「繋がったのは、ペットショップだ」

深川は顔を覆った。ショックを受けた様子だ。「まただ、まただ」と繰り返す。

「また、居場所がわからなくなってしまった……」

深川が深く息を吸った。ひい、と喉《のど》を空気が通る音が鳴る。肩が大きく揺れた。酸素を求めるべく顔が真っ青になっていく。過呼吸だ。息を吐くように言い、五味はビニール袋を探した。深川はそのまま白目を剝《む》いて、倒れてしまった。

医務室に担架で運び込まれる途中で、深川は意識を取り戻した。医務室のベッドには「自分で」と自らの足で上がった。明らかに過呼吸の発作だ。深川は飲みすぎたと酒のせいにする。

医師である理事官は脈を測り心音を聞いた。「病院に行くほどでもないだろう」と言う。五味は理事官に出て行ってもらい、改めて、二人きりになった。

桜の木の枝を折ったことは、もう聞けない。

深川の思春期に母親になった弥生は、桜という名前の娘を産んですぐに家を追われた。深川は警察に相談した。警察は知らないのかと失望していた。深川は、入校初日にわざわざ桜の木の枝を取りにいくため、学校の敷地を出た。記憶を辿《たど》った途端、過呼吸の発作を起こした。

〈桜は、娘なんです〉

これだけで、うっすらと浮かび上がる残酷な現実がある。

「教官。あのっ、あのう――例の、話なんですが」

「言わなくていい」

五味は慌てて、言い直す。

「いや、話したいならいつでも聞く。でもそれは、お前の準備ができてからでいい」

深川は口を引き結んだ。じっと五味の顔を見据えた。

「何日後でも、何か月後でもいい。何年後でも」

「――僕、卒業しちゃうじゃないですか」

「卒業したって、俺の学生であることには違いないだろ」

深川はぐっと顎《あご》に力を入れた。涙をこらえているのがわかる。やがて顔を覆った。

「父に――」

「うん」とだけ五味は言い、深川の背中をさすった。

「父から、その言葉を聞きたかった。なにがあっても、俺の息子だと言って欲しかった」

深川が肩を震わせ、幼児のようにしゃくりあげながら、必死になって言う。五味はその肩を抱き、唇を嚙《か》み締めた。

深川は二番目の義母から性的虐待を受けている。

やがて桜という女の子が生まれた。

警察に相談したのに被害届が受理されていない。されていたら人事書類に記載されていたはずだ。父親の深川浩が隠蔽《いんぺい》の圧力をかけたか。娘は、深川が受けた虐待の象徴的存在だ。それでも深川は気にかけ、居場所を探す。

離婚後すぐに母子がシェルターに入ったのは、母子が安全を確保するためではない。深川と義母を引き離すためだったのか。シェルターはセキュリティが厳しくその存在すらも秘匿とされている。翻って、シェルターに入る母子の動きも制限される。

電話番号がペットショップのものに変わっていた。またいなくなった——父親の深川浩が、接触させないようにしているのだろうか。


七月十五日の海の日、警視庁警察学校の学校祭が終わった。今日で、中沢ら一二九三期初任補習科の学生たちは、所轄署の待機寮に戻った。

中沢は教場の仲間たちと別れの挨拶《あいさつ》をした。「次は教場会でな」と声をかけて回る。自分は場長だ。最後まで仲間たちの様子に目を配る。気持ちを張り続けた三か月間だった。

初任科の卒業式のような、別れを惜しむ雰囲気はない。みな心はもう、卒配先にある。そこに根を下ろしているのだ。

中沢は支度が終わらず、教場にひとり、取り残された。

卒配先に、気持ちが向かない。

中沢は五味を探すことにした。彼に、問いただしたい。電話をしたが、繋がらなかった。教場棟を出た。川路広場は雑然としていた。学校祭の熱気が残っている。

各教場の発表ブースが設置されていた。学生たちがテントを剝《は》がし、骨組みを片付けている。片隅には近所の第七機動隊の特化車両が並んだままだ。警視庁騎馬隊のブースにいた馬は、移送車に乗せられていた。まき散らした糞《ふん》を隊員たちが掃除している。五味も高杉も見当たらない。

中沢は学生棟の屋上に上がった。梅雨に入ってから、七月とは思えない寒さが続いている。冷たい風が頰にあたる。五味教場時代、仲間たちと真冬の花火をここで見たことを思い出した。

味の素スタジアムで、人気アイドルのクリスマスコンサートがあったのだ。最後に十分、花火が上がる。卒業査閲を控え、心に余裕がなかった自教場の学生たちを見て、五味が即席の花火鑑賞会を開いてくれた。屋上で酒を吞《の》むことも特別に許してくれた。真冬の屋上は寒風吹きすさび、寒くて寒くて仕方なかった。五味と高杉と、三十九人の仲間たちでぎゅうっと体を寄せ合う。震えながら缶ビールを飲み、花火を見た。

「教官、この企画、ありえないっすよ。寒い」

「すまん、こんなに寒いとは思わなかった」

みなでおしくらまんじゅうをして寒さをしのいだ。大笑いしながら、東の空に打ち上げられた冬の花火を見て――。

中沢は目を閉じた。

昨日、府中署に顔を出してきた。「また明日《あした》からよろしくお願いします」と地域課長に挨拶した。北村の席は空いている。菊の花の花瓶は、撤去されていた。

事情を知ったのは、綾乃に呼び出されたときだ。言いにくそうだった。

「北村さんが交番内で違法行為に手を染めていたと、五味さんが突き止めたの。いまはその実態を摑《つか》むための内偵中なんだけど……」

　強制性交。

「過去にもあったようなの。でも決定的な証拠が出なかったのと、被害女性が告訴を断念したのもあって、問題が表面化していなかった」

　中沢は慌てて目を開けた。瞼《まぶた》の裏に、交番に立つ北村の姿が浮かんでしまう。足を肩幅に開き、腕を後ろに組む。人の流れに視線を投げかける。新町交番前は、学校の登下校時以外あまり人は通らない。北村の子供を見る目はとても優しそうに見えた。挨拶は力強い。強姦《ごうかん》のターゲットになりそうな若い女性は、ほとんど通らない。綾乃は言った。

「だからこそ、自ら物色しに行っていた節もあって……」

　担当地域に女性が来ないなら人通りの多いけやき並木通りへ。山尾絵里香を見つけた。ターゲットに決めた。違法性サービスに気づき、奴隷にできると思ったか。

　昨日、綾乃が事情を話しながら中沢を現場に連れて行った。

　新町交番。

「署に戻る前に、一度見ておいた方がいいんじゃないかなって」

　中沢は車を降りて、交番の中に入った。現場の床に溢《あふ》れていた血は洗い流されていた。入口に千羽鶴がかかっていた。新町西小学校の子供が、中沢の回復と北村の冥福《めいふく》を祈り、折ってくれたものだ。「お巡りさん、いつもありがとう」と記されている。

　撤去されるのを待つだけの慰霊碑が、ビニールシートを巻きつけられ、淋《さび》しく建っている。誰にも素顔を晒《さら》さないまま、消えてなくなる。北村のようだった。

中沢は学生棟の屋上を出た。寮の個室に入る。荷物はもう、まとめていた。学生棟の自動扉を抜けた。五味と高杉が立っていた。中沢を待ち構えていた様子だ。

「五分、時間をくれるか」

五味が中沢の肩を抱くようにして川路広場の真ん中へ連れていく。高杉が「持ってやる」と、中沢の荷物を担ぎ、スーツケースも転がした。

「見てやって」

五味は川路大警視の銅像の方を指さした。川路広場は学校祭の片づけで雑然としている。舞台スペースに、小さな楽団がいた。警視庁音楽隊かと思ったが、礼肩章をつけていない。警察制服に名札をつけていたから学生だ。楽器を持っているものは四人しかいない。講堂から運び出してきたのか、ピアノが傍らに置いてある。他は全員、合唱するようだった。

トランペットの独奏が『この道』のイントロを奏で始めた。警察学校の卒業式の定番ソングだ。軍歌風の出だしは音楽隊が奏でると荘厳だが、トランペットひとつだと哀愁が漂う。続いてサックス、クラリネットとバイオリンが入った。音色は力となって、メロディに添えられていく。

歌が始まった。

明日《あす》があるから　明日《あした》のために
ただそれだけを　創るため
われらは選んだ　この道を
たとえ　どんなに遠くても
歩いて行こうよ　この道を

卒業式では、どんなに音痴でも周囲に失笑されても、大声で歌わなくてはならない。いまは歌のうまい男女が厳選されている。普段は男女同じ旋律で歌うのに、男女で音程が違う。誰かが編曲したようだ。立体的で、優しく降る雨のようなハーモニーが奏でられていた。

雑然としていた川路広場が、演奏と同時に静まり返っている。みな片づけの手を止めて、聞き入っていた。教場棟や学生棟のベランダの窓が開く。他の期の学生たちも突然はじまった『この道』の合唱に聞き入っている。本館でも、廊下の窓が開いた。指導者たちがじっと耳を傾けていた。

二番が終わり、間奏に入った。トランペットとサックス、クラリネット、バイオリンとピアノだけなので、どこか物悲しい。バイオリンは、音が外れていた。警視庁音楽隊の演奏レベルには全くかなわない。それでも中沢は、涙が溢れた。

五味のぬくもりが隣にある。しっかりと肩を抱かれていた。その五味の指に、力が入ったのがわかった。大丈夫か、と顔を覗《のぞ》き込んでくる。涙を拭《ぬぐ》う。五味がハンカチを出した。丁寧に中沢の目元を拭《ふ》いてくれる。大きな手が、中沢の熱くなった頭を覆う。ぐしゃぐしゃにかき回された。高杉だ。

三番の合唱が始まった。声が倍増している。四方を建物に囲まれた川路広場に反響し、こだまする。コンサートホールのようだった。その場にいた学生たちや、各建物の窓から顔を出している学生たちまで、歌いはじめていた。中沢ひとりのために。

影があるから　光のために
ただそれだけを　守るため
われらは選んだ　この道を
たとえ　どんなに遠くても
避けずに行こうよ　この道を

演奏が終わった。タクトを振っていた学生が、向き直る。肩幅に足を開き、大声で叫んだ。

「一二九三期五味教場、中沢尊巡査……！　いってらっしゃい！」

合唱に集った者たちが、張り裂けんばかりに声を張り上げ、復唱する。川路広場は、中沢への激励と拍手の音で、一杯になった。

五味は目を閉じた。

正門で堂々とした敬礼を見せ巣立った中沢の姿が、鮮明に浮かぶ。五味と高杉はしばらく無言で、正門の前に立っていた。初夏の夕刻の風に、異様に心が揺さぶられる。教官職の醍醐味《だいごみ》がそこにある。学生の、成長だ。

「行くか」

高杉が向き直る。涙と鼻水で大きな顔が濡《ぬ》れていた。

川路広場は大騒ぎになっていた。五味と高杉は一三〇〇期五味教場の学生たちにあっという間に囲まれ、もみくちゃになった。みな、演奏を無事終え感動し、興奮している。

「助教が泣いてるぅ〜！　鼻水……！」

美穂がもらい泣きしている。高杉は照れ臭そうに顔を擦《こす》った。

「だって……お前ら、中沢の背中をよく見ておけよ！　あんな風に立派にはばたけ！」

村下は恍惚《こうこつ》としている。

「吹奏楽部時代のコンクール入賞より感動しましたよ、俺、まじで」

ぽろぽろ涙をこぼす。曲のアレンジは村下がひとりで行った。自由時間に楽譜を睨《にら》み、鉛筆を走らせ、違うと丸めて新しい五線紙に向かう。音楽家のようだった。

「三上を胴上げしよう！」

深川が言った。三上が「いやいや」と遠慮する。にやっと笑って五味を見た。

「ここはやっぱり、五味教官で！」

学生たちがわっと五味を取り囲んだ。

「待て、俺こそなにもしてないし、恥ずかしいよ」

五味は学生たちに足を取られそうになって慌てた。その輪へ、巨体の高杉が突っ込む。

「それじゃーお前ら、俺を胴上げしろ！」

無理〜、と学生たちは悲鳴を上げて、学生棟へ逃げ出した。高杉が追いかけていく。

学生たちの笑い声が川路広場に溢れた。五味は後ろで見守る。深川が隣に立っていた。

「ホントすごいですね、53教場って」

「呪われているんだっけ？」

深川が噴き出す。二人で大笑いした。笑いが途切れたころ、五味は改めて深川に向き合う。

任命した。

「深川。明日からまた五味教場を頼む。場長に復帰だ」

# 第四章　恥ずかしい私

八月一日。梅雨明けから東京は酷暑が続いていた。

綾乃は額の汗を拭う。府中市押立町《おしたてちょう》にあるレンタルボックスの、D254番シャッターを開けた。新町交番から南へ数キロ離れた多摩川沿いの地域だ。北村が住んでいた官舎のすぐ裏手にある。矢部がネットで確認していた貸倉庫リストにもあった。捜査員が四月中に足を運んでいたが、『矢部俊哉』名義での契約は該当なしだった。『北村良一』名義の契約までは調べたはずがなかった。

矢部は北村の鍵《かぎ》を手に入れたが、自宅官舎は警官が張っていて、近づけなかった。更なる官品を求め、もう一本の鍵を調べたに違いない。

綾乃は手の平の中の合鍵を見た。『貸D254』と記されたシールが貼られていた。顧客に渡す鍵にも、同じシールが貼ってあるという。いかにも貸倉庫らしいラベルだ。

矢部はここを突き止めた。

鍵の隠匿場所はわかっていない。自身の犯罪の証拠を一緒に隠しているところを見ると、もう破棄して持っていないかもしれない。

シャッターの中は六畳ほどのスペースしかなかった。窓はない。鉄の壁に囲まれ中はムンとしている。すえたような臭いもした。明かりをつける。交番勤務専用のものとそっくりの自転車がお目見えした。ハンドル部に、血液の付着が見える。

ビニール袋がハンドルにぶら下がっている。茶色い汚れが内側にこびりつく。綾乃は中身を確認した。警察制服や制帽が入っていた。白いワイシャツは袖《そで》が血で変色し、茶褐色だ。袖のワッペンは、警視庁の識別表示のイチョウの葉の縁取りが金色になっていた。正式にはこの部分だけ白色だ。レプリカとわかる。矢部の私物だろう。中沢を襲撃した証拠品もついでにここに隠した。

北村の秘密と共に。

「やっと見つかったな」

同行した三浦からため息が漏れる。喜びはない。四か月もかかってしまった。

しかも――。綾乃は顔を上げた。

壁際にカラーボックスが四つ並んでいた。書類箱がみっしりと詰まっている。インデックスに、女性の名前が記されていた。空き巣捜査に来た警官に強姦《ごうかん》されかけたと訴えた女性の名だ。綾乃は鑑識係員の写真撮影を待って、その箱を開けた。黄ばんだ、使用済みのティッシュが入っていた。女性用の下着もある。

泥酔して保護され、交番で北村に強姦されたと訴えた女性の名前もある。中を見た。強烈な腐臭が漂う。黄ばんだティッシュの他、使用済みで口が縛ってあるコンドーム、ポケットアルバムが入っていた。行為の最中に撮影したものが整然と収められている。他に、三人の女性の名前があった。うちひとつが、山尾絵里香だった。十箱もある。

綾乃はため息と共に立ち上がり、周囲を見た。写真を撮り、計測を始める鑑識係員、ひっそりと話し合う捜査員、規制線を張り始める地域課の警察官たち――。捜査の手を淡々と動かしている。顔には怒りが滲《にじ》む。四か月前の新町交番襲撃事件の際、涙を堪《こら》えて捜査していた面々だ。

強姦事件の被害者として山尾絵里香を任意同行する。捜査員が府中署に連れてくるのを待つ間、綾乃は取調室と隣接するマジックミラーの部屋に入った。

矢部の取調べが、再開されていた。

六月末に拘禁反応の治療を受けさせた。入院と投薬治療を経て退院し、一か月ぶりに取調べが再開されていた。二十件の窃盗の取調べをする必要はもうない。北村や絵里香の捜査が進み、取調べは本丸に入っていた。

三浦が聴取を担当している。威圧的にならず、切々と状況を説明した。

「お前は中沢巡査を襲ったが、北村は殺害していないのではないかと思っている」

ニューナンブがどうしても欲しかったんだろう、と親身な様子を装う。

「北村が両手を投げ出して無防備に死んでいるのを見て――普通は、血の海に驚いて逃げ出すものだがな。お前さんの目には、どうしても手に入らなかったニューナンブしか、見えなかった。ん、そうだろう？」

矢部は閉じた口元を皺《しわ》くちゃに歪《ゆが》ませる。目が血走っていた。正常な反応だ。

「そりゃあそうだよな。お前さんは真の警察官ではないが、その恰好《かっこう》で深夜に学園通りを巡回し、地域のパトロールを続けていたヒーローだ。感心するよ」

矢部が苦しそうに、はっと息を吐いた。三浦はやはりベテランだ。誘導がうまい。

「訓練を受けていないとはいえ、地域の守り人としては立派だったさ。お前さんはサバイバルゲームサークルでも最強なんだろう？　だから血の海なんか怖くもなんともない。そしてこの先も、職務を遂行するために、どーっしても、けん銃が必要だったんだな」

俯《うつむ》いていた矢部が初めて、三浦を見つめる。いまにも自供を始めそうだ。

「それでけん銃を取り出そうとしたが、つりひもを取り外すのに手間取った」

そうこうしているうちに、運悪く中沢が交番に戻ってしまった。

「いつもは深夜一時まで戻ってこないのにな。お前はスイッチが入った。正義の味方のお前にとって、中沢は飛んで火にいる夏の虫だ。やっつける。つい応戦しちゃった。そうだよな。お前さんは北村を殺していない。あるいは、見たか」

三浦が迫る。

「北村巡査が、女を――」

「ふざけんな！」

矢部が突然、立ち上がった。デスクに膝《ひざ》をついてのしあがる。三浦を殴った。

三浦は椅子ごと後ろにひっくり返った。「この野郎！」と即座に立ち上がって応戦する。取調官の暴力は厳しく律せられている。他の刑事たちが三浦を羽交い締めにした。

矢部は泣きだした。喚《わめ》き散らす。

「なにやってんだよ！　俺がどんな思いでこの三か月、黙秘を続けてきたと思っているんだ！」

俺は警視庁を愛している、と矢部は絶叫する。

「そこいらにいるお前らよりもな！　俺は、もちろんニューナンブも欲しかった。けどそれ以上に、守りたかったんだ、警視庁を！」

綾乃は眉《まゆ》を顰《ひそ》めて矢部の自供を聞いた。

「ザ・交番とまで言われた伝説の北村巡査長が、実は……！」

仰々しくそう叫んだ。続かない。今度はぶつぶつと独り言のようにしゃべる。

「貸倉庫の中身は隠蔽《いんぺい》しないと、北村を英雄として警察葬まで開いたのに、これは警視庁が全国の恥さらしになると、そんな事態だけは絶対に避けなくてはならない、と三か月も黙秘をしてきたのに……」

ばかやろぉーっ、とまた大爆発する。

「なに真面目に捜査してんだよ、それは絶対に、突き止めちゃいけない真実だろう！」

午後、山尾絵里香が府中署に連行されてきた。

取調室の小さな窓に、セミが張りついている。ミンミンとうるさく鳴いていた。

絵里香は顔面蒼白《そうはく》で、容疑者側の席に座る。すっぴんだった。眉毛がない。肌にはシミやたるみが見られる。左頬骨のあたりに、縦に二センチほど走る傷が残っていた。メイクで隠せる程度の薄い傷だ。事件当時に北村に引っ掛かれたものだろう。

逮捕状は出ていない。風営法違反での逮捕状は明日にでも出るだろう。生活安全課がサロンに家宅捜索に入っている。施術ベッド下の物入れから、男性用の性玩具《がんぐ》が出てきた。裏帳簿と男性専用の顧客名簿も見つかった。捜査員は、男性顧客を一件一件あたり、ＤＮＡの任意提出を求めている。北村の指に絡んでいた毛髪のＤＮＡと比較するためだ。違法性サービスの利用者が相手なので、難航している。

凶器は見つかっていない。今日中にも絵里香の自宅の家宅捜索に入る。

事件発生日時の行動を、もう一度絵里香に証言させた。絵里香はこれまでと一言一句変わらない証言をした。暗記している。

「北村が契約していた貸倉庫から、あなたの名前が記された書類ボックスが大量に押収されました。北村から私物を盗まれていますよね？」

絵里香の顔面がこわばる。目を逸《そ》らした。

「使用済みの下着が殆《ほとん》どですが、北村にとっては戦利品だった。ＤＮＡ鑑定の結果、北村の体液も出ています」

絵里香は目を閉じてしまった。

「画像、動画、大量に出ています。強姦されているあなたを、撮影したものです」

綾乃は全三百時間に及ぶ動画を見た。彼女は北村が府中署に異動した五年前から月に二～三回は性行為を強要されている。時に手錠をされ、時に銃口を後頭部に突き付けられる。警棒を口や陰部、肛門《こうもん》に挿入される動画まであった。北村は警察官の装備品を使い、行為を楽しんでいた。

絵里香という欲望のはけ口があったから、北村は府中署では『ザ・交番』でいられたのだろう。いい警察官の仮面の下に、他の所轄署で晒《さら》してきた本性を見事に隠した。

絵里香は途方に暮れた顔で、ぽつりと言った。

「恥ずかしいって、言われたんです」

婚約者の言葉だという。目黒雅叙園で見かけた婚約者の顔を思い出した。起業家で、若くして成功したからなのか、いちいち人を上から目線でジャッジするようなタイプだ。

「北村との隷属関係をなんとかしたくて、思い切って、彼に性被害の話をしたんです。そうしたら、恥ずかしい、と」

綾乃は聞きなおした。

「アーユルヴェーダサロンで違法性サービスを提供していたことを、恥ずかしいことだと、指摘したんじゃないですか」

「彼はそのことは、知りません」

絵里香は激しく首を横に振る。

「妻になる人が、強姦被害者なんて恥ずかしいって言ったんです。誰にも知られないように、自力でなんとかしろと。無理だと頼ったら、俺はその話はもう聞きたくないし、考えたくない、聞かなかったことにさせてくれと」

綾乃は唇を噛《か》み締めた。

「タブーになってしまいました。触れてしまったら、結婚できなくなると思って……」

性被害を誰にも知られないように、自力でなんとかした。その結果が、今回の事件の顛末《てんまつ》だったようだ。

八月に入った。暑い。

一三〇〇期五味教場の自教場の壁には『卒業まであと×日！』という手作りの日めくりカレンダーが登場した。

卒業式の十月二日まで、行事がてんこもりだ。盆休みがある関係で、すでに卒業試験が始まっている。九月には卒業旅行、警視副総監に教練を披露する卒業査閲もある。五味は今日の夜も残業だ。刑事捜査テストの三百人分の答案に悪戦苦闘していた。

桃子の答案に差し掛かる。字が躍っている。脈絡のない文章もある。睡魔と戦いながらテストに臨んだか。

五味は引き出しをあけ、桃子の個人ファイルを開いた。査閲や日常のテストの点数が記され、折れ線グラフになっている。谷が二つあった。妊娠が発覚したころと、そして、八月のいまだ。堕胎後、桃子はランニングを頑張っていた。カードの進捗《しんちょく》具合を見る。この一週間、殆ど走っていなかった。今日あたり走っているかもしれない。

少し様子を見に行くか。

五味はデスクの下に手を伸ばし、小さな段ボール箱を出した。赤いマジックで『模擬爆弾』と書いてある。中身はなく、段ボール箱そのものを〝爆弾〟として扱う。教官が屋外に隠し、練交当番の学生が探す。見つけられなかったらペナルティだ。隠さない日もある。学生たちはあるかないかわからない模擬爆弾を、当番のたびに血眼になって探す。

桃子の様子を確認しがてら、模擬爆弾を仕込むことにした。

グラウンドへ出る。十人ほどが走っていた。桃子はいない。村下がグラウンドと教場棟の境目にある階段に立ち、トランペットを吹いている。聞き覚えのあるラブソングに、ジャージ姿の学生たちが立ち止まる。演奏に聞き入る女警もいる。感涙していた。

五味は模擬爆弾を一旦《いったん》建物の影に置き、村下の演奏の輪に近づいた。「ブレーキランプ五回点滅、アイシテルのサイン、きっと何年経っても……」と口ずさむ女警がいる。ドリームズ・カム・トゥルーの『未来予想図Ⅱ』だ。

この数か月で村下の演奏は変わった。最初はマニアックな曲を、自分に酔いしれて吹いていた。「騒音」と揶揄《やゆ》されていることを知り、演奏を止めた。『この道』の総合演出を経て、リクエストに応《こた》える演奏が多くなった。誰かの好きな曲を誰かのために演奏する。聴衆の感動を味わう喜びに目覚めたようだ。音色に愛がある。

演奏が終わるのを待って、村下に声をかけた。

「大人気だな。そしてまた古い歌を。懐メロだろう」

『未来予想図Ⅱ』は五味が小学生のころにリリースされた曲だ。ゆずの『栄光の架橋』よりずっと古い。誰かのリクエストではなかったらしい。「さっきアイシテルのサインしちゃってる人を見て、演奏しようかなと」と村下はニヤニヤと笑った。

「誰が誰に」

五味は鋭く尋ねた。警察学校は恋愛禁止だ。村下がやべ、と口をつぐむ。五味を上目遣いに見た。五味の視線だけで観念する。

「僕がちくったとは言わないでくださいよ。小田巡査が深川巡査によくやってるんです」

五味は肩に力が入った。深川は守ってやらねばならない存在だ。

「具体的に。小田が、深川をライトかなにかで照らしているのか?」

「東門練習交番の屋上とか、球技場とかに立って、深川の六階の個室を懐中電灯で照らしてくるんですよ」

球技場は学生棟東寮のすぐ東側にあり、東門練習交番はその東隣にある。

「なんのために」

「だから、アイシテルのサイン、でしょう」

「どうしてすぐに俺に報告しない！」

村下は首をすくめた。

「僕に怒らないでくださいよ。懐中電灯で深川の部屋を照らすだけですよ。二人でいちゃついてるとこ見たわけじゃないですし」

確かにそうだ。

「深川はなんて言っている。迷惑がったりしていないか？」

「いや、無反応に徹してますね。またやってる、的な。拒絶するほどでもないと思ってるんじゃないっすか。ちょっとニヤついているときもあるし。まあそりゃそうでしょう、男なら……」

村下は片付けの手を一旦止め、両手を胸の前に持っていき巨乳のジェスチャーをした。高杉と同じだ。五味は村下のこめかみを指でつつく。模擬爆弾を抱えてグラウンドを立ち去った。

桃子の成績が落ち始めているのは、恋に落ちているからか。

深川は大丈夫だろうか。普通の恋愛ができているのだろうか。性被害者への対応やアドバイスは本当に難しい。北村殺害の真犯人、山尾絵里香のことを思い出す。婚約者から心無い言葉を浴びなければ、殺害の決断には至らなかったはずだ。

「ミャア」

五味は足を止めた。深川のことを考えていたからか、無意識に北門近くに来ていた。

講堂の裏の雑木林の中だ。猫の声がした。野良猫が警察学校周囲の盛土に住み着いているという報告は、ちらほらと練交当番から聞いていた。とうとうフェンスをくぐって学校の敷地内に入ってきたか。

五味は腰をかがめ、木々の隙間を覗《のぞ》き込んだ。耳を澄ます。ミャア、とまた聞こえる。茂みの中に足を踏み入れた。舌を鳴らす。ミャアミャアと訴えるような鳴き声が聞こえてきた。生い茂った緑の向こうで、小さく動く茶色の動物が見えた。

汚れた仔猫《こねこ》が力なく座っている。五味を見上げ、一心に鳴く。他に猫は見当たらない。

「お前ひとりか？」

五味は仔猫を手に取った。両手のひらに収まるほどに小さい。住み着いた野良猫がここで子供を産んだのだろうか。

仔猫は骨と皮だけにやせ細り、五味に抱かれると鳴かなくなった。ぐったりと目を閉じる。最後のひと鳴きだったのだろうか。毛は泥や糞《ふん》で汚れている。五味は模擬爆弾の段ボールの蓋《ふた》を開けて、中に仔猫を収めた。教官室に戻る。誰もいなかった。保健所に電話をしようと受話器を上げたが、やめた。

五味はハンカチを水で浸し、仔猫の口元に持っていった。絞りながら与えてみるが、口からこぼれてしまう。喉《のど》は少しだけ動いた。

動物病院をスマホで調べた。どこも診療時間外だった。あちこち電話をかけてみる。ひとりの獣医がアドバイスをしてくれた。薄めたミルクを与えて、明日の朝にも診察に連れて来いという。

　困ったなと思いながらも、足は警察学校の向かいにあるコンビニに向いていた。牛乳をつい三本も買った。水で薄め、スプーンで掬《すく》って仔猫の口に運ぶ。生意気に牙《きば》が生えていた。喉が動く。ずっと閉じていた目が、少し開いた。こまっしゃくれた目で五味を見ている。かわいいな、とその額を指で撫《な》でてみる。ミャア、とまた鳴いた。少し力が出てきたか。

　新百合ヶ丘の自宅に連れて帰りたい。

　だが、綾乃は猫アレルギーだ。今日連れて帰ることはできるが、二月の結婚後、手放さなくてはならなくなる。

　五味は仔猫にタオルをかけてやり、しばらく撫でた。寝たようだ。やせ細り、一心に鳴いていた猫が、五味には深川に見えてならなかった。


　翌朝、五味は飛田給駅で高杉と合流した。北口駅前にあるプチショップ裏の喫煙スペースで、高杉の一服に付き合うのが朝の日課だ。七月一日から飛田給駅周辺が路上喫煙禁止エリアとなった。喫煙スペースから一歩たりとも路上に出られない。狭い。高杉との距離も近い。キスができそうなほどだ。桃子と深川の話をする。

「アイシテルのサインだって？　するかいまどきの若いのが。スマホでメッセージ送りゃいいいじゃないの」

「小田は成績もガタ落ちで、マラソンもしていない。今日、面談するか」

「そーいや、逮捕術もここんとこ参加してないな」

「理由は？　いつもの奴か」

生理痛。高杉は肩をすくめることを返事とした。

「とにかく、深川に危害を加えないように気を付けて見てやらないと」

「危害って大袈裟《おおげさ》な。桃子は女だぞ」

被害者は常に女とは限らない。男性の性被害は表沙汰《おもてざた》になりにくい。男性の被害者にかけられる言葉は「ついでに楽しめただろう」などという揶揄だ。深川の少年期の性被害を、五味は高杉に話していない。事実関係がよくわかっていない。深川からはっきりと被害を告白されたわけでもない。ペラペラとしゃべれる内容のものではなかった。

煙草が終わる。二人で歩き出した。猫を拾った話をする。高杉は腹を抱えて笑った。

「仔猫を保護っておまえ、田舎の駐在さんじゃあるまいし」

「とりあえず当直の教官に預けた」

「野良猫を教官室に持ち込んだ教官なんか聞いた事ないぞ」

「まだ仔猫なんだ。保健所入りだけは避けたい。お前、飼えない？」

「無理だよ。官舎だ。お前が飼えばいいじゃん」

「瀬山が猫アレルギーだよ」

警察学校の校門をくぐる。仔猫の様子を見に二人で当直室へ向かった。人だかりができていた。こわもての教官たちが目を細め、時に甲高い声を上げて『模擬爆弾』の段ボールの中の仔猫を見ている。

「なんだなんだ、大の男が仔猫一匹に騒ぎやがって。ちょっと見せろよ」

高杉は人を押しのけて、段ボール箱を覗き込んだ。大きな目が見開かれる。そうっと高い声を上げた。

「これは……。これは、やばい奴だな」

仔猫はよく寝ていた。五味が帰り際に汚れた体を拭いてやったので、茶色の毛が艶《つや》やかだ。なぜか仰《あお》向《む》けで、前足をまっすぐ下に下ろす。人間みたいな寝姿だった。

「な？　かわいいだろ」

「爆弾級だぜ。模擬爆弾の箱に入っているだけある」

統括係長が厳しい表情でやってきた。

「仕事に戻れよお前ら！　教官助教が猫ごときに鼻の下を伸ばして、学生たちにこんな情けない姿を見られたらどうするっ」

いま保健所に連絡をしたと言いながら、統括係長は仔猫を見た。はっと口をつぐみ、沈黙してしまう。やがて言った。

「――やっぱり保健所はダメだな」

統括係長は飛んで戻っていった。中に入ろうとしていた教官と、ぶつかる。長田実だ。警察制服姿だった。体重は戻ったようだが、皮膚の色があまりよくない。五味は驚いて、立ち上がった。

「長田さん、今日から復帰？」

「ああ。慣らし復帰な。一二九九期の補助教官として、ちょろっとずつ現場に戻るわ」

高杉が変な顔をする。

「一二九九期って、九月卒業だろ？」

「だから、慣らしだよ。体調見ながら、とりあえず週三でな。ていうか、朝からなんの騒ぎだ？」

「優しい優しい五味京介教官が、仔猫を拾ってきやがったんだよ」

長田もバカにしたように五味を見て、段ボール箱の中を覗き込んだ。長田の土気色の顔が、真っ赤に上気した。


長田は目をハートにして、仔猫を連れ帰った。「慣らし復帰はしばらく無理か」と統括係長は苦笑いする。貰《もら》い手が見つかってほっとした顔でもある。

五味は仔猫のために、牛乳を三本も買ってきていた。高杉が笑いながら言う。

「それ、龍興にやれよ。毎日、プロテインパウダーとシェイクして飲んでいるはずだ」

龍興が筋肉に目覚めてから二か月近く経っている。体重は五キロも増えた。背が高いので太ったという感じはしない。筋肉がついたようにも見えなかった。高杉は首を横に振る。

「裸になるとわかるよ、すげえ筋肉の筋が目立ってきて、張りが出てきてるから」

「お前、そんなに何度も龍興の裸を見ているのか？」

高杉は困った顔だ。

「月二回、筋トレメニューを変えてやってんだけど、そのたびにトレーニングルームで裸になるんだよ」

五味は高杉と学生棟に入った。午前七時半、学生たちは食堂の各レーンに並び、朝食のおかずを盆に載せている。龍興はテーブルで山盛りのご飯を一気にかき込んでいた。すぐさまお代わりに立つ。ご飯とみそ汁は食べ放題だ。ご飯はコンテナに大量に入っていて、テーブルの上にどかっと置かれている。みそ汁は専用サーバーがある。具は日替わりだ。アルミのフードコンテナに入っている。今日はわかめと油揚げだ。

五味は龍興に声をかけ、牛乳を手渡した。

「すげえ、助かります！」

龍興は一リットル入りの牛乳パックを水代わりに飲みながらご飯を食べ始めた。

おはようございます、と深川が五味の前を通り過ぎていく。三上や美穂が座るテーブルに座った。朝食を摂《と》りながら三役で打ち合わせをするのが日課だ。いまは勤怠管理表の確認をしていた。

美穂と背中合わせに座る桃子を見つけた。五味は面談を指示しようと、テーブルを回った。桃子はスクランブルエッグにかけたトマトケチャップを箸《はし》ですくい、ちびちびと舐《な》めていた。五味を見て、慌てておかずを口に入れ始めた。

「体調はどうだ」

「元気で、体力有り余ってます！」

桃子は本当に嘘が下手だ。彼女の後ろで、三上の困った声が聞こえてきた。

「九月の三連休のPB二当が足りない。どうしようかな」

九月は三連休が二度もある。半数が実家に帰るため、おのずと練交当番を担える学生が少ない。九月二十日金曜日からラグビーワールドカップも始まる。近隣の味の素スタジアムは開催本拠地だ。警察学校周辺にまで人が押し寄せるとの想定だ。東側の道路は開催期間中は交通規制の対象で、練習交番の配置人数も大幅に増やす。すぐに当番が回ってくる。三上は当番の平等配置に四苦八苦していた。

「誰もいないなら俺がやるよ」

深川が手を挙げた。美穂が首を横に振る。

「深川君、犠牲になりすぎだから。今月だって盆休み返上の予定なんでしょ」

桃子が三人の会話に入った。

「私、やろうか！　任せてよ」

体調不良を隠すために元気ぶっている。美穂は不愉快そうだ。深川の前でいい子ぶっているように見えているのかもしれない。桃子に指摘した。

「大丈夫？　昨日小田さん、吐いてたよね」

桃子は大袈裟に笑った。明らかに五味の視線を気にしている。

「違うってー。あれは、食べすぎちゃって苦しくて、喉《のど》に手を突っ込んで吐き出しただけ。わざとだよ」

桃子はご飯のお代わりに立った。すまし顔だが、手足の動きが不自然だった。五味の目を意識している。席に戻った。一心に食べる。目尻《めじり》に涙が浮かんでいた。

五味は高杉と共に、食堂を出た。五味だけ学生棟に残る。食堂から最も近い女子トイレの前で待つ。何人かの女警が教官の仁王立ちに驚いて、利用を戸惑う。そのたびに道を空けてやる。変な目で見られても立ち続けた。

桃子がハンカチで口を押さえ、トイレに走ってきた。五味を見て急ブレーキだ。我慢の限界を超えていたのか、五味の足元に嘔吐《おうと》した。


高杉と女性教官が、桃子を産婦人科に連れて行った。

診察を待つ間、妊娠検査薬を試すように看護師から言われ、桃子は渋々従った。陽性反応が出たという。

いまは、超音波検査の順番を待っている。恋人の須藤との間にできた子だと桃子は言っている。「不注意でした」と平謝りしているらしい。

五味は教官室で須藤翔真の番号を押した。五味の電話に、須藤が怪訝《けげん》そうに応《こた》える。

「桃子とはとっくに別れました。なぜ警察学校の先生が、いまさら」

最後に会ったのは六月二日。別れ話をするためだった。性行為があったとは考えにくい。五味は妊娠の事実を晒《さら》さないようにしながら、尋ねる。

「差し支えなければ、別れの理由を教えてもらえますか」

口出ししすぎだと呆《あき》れていたが、須藤は真面目に答えた。

「僕に申し訳ない、将来の県議会議員の妻には不釣り合いだから、と。どれだけ言っても聞く耳を持ってくれませんでした。こっちが聞きたいくらいですよ、どうして桃子が心変わりしたのか」

深川に心変わりした。それを恋人に言えなくて、相手を傷つけないように準備した理由とも取れる。電話を切った。

高杉から電話がかかってきた。診察の結果が報告される。

「妊娠三か月で八週目だった。医者が言うには、性行為は六月の最終週あたりだろうと」

実務修習の真っ最中だ。平日は学校と所轄署の往復だ。桃子の実務修習先は江東《こうとう》区の葛西《かさい》署だった。警察学校から電車で一時間以上かかる。

 所轄署の世話役が作成した資料を見た。葛西署を出た時刻と、警察学校の学生棟に入る際にタッチするPAカードの入館時刻に齟齬《そご》はない。寄り道して誰かと子作りするような時間はなかっただろう。

週末に外出の記録もない。恋人の須藤と会う時間などなかったはずだ。

警察学校内に、桃子を妊娠させた男がいる。

五味は教養部長と統括係長から雷を落とされた。教官室に戻る。

自教場の女警が在学中に二度も妊娠騒動を起こす。最悪だった。

出産する道を選べなくはない。卒業配置で産休を取ればいい。学校としては、妊娠に至る行為を校内でしたことに対して、処分を下すのみだ。停職一週間程度だろうか。

相手が恋人ではなく、警察学校内部にいるというのが問題だった。

五味は自席に着き、受話器を上げた。病院で付き添う高杉に電話を入れる。「かけようと思ってたところだ」と高杉は暗い調子で言った。

「いま、堕胎の処置をしてもらっている」

――あまりに決断が早い。

「俺は止めたんだ。いまならなんとか卒業はできるだろうし、卒配先で産休を取れると。だけど、聞く耳を持たなかった」

「須藤と電話した。相手は彼じゃない。日付が合わない」

五味は警察学校内に相手がいると話した。最初に出たのは〈アイシテル〉のサインを送られた、深川の名前だった。

「深川は相手にしていなかったじゃないか」

「深川に相手にされない鬱憤《うっぷん》を、他の男を誘惑することで晴らし、ついでに妊娠しちゃったとか？」

桃子はそんな奔放なタイプではない。五味はため息をついた。

「とにかく、小田一人が責任を負うのはおかしい。なんとか相手の男の名前を聞き出してくれ。そいつも停職処分にしないと、不公平だ」

電話を切ろうとして、高杉に頼まれた。

「桃子はこのまま入院させる。悪いが、着替えを取って来てくれ」

五味は電話を切り、学生棟に向かった。女警が入る西寮の三階にあがり、桃子の個室に入る。衣類を探す前に、寮則を守っているか、違反品を持ち込んでいないか確認した。鍵《かぎ》付きの引き出しを管理用の合鍵《あいかぎ》で開錠する。警察手帳、ＰＡカード、財布がきれいに並べられていた。

卓上カレンダーが目に付く。卒業査閲、卒業旅行、当番などがメモされている。土日は学校行事が入らないので空白が多い。九月の三連休にだけ予定が書かれていた。『花火、十九時半〜』と記されている。

どこの花火大会だろう。警察学校は門限が二十時だ。十九時半からの花火大会に足を運ぶのは難しい。五味は卓上カレンダーの中身を全て取り出した。他の月の書き込みも見る。全体的に汚れている。ペンのインクがうつってしまったような汚れが残っていた。カレンダーの裏側を見た。戦慄《せんりつ》する。

深川翼君が好き深川翼君が好き深川翼君が好き深川翼君が好き深川翼君が好き

裏面が文字でぎっしりと埋まる。黒々としていた。四月のカレンダーだ。五月も同じだった。六月と七月は『好き』が『大好き』に変わっていた。今月は『深川翼君を愛している』だった。白い厚紙がぎっしりと文字で埋め尽くされている。

眩暈《めまい》がした。五味は強く目頭を押さえた。

カレンダーは没収する。衣類を持って行った先で本人に念のため、確認した方がいいか。ため息をひとつつき、ベッドの脇にしゃがんだ。その下の物入れを開けた。上下の下着が並ぶ。明後日《あさって》の方向を見ながら、下着を手探りで取り、持ってきた袋の中に入れた。乱暴に引き出しを押す。

カン！

金属がぶつかる音がした。立ち上がりかけていたが、床に跪《ひざまず》いた。引き出しを抜いた。ベッドの下に、クッキー缶が落ちていた。

隠してあったとみるのが自然だろう。

手に取る。蓋《ふた》を開けた。異臭がかすかに立ち込める。透明の小さなプラスチック袋が並んでいた。ペンで日付と場所が記されていた。『学生棟障害者用トイレ』『模擬家屋』『四階空き教場』『剣道場更衣室』などどれも学校内と思われた。

中身は全て、使用済みのコンドームだった。口が縛ってあり、透明に変色した精液が入っている。

北村を思い出す。強姦《ごうかん》した女たちの私物を、戦利品として貸倉庫に隠していた。

精液の鑑定をするには、相手のDNAが必要だ。

まずは深川だった。少年期の性被害がある。慎重に話を聞かなくてはならない。抜き打ちの個室チェックから始めることにした。

深川は隣の学習室で勉強していた。五味は深川の個室に入った。机の上にはなにも置いていない。貴重品の管理、布団のたたみ方、枕の位置、全て問題ない。物入れを見た。違反品もない。遠慮がちに声を掛けられる。

深川が不思議そうな顔で、背後に立っていた。

五味は深川を個室に入らせた。ストッパーを外し、きっちりと扉を閉める。

「深川。小田が妊娠した」

深川は少し、眉《まゆ》を動かしただけだった。五味は、桃子の部屋にあった卓上カレンダーの裏側を見せた。深川の表情が、青ざめていく。

「なんですか、コレ……」

「お前ら、恋愛関係にあるのか」

深川は震えるように首を振った。突然、その動きを止める。そして、なにやら考え込む顔になった。

「もう一度聞く」

深川が五味を上目遣いに見た。怯《おび》えている。彼のこんな表情を見るのは、初めてだ。

「嘘をつくなよ」

深川は目を逸《そ》らし、はい、とどこか上の空で応《こた》えた。

「小田と、恋愛関係にあるのか」

返事がない。迷っている顔だ。そこに保身は見えない。

「深川……！」

「はい。申し訳ありません。小田さんと、お付き合いを、しています」

深川は頭を下げた。顔を上げろと言ったが、上げない。五味は中腰になり、彼の顔を覗《のぞ》きこんだ。深川が瞳《ひとみ》を震わせる。

「もう一度、訊《き》く。お前、小田桃子を愛しているのか？」

深川の視線が完全に泳いだ。答えは、ノーだ。

「いま、小田のお腹にいる子は、お前の子か？」

深川は、たぶん、と頷《うなず》いた。すいませんでした、と土下座をしそうな勢いだった。その肩を摑《つか》み、確認する。

「小田を愛していない。遊び程度で小田と性行為をしてできた子なのか？」

「違います……！」

深川は珍しく低い声を出し、必死に否定する。言い訳した。

「最初は、退職の相談に乗っていたんです。とにかく、四十人全員卒業のスローガンを守らなくちゃならない。話を聞いて慰めているうちに、なんというか、あちらが……」

深川が口ごもる。「あちらが」を繰り返すばかりで、なかなか先に進まない。

「あちらが──一回、してくれたら、嬉《うれ》しい、元気が出る、みたいな言い方で、迫ってきて……」

「それで、終わらなかったんだな？」

深川は「写真を……」と言いかけ、黙り込んだ。五味は深川のデスクの上に、使用済みのコンドームが入った、プラスチックの袋を並べた。深川はみるみる目を真っ赤にして、涙を溜《た》めていく。

「教官──お願いします、お父さんには言わないで」

「深川、しっかりしろ！」

五味は深川の両肩を摑み、揺さぶった。

「父親は関係ない。ちゃんと自分の口で言ってくれ。小田になにをされてきた？　言ってくれないと、俺はお前を助けてやれない」

深川はびっくりしたように、五味を見た。

「助けて──くれるんですか」

「当たり前じゃないか！　お前は俺の生徒だ！」

深川が声を上げて泣き出した。叫ぶような声だった。ものの数秒で黙り込む。今度は唇を噛《か》み締めた。呼気すらも忘れたように動かなくなる。動と静の混在、混乱だった。

五味は無言で深川のそばに居続けた。

深川が檻《おり》の中の猛獣のように、ぐるぐると室内を回り始める。鍵付きの引き出しを開けた。スマホを五味に突き出す。

「僕が、いけなかったんです。僕が流されたからこうなってしまって、本当に、本当に申し訳ありません……！　教官の期待を裏切るようなことになってしまって――」

深川はその場に頽《くずお》れ、五味に土下座した。いつものセリフが始まる。

お父さんに、言わないで。


病室の扉をノックする。返事は聞かず、五味は中に入った。

桃子は堕胎の処置から数時間経ったところだった。ぼけっと天井を見上げている。

「小田」

桃子は跳ねるようにベッドの上に座った。まくし立てる。棒読みだった。

「教官、ごめんなさい。私、深川君とつきあっていて、ごめんなさい。もうしません、始末書も書きます、ペナルティも停職も受け入れます。だから退職させないでください」

五味は桃子の布団の上に深川のスマホを投げた。桃子の表情は全く、変わらない。

六月の実務修習の初日から始まっていた。五味がスマホを学生たちに返したその日のうちに、桃子は深川を呼び出し、性行為をしている。動画に収めていた。深川に送りつけている。愛情を押し付けるようなメッセージを送っていた。深川は答えない。桃子はしつこく性行為中の動画を送りつける。五月に堕胎したことにも触れる。「深川君のために堕《お》ろした、次は深川君の子を妊娠したい」とまで書いている。

だが、結局、堕胎した。

「お前、なにやってるんだ」

最近は〈国家公安委員の息子がこんな恥ずかしいことを警察学校でしている、この動画をばらまく〉と脅すようなことまでメッセージで送っている。

「これは脅迫罪だし、強制性交罪にもなりうる。もうここまできたら、ストーカーだ」

桃子に動揺する様子は一切なかった。なにかを内に秘めた強い瞳で、病室の壁を睨《にら》む。

「小田……！　こっちを向け！」

「教官はッ、わかってくれないから……！」

桃子は深川のスマホを払いのけ、ベッドテーブルに突っ伏した。号泣する。

「教官は、私の気持ちに気が付いてくれないから……！」

深川と桃子の処分をどうするか。警察学校の幹部会議は紛糾した。

不純異性交遊は停職一週間程度だ。ここ一か月は桃子が性行為を強要している。深川は認めない。女に強要されて性行為に応じていた被害者だと、周囲に思われることを嫌悪している。義母から強要されていた過去のせいだろう。

「正直、小田は退職させるべきでしょう。警官としてあるまじき行為だ」

教養部長は言った。五味も同意見だ。大路学校長は首を縦に振らない。元人事一課の管理官で、警察官僚や国家公安委員と近い男だ。深川の父親を意識している。

「小田巡査は妊娠して堕胎している。女というだけで世間は被害者と見る。小田側が警察学校を追い出されて深川巡査だけが残るとなると、周囲がどう反応するか。ある種の権力者なんだろう？」

恋人だった須藤翔真は現職の千葉県議会議員の息子だ。桃子が泣きついたらどうなるか。大路学校長が続ける。

「権力者というのは諸刃の剣だ。万が一この件が悪意を持って世間に流布されたら、被害者と加害者の構図ががらりと変わってしまう」

桃子が女で、深川が男だからだ。かといって、深川の性被害を声高に訴えられない。本人がそれを嫌がっている。「自分もそういう気持ちがあった」と言い張る。桃子の妊娠・堕胎の責任を負うとまで言っている。

幹部会議は三時間に及んだ。五味と高杉はその間、会議室の隅に立たされていた。発言も許されない。監督不行届きのペナルティなのだ。

二十三時、処分が決定した。管理課の職員がパソコンに打ち込み、印刷する。本館ロビーの掲示板に張り出した。

一三〇〇期　五味教場　深川翼　巡査　停職七日。
一三〇〇期　五味教場　小田桃子　巡査　停職七日。

深川を再び、場長から降ろさざるを得なくなった。

桃子は退職させる。成績は悪い。術科も休みがちだった。退職届を出すよう、連日指導した。

だが、停職が明けても退職届を出さない。盆休みを前に、桃子が提出したのは、休暇申請書類だった。山の日の三連休から十六日まで帰省したいという。五味は許可した。

「両親や親類に、この六か月自分が深川にしてきたことを話せるか。誇れるか。よく考えて来い」

深川への愛情で冷静さを失っていたと気が付くはずだ。桃子は根っからの悪ではない。

「今後、俺がお前から受け取るのは、退職届だけだ」


五味は八月十六日から一泊二日で京都府舞鶴市の実家に帰省した。初めて綾乃を連れて帰った。結衣は友人のところへ遊びに行った。気を遣ったのだろう。

五味の両親との顔合わせは滞りなく済んだ。夜には京都市内に住む祖父母や親類たちが舞鶴の実家に集った。宴席だ。商売をやっている伯父《おじ》が早速、綾乃に酌をしながら持ち掛ける。

「最近は嫁入り道具揃えるとか古いって思うかもしれないけど、綾乃さんも五味家に嫁ぐ以上、何枚かは。ねえ？」

綾乃はきょとんとしている。五味は話していなかった。

「五味家は代々、左京区《さきょう》で呉服屋やってるんだ。創業は明治だっけ？」

「京介！　そこ間違えちゃいけない。創業は慶応《けいおう》四年。江戸《えど》時代だよ」

ほとんど明治だ。慶応は四年で明治に改元している。綾乃はたまげていた。

「五味さん、呉服屋の血だったんですか。お父さんが海上自衛官ってことしか」

「祖父の代で呉服屋は一度、潰《つぶ》れかけたんだよ。親父は三男だったし、高校にもやる金がないから、中学卒業してすぐ海自の学校にぶちこまれた」

学費は免除で給与も支払われる。父親の海自生徒時代の給与は、呉服屋の再建に使われた。綾乃は妙に納得している。

「五味さんが警察官なのに上品な空気をまとっているのって、呉服屋の血だったからなんですね」

帰りの新幹線の時間を変更して、五味と綾乃は左京区にある本家の呉服屋を訪ねた。伯父は次々と色とりどりの反物を畳の上に広げる。カラフルで目がチカチカするが、和柄なので落ち着いて見える。綾乃は手織りの布を目で楽しみ、手触りを確かめ、惚《ほ》れ惚《ぼ》れとした顔だ。留め袖《そで》と訪問着を仕立てたいと言った。

「捜査捜査で官舎にすら帰れない日が多いのに、一体いつ着るんだよ」

五味は大笑いした。綾乃は「だって〜」と言いながら、二時間近く織物とにらめっこしていた。一歩捜査から離れれば綾乃も普通のかわいい女性だ。改めて花嫁をまぶしく見た。

帰りの新幹線で、綾乃は眠りこけていた。五味は通路側の席で、熟睡してたまに寄りかかってくる綾乃に肩を貸していた。高杉からメールが届いた。

〈手が空いたら電話求む。深川がとんでもないことを言い出した〉

五味は綾乃の体を窓側にもたれかけさせた。スマホを持ってデッキに向かう。新幹線のやかましい走行音に片耳を塞《ふさ》ぎ、高杉に電話をかけた。高杉は五味と重ならないように前半に休みを取っていた。今日は当直だった。

「すまんな、帰省中に。顔合わせはうまくいったか？」

「それより深川だ。なにがあった」

「それがな、また53教場ＬＩＮＥのトークグループを復活させたらしい」

五味は拍子抜けした。禁止していない。「問題はこっからだ」と高杉は言う。

「復活させた一発目、深川の奴、どんな投稿をしたと思う？」

「待て。どうしてお前が投稿内容を把握しているんだ。まさかお前までトークグループに招待されたのか？」

「違う。三上がびっくりして、俺に報告してきたんだよ。あいついま、場長だから」

深川はネット上でこう宣言していた。

〈僕と小田巡査のことで、みんなには心配と迷惑をかけました。停職が明けたので改めて報告します。僕と小田巡査は真剣交際しています。今後、卒業まで絶対に迷惑はかけません。どうか静かに見守っていただけたらと思います〉

五味はジーンズにポロシャツのまま警察学校に向かった。高杉には到着時刻を教えてある。すでに深川を面談室に呼んでいた。

警察制服に着替える時間も惜しい。直接、面談室に入った。高杉は深川の少年期の性被害を知らない。席を外させた。深川と二人きりになる。深川は悟っている。涙に濡《ぬ》れた目でいきなり切り出してきた。

「教官。僕をその目で見るのを、やめてほしいんです」

切々と、訴える。

「父親と同じ目です。小田巡査との一件があってから、ずっと」

五味は思わず、深川から視線を外した。

「僕を、性被害に遭ったかわいそうな人だという目で見るのを、本当にやめてほしいんです。父親と同じです、耐えられない……！」

深川は絶叫するように言って、その場に泣き崩れた。五味は慌てて抱きかかえた。激しく拒否される。

「僕はかわいそうな少年なんかじゃない！」

深川は床に四つん這《ば》いになった状態で、激しく肩を上下させながら、言った。

「そういう目で見られるくらいなら……彼女が恋人だと言う方が、マシなんです」


九月十六日、月曜日。敬老の日で祝日だ。

五味は休日出勤をしていた。十月二日の卒業式を最後に、本部に異動だ。デスクの片づけや私物の整理をしなくてはならない。学生同様、警察学校で使用した各種参考書や書類などは持ち出し厳禁だ。徹夜で作った教案も、シュレッダーにかけて処分する。

高杉は当番でもないのに、休日出勤していた。五味との最後の日々を、惜しみにきている。伊豆・熱海《あたみ》への卒業旅行を終え、来週には警視副総監による卒業査閲がある。卒業までのカウントダウンは、もう始まっていた。

五味教場は四十人全員、揃っている。

嬉《うれ》しさよりも不安の方が大きい。

深川と桃子だ。

桃子はまだ退職しない。深川が桃子を庇《かば》う。五味は打つ手がない。強姦《ごうかん》被害者と思われるくらいなら、恋人同士と思われる方がましという被害者感情を、『正義』のひとことで否定できない。

五味と高杉は何度も面談をしている。

桃子は退職も交際も否定した。挽回《ばんかい》しようと真面目なそぶりで声を張り上げる。

「残りの一か月、警察学校の学生としてしっかり勉学と運動に励み、警官としての正義を貫きます」

深川の方こそ、交際を肯定した。

「在学中はプラトニックを貫きます。そして堕胎の責任を全《まっと》うします。僕は彼女の人生を背負う責任があります」

これ以上桃子との関係を追及しようものなら、結婚するとでも言い出しそうだった。

五味と高杉は夕刻、『飛び食』で一杯やることにした。綾乃も呼んでいる。

正門を出た。今日の正門練交の当番は三上だ。挙手の敬礼は様になっている。現場の警官と遜色《そんしょく》ない。

「今日で最後の練交当番だな」

高杉が声をかける。

「はい。小田巡査と共に、立派に務めさせていただきます！」

桃子は東門練交の当番だ。連動して動くことはない。あえて三上は口にした。トラブルを起こした桃子を、場長の自分がしっかり見ておくとアピールしている。

「よろしく頼んだ」

五味は三上の活動服の肩を叩《たた》き、校門を出た。

『飛び食』の入口の木戸を開ける。綾乃が先に到着していた。他のテーブルには客が食い散らかしたあとがある。片付けが追いついていない。「いま第一波が引いたあとで」と綾乃が言った。

味の素スタジアムのおひざ元ということもあり、イベントがあると地元の店は混雑する。イベント開催時刻前が第一波だ。第二波はイベント終了後に始まる。

「今日はまたえらく食い散らかして。ラグビーのワールドカップ、始まったんだっけ？」

九月に入り、飛田給駅改札口も様子が一変した。サッカーボールのオブジェが取り外され、FC東京のフラッグも消えた。いまはW杯の垂れ幕やステッカーで彩られている。

「いやいや、二十日の金曜日からだろ。今週末」

今日は人気アイドルが十組以上出場する音楽フェスがあったらしい。今日だけで三万人動員している。

「最後に花火もあがるらしいですからね。十九時半から十分間」

綾乃が言う。すかさず高杉が突っ込んだ。

「もしやフィアンセとロマンチックに花火を見たいがために来たんじゃないだろうな。最近は飲みに誘っても断るくせに」

「違いますよ。忙しかったんですけど、いま捜査本部は膠着《こうちゃく》状態なんです」

絵里香の逮捕状がまだ出ていないのだ。真相が判明し、一か月経っている。自白もしている。凶器も出て、毛髪のDNAは絵里香の顧客のものと一致した。それでもまだ逮捕状が出ない。上層部が、殺人の動機を表に出しかねているのだ。

「本部の地域部長と警務部長が責任のなすりあいをしてるらしいです。いまはキャリアのメンツの話だとか、なんとか」

北村の大規模な警察葬を取り仕切ったのは、警務部だ。あれがなければ、絵里香を逮捕して事実を公表できた、と地域部長は主張する。強姦魔の葬儀に税金一千万円を使用したのだ。

一方、地域部長発案の慰霊碑はひっそりと撤去された。制作と設置、撤去に五百万円近くかかっている。都民の血税だ。警務部長はこれをやり玉にあげ、地域部長にも責任をかぶせようとしている。末端の捜査員たちはすっかり白けているらしい。

綾乃が瓶ビールを注ぎながら、教場の様子を尋ねる。なぜか高杉は義理の妹の話を始めた。

「妹の旦那《だんな》がまたキモイ男なのよ。束縛野郎。ほぼ毎日GPS検索されてて、ママ友との飲み会に突然現れたこともあったらしい。それでも義妹は〝監視されてるのぉ、愛されているのわたしぃ〟だってさ」

深川と桃子の話につなげたいようだ。

「なんだかんだ、深川が桃子の偏執的な愛情を受け入れて、結局愛し合っている、ってことなのかもしれないぞ」

深川の少年期の性被害のことが、五味の喉元《のどもと》まで出かかった。「そういう目で見ないでくれ」という深川の訴えを思い出す。飲み込んだ。五味は黙って手酌し、ため息をついた。二人のことは完全に、お手上げ状態だった。

高杉が時計を見て、スマホのアドレス帳をスクロールし始めた。

「そうだ。しょうがないから長田に声かけるか」

「どういう流れですか、それ」と綾乃がつっこむ。

「だってこのままじゃ、七時半に外に出て結婚を控えたラブラブカップルと三人で花火見ることになるだろ」

「沙織さん呼ぶか？　到着するころにはお開きだろうが」

五味は時計を見た。もう十九時過ぎている。高杉が眉《まゆ》を吊《つ》り上げた。

「沙織なんか呼ぶかよ。いつだったか多摩川の花火大会に連れて行ったら、大曲《おおまがり》の花火はこうなのにとか、長岡《ながおか》はこうだとかもう、他の有名花火大会といちいち比べて、周囲の観客も白けちゃってひんしゅく買ったんだ」

高杉は結局、長田に電話をかけた。五味は苦笑いして言う。

「誘っても来ないだろ。きっとまた仔猫《こねこ》が、って言ってなる」

高杉は発信音を聞きながら、大笑いする。

「エリザベスかよ」

「なんだ、エリザベスって」

「猫の名前だよ。動物病院で、野良猫じゃなくて血統証つきの猫だって言われたらしいぜ。耳にマイクロチップ入ってて」

チンチラというペルシャ猫の一種で、原産国はイギリスだったという。だから女王陛下の名前をつけた。五味はスマホでチンチラという猫について調べてみた。ペットショップで二十万円近くで取引されているらしい。

「なんでそんないい猫が警察学校のそばで野良猫やってたんだ」

綾乃も不思議そうな顔だ。高杉は電話で長田を散々からかい、誘いもせずに電話を切った。ただの暇つぶしの電話だったようだ。五味はチンチラ猫の画像をスクロールしながら言う。

「あんまり長田をからかうなよ。離婚や闘病があって、参ってたはずなんだから」

「エリザベスちゃんは救世主ってことかよ」

五味は改めて考えた。

「マイクロチップなら販売店情報も入っているよな。そこから購入者をあたろうと思えばあたれるなぁ」

綾乃が大きな目を眇《すが》める。

「二十万円もした仔猫を捨てるなんて、世の中にはとんだ金持ちがいるもんですね」

迷い猫じゃないか、と高杉が言う。

「ちなみに販売店は、世田谷区内のペットショップだったらしい。ペットのヒラタ」

五味ははっと顔を上げた。綾乃も同じ反応だ。高杉はのけぞる。

「なんだよ。俺、なにか変なこと言った？」

「ペットのヒラタって——深川桜」

「ええ。深川君の『こころの環』に書き写してあった番号ですよね」

「なに。なんの話よ」

五味は性被害については伏せ、深川の腹違いの妹の連絡先がペットのヒラタだったことを高杉に話した。深川は番号が変わっていたことにショックを受けていた。

「それ、いつの話よ」

五味は記憶を辿《たど》る。実務修習のころだったか。綾乃はくしゃみをしながら深川の面倒を見ていて——。

五味は声を上げそうになった。

目の前の景色が、反転する。

「瀬山！　お前、風邪は治ったのか？」

え、と綾乃が眉を上げる。

「六月の実務修習中の風邪だよ。くしゃみと鼻水がひどかった。深川の面倒を見ていたとき」

「それは、気が付いたら治ってました」

「本当に風邪だったか？　あの前後、俺の家に来たし、横浜の実家にも帰った。その時はくしゃみひとつしていなかった」

わからない、と綾乃はすがるように首を横に振る。

「お前、猫アレルギーだろう！」

五味は慌てて長田に電話をかけた。すぐに繋《つな》がる。開口一番「飲み屋には行かねぇって」と言われる。

「いまエリザベスちゃんが俺の太腿《ふともも》の上でくうくう寝てんだよ。動け……」

「どうでもいい！　仔猫のマイクロチップ情報を見たか」

ペットショップで購入されたものなら、受け渡しの前にペットショップがマイクロチップに購入者情報を入力しているはずだ。長田は困惑したのか、沈黙する。

「飼い主情報が入っていたはずだ。教えてくれ！」

長田は頑《かたく》なに口にしなかった。懇願するように言う。

「頼むよ五味、そこを突っ込むな。迷い猫だったとしたら、元の飼い主にエリザベスを返さなくちゃならないじゃないか」

「その心配は恐らくない。言え！」

五味の剣幕に、高杉と綾乃は目を合わせて首を傾げている。電話の向こうで、紙きれを捲《めく》る音がする。渋々と言った様子で、長田が読み上げた。

「深川翼。現住所は、世田谷区成城五丁目二十八の九。購入は今年の五月十二日になってて……あれ、深川翼って確か」

五味は電話を切った。

「仔猫を買って捨てたのは深川だ」

二人はぽかんとした。次々と言う。

「——なんのために、ですか？」

「猫好きは龍興の方じゃなかったか？」

「深川の顎《あご》の傷、覚えているか」

発覚したのが警察手帳の個人写真を撮影した四月末だ。連休明けの五月七日には北門への脱走を認めた。桜の枝を持ち帰ったという苦しい言い訳をして場長を降ろされた。

「その週末の五月十二日に、深川はペットショップで仔猫を購入している」

恐らく、北門の向こうの雑木林で猫を世話していた。龍興が『こころの環』に捨て猫の存在を示唆していたのも、このころだ。

「いつか誰かが仔猫を発見したとき、実はかわいそうな仔猫を手厚く保護していて、顎の傷は猫にやられたものだ、と言い訳するためだったんじゃないか？」

面倒を見ていたから、制服に猫の毛がついた。綾乃はそれに反応してくしゃみを連発していたのだ。

高杉は「えーっ」と多少は驚いた。一瞬の間をおいて、尋ねる。

「で？　実はエリザベスは深川の猫だった。だから、なんだよ」

ちょっと待ってください、と綾乃が割り込む。

「それじゃ、桜の木の枝のエピソードはなんだったんです？」

「咄嗟《とっさ》に出た嘘だろう。生き別れた妹のエピソードと結び付けたことで、うまく俺を騙《だま》した。だから、仔猫が不要になった」

五味が北門を脱走した件の追及をやめたのは、性被害を告白された七月一日のことだった。五味が仔猫を発見したのは、八月七日。深川は真夏のさなかに、仔猫を一か月も放置し続けたことになる。

テーブルは静まり返っている。高杉が、喉《のど》を震わせて言う。

「──嘘だろ。深川はそんな奴じゃない」

綾乃も顔を引きつらせ、首を細かく横に振る。

「もし五味さんの言う通りだとしたら、これまでの深川君は一体、なんだったというんですか。全部、ひっくり返りますよ」

「そうだ。全部、ひっくり返る」

自分でも思った以上に、低い声が出た。

「深川と桃子の関係もひっくり返るのかもしれない」

五味はガードレールを飛び越えた。歩道に入る。警察学校の東側に沿う直線道路にいる。いても立ってもいられずタクシーで警察学校に戻ってきた。一・五メートルの高さの擁壁をよじ登る。ワイシャツやスラックスが、石垣にこすれて汚れる。盛土の雑草を踏みしめ、フェンスに手足をかけた。

細長い雑木林に入った。仔猫は、二百メートル先の講堂付近で発見した。桜の木の葉は褐色に変化しつつある。膝丈《ひざたけ》まで雑草が生える。地面が見えない。五味は腰をかがめ、草木をかき分けた。外灯の明かりだけが頼りだ。

なにかを蹴《け》った。カンカラ、と音を立てる。銀色のアルミのお椀《わん》がひっくり返っていた。空っぽだ。白い膜が乾燥してはりついている。ミルクが入っていたのか。袋に入ったままのキャットフードも放置されていた。封は切られている。中身はふやけ、虫が大量に湧いていた。猫のものと思しき小さな糞《ふん》も散らばる。乾燥し、崩れている。猫の毛まみれのタオルや、段ボール箱も見つかった。

五味の手のひらで必死に鳴く仔猫《こねこ》を思い出した。深川の姿を重ねていた。桃子の言葉が蘇《よみがえ》る。

〈教官は、私の気持ちに気が付いてくれないから……!〉

二度の妊娠と堕胎。四月一日の、深川の脱走――。

雨が降ってきた。

深川は加害者だったのか?

深川の仮面には気が付いていた。その下には傷ついた性被害者がいると思っていた。

違うのか。

仮面の下にいたのは、悪魔か。

四月一日。桃子を強姦《ごうかん》するためにここへ来た。抵抗された桃子に首を引っかかれた。

五味に咎《とが》められ、ごまかすために猫を購入してここで飼っていた。猫になにかあったときのため、ペットショップの番号をスマホに登録していた。『こころの環』にそのまま書き写すと怪しまれる。妹の名前を使った。

五味は性被害の告白にころっと騙された。猫は用無しになった。放置した——。

一度目の妊娠に至る強姦はこれで説明がつく。

問題は、二度目だ。何度も行為があった。桃子の〝戦利品〟と思われていたクッキー缶の中身が証明している。

五味は一度頭を振った。

〈残りの一か月——正義を貫きます〉

桃子が退職を突っぱねて口にした言葉が、蘇る。

どっちがどっちなのか。

桃子が被害者で、加害者は深川とすると、矛盾点が出る。スマホのやり取りはいくらでも偽証できる。体を支配できれば、スマホを勝手に使うのは容易だ。カレンダーの裏側に書かれた、桃子の異常愛を示すような文言も、自分を被害者と見せるために桃子に書かせることは可能だったはずだ。

わからないのは、桃子のストーカー行為だ。強姦された被害者が、精液の入った避妊具をコレクションするはずがない。東門練習交番の上にわざわざ上り、懐中電灯を使って加害者に合図するようなこともない。

五味ははたと顔を上げる。

警察手帳が交付された日、桜の代紋を指でなぞっていた桃子。覚悟を、感じた。

〈正義を貫きます〉

今日、桃子は東門練交の当番だ。

ふいに目の前を、閃光《せんこう》が走った。目が眩《くら》み、思わず手をかざす。フェンスの向こうの警察学校側から、懐中電灯で照らされていた。

「五味教官……！　どうされたんですか」

三上だ。雨の中、カッパを着て巡回している。三上にも切羽詰まった色があった。

「小田巡査がそこにいたんですか？」

「なんの話だ……！」

五味はフェンスを乗り越えて、グラウンドに降り立った。土と雨の匂いが立ち上る。

三上が濡《ぬ》れた顔を拭《ぬぐ》い、言う。

「いえ、教官も小田巡査を捜しに来たのかと。ついさっき当直教官から報告が――」

「小田が行方不明ということか！」

五味は雷に打たれた気分だった。心に電気が走ったように、情動に震える。

桃子は――強姦被害者である前に、警察官であろうとしたのだ。

彼女は変わっていなかった。入校前面談で初めて会ったときに、正義感の強い実直な女性だと感じた。その信念は変わっていない。

使用済みコンドームを戦利品として、場所や日付を記した状態でプラスチックの袋にコレクションする。

違う。

犯罪の証拠品として、保存していたのだ。

今日、九月十六日祝日のPB二当は、桃子が自ら買って出た当番だ。深川への媚《こび》か、妊娠を隠すためのアピールだと思っていた。

違う。

あれは、悪魔を自らの手で始末するための計画の一部だったのだ。

卓上カレンダーに記された「花火」の文字。

〝正義を貫く〟実行日だ。味スタで花火が上がれば、警察学校内も爆音で騒動が周囲に悟られにくい。なにより、東寮の学生たちは花火がよく見えるベランダに出てくる。

東門交番の屋上で、深川の寮の部屋を懐中電灯で照らす。『アイシテル』のサインだとみな勘違いした。

違う。

彼女は、弾道の確認をしていた。

桃子はこれから、深川を射殺するつもりだ。

ドンッ、と腹に響く爆音が聞こえた。大輪の花火が、東の空に咲く。

五味はもう走り出していた。三上に指示する。

「すぐに放送室へ行って、学生棟に向けてアナウンスしろ。絶対にベランダに出るなと。カーテンを閉めて、食堂へ避難しろと言え。絶対に花火を見るなと放送して来い！」

五味は走った。グラウンドを突っ切る。

二発、三発目の花火が次々と上がる。花火は十分間だ。五味は綾乃に電話をした。深川を拘束する。綾乃は五味の後を追い、警察学校に来ていた。高杉も一緒だという。深川にワッパをかけろとだけ言って、電話を切った。

花火が咲き続けている。東門が派手な色で照らし出された。球技場の横を突っ切る。東門練習交番は目の前だ。

屋上に人がいる。膝撃《ひざう》ちの体勢を取っていた。五味は東寮を見た。殆《ほとん》どの学生がベランダに出ている。放送が間に合っていない。室内の放送が聞こえていないのかもしれない。弾が逸《そ》れたら、他人が被弾する。

五味が桃子を止めるしかない。

「小田ァ!!」

五味は叫び、走る。やめろ、と言った声が破裂音でかき消される。花火の音か、発砲音か、わからない。桃子にも、五味の声が花火の爆音で聞こえていないようだ。身じろぎひとつしない。練習交番の裏手にたどり着いた。固定梯子《はしご》をつたう。たった五段が、五十段にも感じる。

屋上に出た。

六畳もない狭いコンクリート屋根だ。桃子は仰天した。体勢を崩す。すぐ立ち上がった。銃口をこちらに向ける。

「撃つな！　俺だ」

花火の爆音が止む。桃子の浅い呼吸が聞こえる。喉がひいっと鳴った。

「銃を下ろせ。俺に渡すんだ――」

再び花火が打ち上げられた。五味の声はかき消される。一歩、近づいた。

「来ないで！」

桃子は絶叫した。五味は立ち止まる。右手の平を見せる。間合いを取った。

「小田。頼むから、誰のことも撃つな」

桃子は銃口を下ろさない。もはや深川を狙っていない。教官に銃口を突き付けたままだ。パニックになっているのか。

「私は警官だから」

桃子が言った。ヒュルルル、と音がする。夜空に大輪の花が咲く。桃子の顔が赤紫色に照らされる。涙を流していた。チラチラと火花が散る。銃を向ける女の顔が点滅の明かりを浴びる。

「あの悪魔を、警官にさせるわけにはいかない」

「それなら頼むから被害を話せ。お前はストーカーでもなんでもない。被害者なんだろう？　それを認めてくれないと、俺も高杉も動けない！　一人で解決しようとするな」

桃子はただ首を横に振る。強い覚悟を感じる。飛び掛かり、けん銃を奪うのは簡単だ。だが、触れられない。強姦の被害者だ。自分が男であるということが憎らしい。

「――小田。気付けなかった。本当に、すまない」

桃子はけん銃を持つ手をガタガタと震わせる。花火が上がるたびに闇夜に浮かぶ顔に、玉の汗がびっしりと並ぶ。瞳孔《どうこう》が開きっぱなしだ。

「そのけん銃を――いや、あいつを警察官にさせないというお前のその正義を、一旦《いったん》、俺に預けてくれ」

五味は心をこめて、言った。届いてほしい。一言一句、丁寧に呼びかける。

「お前が引き金を引く必要はない。俺は深川の担当教官だ。俺が責任を持つ。俺が絶対に、あいつを警察官にさせない……！」

「教官では、無理！」

桃子が絶叫する。

「警部補では無理。巡査部長はもっと、無理」

五味と、高杉のことを言っているのだろうか。

「警部でも無理。警視でも無理」

統括係長、教養部長のことを指している。

「警視正でも無理……！　警視長でも無理。警視総監でも無理ィ！」

学校長、官僚である警務部長だけでなく、警視庁のトップに君臨する階級すらも、桃子は否定した。

「警察庁長官でも、無理！　だって国家公安委員だから！」

「それは誰の言葉だ……!!」

五味も絶叫になった。喉《のど》を嗄《か》らした五味の声を遮ったのは、パトカーのサイレンの音だった。桃子は脱力した。目がなにも捉えていない。

「もう、終わり。３２１１６」

暗号のように数字を読み上げた。

「——正義の、翼」

桃子は銃口を自分のこめかみに当てた。引き金にかかった指に、力が入った。

破裂音がした。

花火の音なのか、けん銃の音なのか。五味には区別がつかなかった。

# 第五章　玉と石

花火は終わった。

警察学校の沈黙は濃い。雨の音と川路広場に響く革靴の音が、増幅して聞こえる。

「五味さん……！」

自分の声は、悲鳴だった。綾乃は婚約者の背中に叫ぶ。

五味が川路広場を突っ切る。大股《おおまた》で。びしょ濡れで。左腕を右手で押さえていた。五味の右手指の間から、血がしたたり落ちる。

「五味さん、まずは病院に行かないと――」

振り払われた。

「先に深川だ……！」

目は怒りで血走り、涙すら浮かんでいる。唇は真っ青だ。かすかに震えてもいる。

つい十分前、東門交番の狭い屋上で。

自殺を図ろうとした桃子に五味は飛び掛かった。けん銃を奪う。もみ合いになった。

桃子は五味の腕の中で、恐怖にもがいている様子だった。

「触らないで、許して、ごめんなさい、誰にも言わないで……！」

綾乃は正門から中に入り、本館の教官たちに非常事態を知らせていた。深川の拘束は高杉に任せた。五味は東門交番にいると聞いて川路広場に出た。桃子の絶叫を聞いた。

男が自分を組み伏せようとしている。五味の制圧を桃子の体はそう解釈したのだろう。意識が深川に強姦《ごうかん》された瞬間に飛んでしまっていたようだ。もがいて抵抗し、「やめて許してごめんなさい」を連発する。

五味は悪戦苦闘していた。五味が桃子を襲っている風にすら見えた。桃子がそんな風に泣き叫ぶから加減してしまう。もみ合いの末に弾が発射された。五味の左腕の表面を弾がかすめ、東門の周囲に立つ大木の幹に命中した。

綾乃が東門練交の屋根へあがったとき、桃子はコンクリートにひざまずいていた。五味は右腕で桃子の腕を摑《つか》み上げる。血まみれの左手を震わせニューナンブのつりひもを外す。ワイシャツの左袖《そで》は火であぶったように黒く焦げて破れ、血で真っ赤に染まっていた。

綾乃はその場で桃子を現行犯逮捕しようとした。五味が激怒する。

「逮捕する相手が違う、深川だ……！」

東寮を見上げた。深川のシルエットがあった。ベランダに出てこちらを見ている。逆光で顔は見えない。隣に立つ巨体の男は高杉だ。深川の右腕を後ろ手に摑み、連れ出している。

本館から続々と、教官や助教が出てきた。五味の腕を見て、「救急車」と叫ぶ。五味は断った。血まみれの手で高杉に電話を入れる。応答を待つ間、綾乃に指示する。

「俺が深川を尋問する。管理課に行ってもう一度、四月一日夜間の北門監視カメラ映像を持ってきてくれ」

綾乃が返事をしないうちに、五味は早口に続ける。

「深川が飛び越えた時刻の前後、二時間分だ。小田が映っているはずだ」

警察学校の監視カメラは二か月で上書き消去されてしまうと聞いた。残っているか。綾乃は管理課に向かうことにした。五味はもう、本館に飛び込んでいた。

五味の指先から垂れた血が、点々と川路広場に残る。雨ですぐ消えた。

五味は面談室の扉を蹴破《けやぶ》るようにして開けた。

深川が座っている。顔が真っ青だ。過呼吸すらも自在に演出する極悪人だ。顔色も自由自在に変化させられる。もう騙《だま》されない。傍らに高杉が立っていた。血が滴り落ちる五味の腕を見て驚く。なにか言おうとした。五味は目だけで答え、深川を見据えた。

一三〇〇期五味教場に巣くった、悪魔だ。

「ペットのヒラタでチンチラという猫を購入したな？」

深川は眉《まゆ》を寄せただけだ。注意深く、五味を見上げる。

「嘘はつかない方がいい。否定するなら、店の防犯カメラ映像を押収する」

深川は慌てた様子で、頷《うなず》いた。

「す、すいません——確かに、購入しました」

五味は深川の顎《あご》を摑み上げた。左腕の出血を押さえていた右手は血塗れだった。深川の顎にはまだ傷が残っている。

「これの言い訳をするために、わざわざペットショップに行って仔猫《こねこ》を買ってきた。そうだろ？」

深川は黙っている。目を逸《そ》らそうともしなかった。その頭の中で、目まぐるしく嘘を生産し、どれを出そうか吟味している。

咄嗟《とっさ》に幼少期の不幸な作り話をでっちあげて俺を騙し——」

「それは本当です！　僕は、義母から虐待されていた。セックスを強要されていた！　妹が生まれても、かわいがれなかった！　自分の子供だろうかと——」

「嘘をつくな！　今度嘘をついたらその顎を潰《つぶ》すぞ！」

五味は右手の指に力をこめる。深川は痛そうに目を細めた。

「いや、本当か。お前の方こそが父親の若い後妻を強姦し、妊娠させたんじゃないのか……！」

深川は絶句した。演技とは思えないほど、自然だ。なにも知らない高杉は、困惑した顔で立ち尽くしている。深川は震え声で訴えた。涙がぽろぽろと溢《あふ》れる。

「ひどい。教官を信じて、話したのに、父親と同じことを言うなんて……！」

「小田を強姦しただろう！」

五味は深川の演技を激昂《げきこう》で吹き飛ばした。

「そして用が済んだらポイ捨てか？　あの仔猫のように。連日の猛暑の中で放置され続けて餌もなく、死にかけていた。小田に対してもそうだろう！　いいように性欲のはけ口にして、毎度毎度、平気で妊娠させる……！」

綾乃が入ってきた。手ぶらだった。失望する五味の耳元でひっそりという。

「深川君が北門から脱出した二十三時三十一分から、戻ってきた二十三時五十二分までしか、データは残していないと……」

捜査の手間を省くため、顔認証システムを使ったことが仇《あだ》になった。深川が北門を乗り越えた前後に、同じように北門を登った桃子がいたはずなのだ。顔認証システムは深川の顔に反応するようにしか設定していない。ＡＩは、別の誰かも北門を乗り越えたことまでは、教えてくれない。

当初は交番襲撃事件の共犯を疑っての捜査だった。綾乃は警察学校敷地周囲の監視カメラ映像に限っては、二十時から〇時まで目視で映像をチェックしている。当該時刻前後に関係者が警察学校内部に侵入していないか、確認するためだ。北門に限ってはしなかった。北門は敷地外部に接していない。あくまで警察学校と警察大学校を結ぶためだけの門だ。外部から来るはずの交番襲撃事件の犯人が、敷地内部から湧き上がり、北門を乗り越えるはずがないからだ。

クソっ、と五味は思わずデスクを叩《たた》く。深川を視界の端で捉《とら》えた。

深川は、笑っていた。

焦点が定まらないぼんやりとした映像の中で、確かに深川は口角を上げて、五味を嘲《ちょう》笑《しょう》していた。

深川を正面から見据えた。深川は悲壮に顔を歪《ゆが》めている。

五味は背筋がぞっとした。深川が、悲劇の学生気取りで、懇願する。

「教官。お願いです、信じてください。僕は決して小田巡査に対してそんなことは——

——」

殴り倒してやりたい。だが、この男は殴る価値もない。

深川が涙をぽろぽろと流して、拝む。

「僕は、十三歳の時のトラウマがあります。そんなこと女性に強いることができるはずないですっ」

血も涙も、自在に操る。

五味は足を振り上げた。深川の胸を革靴の底で蹴《け》り倒す。深川は椅子ごと後ろにひっくり返った。

高杉は一歩、足が前に出た。五味を見て、引き下がる。冷静な目だ。

「見張ってろ。絶対にここから出すな！」

五味は高杉に指示した。面談室を出る。綾乃が追いかけてきた。五味は桃子の様子を尋ねる。

「パニック状態でしたので、病院に搬送しています。五味さんも手当てを受けてください。血がひどいです」

「うるさい、平気だ。ほっといてくれ。小田のところへ行く」

「五味さん！」

綾乃が前に回った。五味の両肩を掴み、全体重をかけて、五味を止めた。

「お願いだから、落ち着いて。小田巡査は、被害者だったんですよね、強姦事件の」

とても低い声だった。たしなめるように言う。

「びしょ濡《ぬ》れで血まみれの男が聴取していいはずがないでしょう……！」

しっかりして、と叱られる。いつもの綾乃ではなかった。たぶん五味もいま、普通の精神状態ではない。

「まずは自分が治療を受けてください！」

五味は足に力が入らなくなった。そのままふらりと、綾乃の腕の中に倒れ込んだ。

——半年も。

俺は53教場のなにを見ていたのか。

五味は救急搬送された。かすり傷だと思ってはいても、銃創だ。総合病院では治療が難しい。中沢と同じ杏林大学病院で治療を受けた。

興奮状態だったし、アルコールが入っていた。腕の痛みに気が向いていなかった。傷口を見せられ、医者の処置を見るうちに、猛烈に痛くなってきた。抉《えぐ》れて剝《む》き出しになった肉と、やけどで黒くなった皮膚に、消毒液や薬が塗布される。冷や汗をかいた。痛み止めが効くまで、奥歯を嚙《か》みしめ続ける。

病院にいの一番にかけつけてきた警察官がいた。

「五味教官……！」

中沢だった。急いで待機寮から出てきた様子だ。黒のスラックスからワイシャツの裾《すそ》がはみ出ている。中沢はわなわなと震え、五味の下にしゃがみこむ。

「なんでお前が来るんだよ」

「だって、教官が撃たれたと府中署に一報が入って、いても立ってもいられなくって」

中沢は目を潤ませる。無事でよかった、と震えるため息をついた。

「大袈裟《おおげさ》な。お前と違って被弾してない。かすっただけだ」

「強がっちゃって。さっきまでめっちゃ痛そうな顔してたじゃないですか」

教官、と手を握られる。まるであの日と、立場が逆転したようだ。

「教官は、わかってないです。教官が卒業した後もなにかと卒業生を気にするように、僕たちだって、教官助教のことを、とても心配しているんです。新しい期は大丈夫かとか、変な新人に苦労してないか、とか」

中沢があまりに真剣なまなざしで言うので、五味は笑ってしまった。笑うのはひどい、と中沢は目をこすった。五味は無理をして笑い続けた。目尻《めじり》から幾筋も涙が落ちる。

深夜〇時を回るころ、綾乃が病院にやってきた。

「深川は府中署に移送しました。自供はしません」

桃子とはあくまで恋人同士だった、と訴える。相手がストーカー化してトラブルになったただけだと主張する方針らしい。

「小田は？」

「いまは話ができる状態ではないですが——病室に、招かれざる客が来ています」

五味はため息をつこうとした。怒りでうまく息を吐けない。震える。

「深川の父親か」

綾乃が眼光をきりっと光らせて、頷く。

「あくまで、息子は被害者と主張するようです。小田巡査側に不利な証拠が残りすぎています。スマホのやり取りを深川君の偽装とする証拠がありません。深川君に対する愛情を綴《つづ》ったカレンダーのメモも、強要されたものだと立証しようがない。なにより——」

五味は何度も、頷《うなず》いた。

「桃子は深川の殺害計画を立ててしまった。殺すつもりで、実際にニューナンブを実射寸前だった」

「いま手元にある証拠だけでは、男女トラブルで小田巡査がストーカー化し、深川君を殺害しようとした、としか捉えられません」

反証できる唯一の材料は、仔猫《こねこ》の件だけだ。だが弱すぎる。裁判では通じない。深川の人間性に疑問を持たせることはできても、深川の偽装を立証する力がない。しかも、深川の父親が助け舟を出していた。

「仔猫の購入は、父親の自分が息子に頼んだことだと言い出しています」

引き取りに行くつもりが、突然、アレルギーを発症して飼えなくなった。息子に処分するように指示したと言ったらしい。

「息子は仔猫に同情してしばらく雑木林で保護していたのだろう、と。それで押し通すつもりのようです」

このままでは、深川は警察学校に戻ってくる。

五味の脳裏でまた深川が、にやりと笑う。


腕の痛みで目が覚めた。

明け方の四時。教官当直室で仮眠を取っていた。結衣には緊急の当直としか伝えていない。心配をかけたくなかった。高杉が隣で寝ている。五味はそっと布団から出た。荷物から薬の袋を探す。高杉が「大丈夫か」と身を起こした。

「すまない。起こした。痛み止めを」

「俺が出してやる。あまり腕を動かすな」

かいがいしい。高杉はコップに水を汲《く》んだ。冷蔵庫を開けてプリンを出す。高杉がお気に入りで買いだめしているものだ。

「先になんか食ってからにしないと、次、胃がやられる」

五味はプリンも食べた。甘さが高杉の優しさになって、五味の内側に滲《し》みわたる。腕の包帯とガーゼも取り換えてくれた。高杉の目の下のクマと、眉間《みけん》の皺《しわ》の深さに疲れが見えた。

「高杉。すまんな。毎度、毎度」

53教場は、トラブルばっかりだ。

「俺の女房役は大変だろう。小田で逮捕は二人目だ」

「お前のせいじゃない。今回は、押し付けられたも同然だろ。前校長が入校前面談のときに言った言葉を、忘れたか」

五味教場のスローガン、四十人全員卒業。

「なにがあっても、深川翼を卒業させろ。父親から強く釘《くぎ》を刺されたに決まってる」

国家公安委員の問題児を警察学校に受け入れた前学校長は、本部栄転した。新たに異動してきた大路学校長は、国家公安委員と近い警察官だ。しかも異例の昇進の速さで学校長になった。本村が「裏がある」と言ったことが、こんなところで繋《つな》がった。

「大路校長はなにがなんでも、深川を守り通すだろう」

そのためだけに、学校長に就任したに違いないのだ。

「そういや、姿を見せないな、大路校長は。教養部長が連絡したはずだ」

「交番襲撃事件が起こった日は、寝る間を惜しんで学校に来て泊まっていったぞ」

学生の発砲と教官の負傷があったのに、顔を見せるどころか電話すら寄越さない。

「深川が発端の事件と知って、慌ててお偉いさんたちと後始末のシナリオを練っているんだろう」

くそ、と高杉が拳《こぶし》をテーブルに振り下ろす。

「このままじゃあいつ、警官として世に出てしまうぞ」

「あとは前校長がお守り役というシナリオだろう。奴はいま、人事二課長だ」

警部補以下の人事権を握る重要ポストだ。前校長は定年まであと二年もない。後始末を後人に押し付け、天下りというわけだ。国家公安委員に貸しがあるなら、素晴らしいポストを得られることだろう。

「高杉。三人目の逮捕者を、出してもいいか」

しばし男二人で、見つめ合った。

「恐らく上と、全面戦争になる」

高杉はブッと噴き出した。五味の顔に唾《つば》が飛ぶほどだった。右腕で顔を拭《ぬぐ》う。

「なんだよ、顔が濡《ぬ》れたじゃないか」

大袈裟だと笑われるのかと思っていた。高杉は血まみれのガーゼと包帯をぐちゃっと丸め、ゴミ箱に放り投げた。

「五味教官、いよいよ挙兵ってか」

高杉らしく、茶化す。背を向けた。

「次の一手に出るんだな」

助教官として、どこまでも教官をフォローする。大きな背中に覚悟が見える。五味はスマホを出した。明け方だが、一秒でも早く動く。綾乃に電話を掛けた。徹夜だったはずだ。すぐに応答があった。

「三田署管内で起こった未解決の強姦《ごうかん》事件の調書を全部、持ってきてくれないか？」

唐突だったからか、綾乃に一瞬、間があった。

「深川が実務修習中に見ていたというやつだ。北村が強姦したものじゃないか、と疑って見てたと抜かしたんだろ？」

綾乃は「あっ」と声を出した。北村が強姦した相手は、全てコレクションになっている。貸倉庫に氏名が残っていた。三田署管内の被害者の名前はなかった。

「──まさか。深川君が見ていたのは」

「恐らく、自分の事件だ」

「過去にも事件を起こしていたということですか」

「今回、父親の動きが異様に早かった。慣れている。過去に同じことがあったからだ」

深川は三田にキャンパスのある大学に通っていた。事件当時、大学一年生だった。土地勘があったはずだ。

その事件が警察でどう扱われたのか気になって、綾乃のパソコンを使って調書を見ていたのだろう。もしくは、自分がした事件を〝戦利品〟を愛《め》でる感覚で見ていたのか。かつて北村がそうしたように。

一夜明けた。

五味は桃子が入院している府中市内の総合病院に向かった。綾乃が表で見張りに立っていた。三田署の強姦事件の調書を受け取る。

「彼女が無理なら、こっちを立件する。そういうことですか」

綾乃がきりっとした目で五味を見る。

「こっちの被害者は泣き寝入りしていない。きっと証言してくれるはずだ」

綾乃が「お供します」と大きく頷いた。

「いや。お前はうまく上をごまかすために、ここに残っていてほしい」

五味は綾乃に、今後の流れを耳打ちした。綾乃は天を仰いだ。その口からいまにも抗議の言葉が出そうだ。五味はすぐさま病室に入った。

桃子はギャッチアップされたベッドに身を任せて、宙を睨《にら》んでいた。ベッドテーブルに朝食が出ている。一口も手をつけていない。五味を見て、跳ね上がるようにその場に正座した。テーブルが揺れる。みそ汁が盆にこぼれた。

「——教官、私」

その目が、五味の左腕の包帯に飛ぶ。桃子は目を赤くした。

「私、すいません。大変なことを……。教官が止めに入ってからは頭が真っ白になって、よく覚えていなくて……」

「謝らなくていい。俺も担当教官として、お前が半年もの間受け続けてきた被害に気付くことができなかった」

五味は左腕を少し浮かせた。

「これでおあいこだ。いや、俺の方が全然軽い」

桃子は眉《まゆ》をハの字にして、うなだれる。五味は丸椅子には座らない。言い放った。

「深川を殺害する計画を立てたことは、認めるな」

桃子が大きく頷いた。

「相手は国家公安委員の鎧《よろい》をまとう人心掌握術に長《た》けた冷徹な極悪人だ。強姦を訴えたところで訴追は無理とあきらめたお前は、自分で深川を始末すると決めた。そうだな？」

教官どころか、警視総監、警察庁長官でも無理。自分の強姦被害を訴えたところで、警察組織は動かないと思い込まされた。国家公安委員の息子から言われた言葉は重い。

「最高裁判所の見学で、お前は深川と強姦事件の裁判を傍聴しているな。深川に強要されたか」

強姦事件の裁判が被害者にとっていかに辛《つら》いものか、目の当たりにしただろう。加害者からされた屈辱的な行為を、事細かに裁判官や検事、弁護士、見知らぬ傍聴人の前で晒《さら》す。自分を強姦した権力者の隣でそれを傍聴させられる地獄——。五味は目の前で二人を見ておきながら、二人の異常な関係に気が付くことができなかった。

教官は、無力だ。

そして、残酷だ。

五味は桃子に最後通牒《つうちょう》を突き付けた。担当教官が、伝えねばならない。

「俺はかすり傷だった。被害届は出さない。だがニューナンブを発射した件については、かばいようがない。もう警察学校にお前を置いておけない。お前は、退職だ」

桃子は唇を、嚙《か》みしめた。

「味スタの花火とＰＢ二当を利用して深川を殺害する計画を立てた。これは立派な殺人予備罪だ。そんなお前に、警察官を名乗る資格はない。明日付で懲戒免職に処する」

覚悟を決めていたはずだ。桃子はじっくりと頷《うなず》いた。五味は桃子の反応を注意深く見る。強調した。

「明日付だ。わかるか」

桃子が目を細める。

「今日一日、お前はまだ、警察官だ。すぐに着替えろ」

五味は桃子のリクルートスーツの入った紙袋を、突き出した。

「府中署の許可は取ってある——」

言いかけて、綾乃の困った顔を思い浮かべた。

「――つもりだが、あまり猶予はない」

「どこへ行くんですか」

「強姦事件の捜査だ」


五味は地下鉄白金高輪《しろかねたかなわ》駅の二番出口を上がった。地上に出る。

桃子が、神妙な顔でついてくる。

寺院が多く連なる地区に入った。幽霊坂《ゆうれいざか》を下る。角にある一軒家で、事件は起こった。

五味は桃子に聞かせる。

「事件の被害女性は前田夏子《まえだなつこ》という四十歳の専業主婦だ。夫は会社員。事件当時は不在。被害者は当時、三十六歳。生後十か月の赤ん坊を抱えていた」

「赤ちゃんの、目の前で……ってことですか」

桃子は怒りからか、目が血走った。

夏子は近所のスーパーで買い物をして帰宅、自宅の扉を開けたところで、背後から襲われた。犯人は玄関を閉めて鍵《かぎ》をかけた。声を上げたら親子もろとも殺す、と首を絞める。夏子は失神しかけた。後ろ向きにさせられ、下着を脱がされて強姦された。

「夏子は生後十か月の娘を抱っこ紐《ひも》で前に抱いたままだった。赤ん坊を守るのに必死で、抵抗するどころではなかった。ひたすら屈辱に耐え、殺されるかもしれない恐怖に押しつぶされそうになりながら、行為が終わるのを待つしかなかった、と供述している」

捜査記録はすでに見た。鑑取り捜査の報告が残っているのみだった。夫や夏子本人への怨恨《えんこん》を重視した捜査だ。

「被害者の下着に残っていた精液やゲソ痕《こん》の有無、近隣の防犯カメラ映像などを捜査した記録も一切、抜け落ちている。地取り、ナシ割班が手抜き捜査をしたとも思えない」

「後から抜かれた？」

「おそらく。事件から四年経っている。彼女がどこまで話してくれるか――」

臙脂《えんじ》色《いろ》のタイル張りの一軒家の前に立つ。インターホンを押した。

対応に出た夏子は地味な雰囲気の女性だった。髪を後ろでひとつにまとめ、ノーメイクで頬にシミが目立つ。目鼻立ちははっきりしている。意思が強そうだった。警官二人を中に通す。押し殺した声で早口に言った。

「あの青年、やっと見つかったんですか？」

犯人の顔を覚えている。五味は深川の個人写真を出した。履歴書に添えられていたスーツ姿のものだ。夏子は迸《ほとばし》るように言った。

「確かにこの子です……！」

五味はため息を堪《こら》えた。桃子は隣で、硬直してしまっている。

「捜査も進展があったのかないのかはっきりと報告いただけないままで、半年後には捜査本部がなくなっていました。まだ捜査してくださってたんですね」

夏子は嬉《うれ》しそうだ。五味の名刺の肩書を見て眉は顰《ひそ》めた。桃子は名刺を持っていない。

「詳しくは言えないのですが、またこの青年が事件を起こした可能性が高く、それでこうして伺ったのです。四年前の詳細をもう一度、訊《き》いてもよろしいですか」

「もちろんです。何度でも話します。早く捕まえないと、きっとこういう子はまたやるでしょう」

夏子はおおむね調書通りの供述をする。堂々としていた。時計を気にする。

「すいません。もう娘を迎えに行かなくちゃ」

事件当時十か月だった娘は、もう幼稚園の年中だった。娘の前では聴取はできない。お暇《いとま》しようとした。夏子はついてきて、と言う。

「行きながら話しましょう。歩いて十分くらいです」

幽霊坂を、三人で上がる。

「とにかく行為が終わるまでは耐えるしかないという思いでした。前に娘を抱いていて、犯人が腰を振るたびに、娘の頭が床にぶつかるんです。小さな柔らかい頭を両手で守ってやるのに精一杯でした。どれくらいの時間、されていたのかは、記憶があいまいです。とても長く感じましたし、短いとも……」

「終わった後、犯人はそのまま逃走したんですか」

「ええ。慌ててズボンを上げる顔を見たとき、あっ、あの子だ、と思いました」

帰宅前に立ち寄ったスーパーで、声を掛けてきた青年だという。そんな事実は調書に記されていなかった。五味と桃子の反応に、夏子がまた変な顔をする。

「当時の取調べの際に話しました。記録されていないんですか」

隠蔽《いんぺい》されたのだ。桃子が隣で悔しそうに口元を歪《ゆが》めている。

「お手数ですがもう一度、話していただけますか」

夏子はこっくりと頷いた。

「買い物中に、声をかけられたんです。缶詰を持っていて、その裏側を見せられました。製造番号が書いてありますよね。３２１１１６、って印字されていたんです」

桃子の肩が、大きく揺れる。ハンカチで口元を押さえた。

深川はその数字を指さし、しきりに頼んだと言う。

「目が悪いので、この数字を読み上げてくれないか、と。変な子だなとは思ったんですけど、物腰柔らかだったし、すごい美少年で。見てくれに惑わされたのもあって、数字を読んであげたんです」

深川は礼を言い、立ち去った。事件はその三十分後ぐらいに起こったという。

「私がスーパーのレジでお金を払うのとか、自宅に帰るのを、跡をつけて見ていたんでしょうね」

幼稚園に到着した。礼も聞かずに夏子は園に入っていった。五味は黙って帰るわけにも、園の中に入るわけにもいかない。門の前で待った。桃子が五味にひっそりと言う。

「３２１１１６――私もよく言わされました」

「父親の生年月日だな」

深川浩は昭和三十二年十一月十六日に生まれた。

夏子が娘の手を引き、戻ってきた。改めて礼を言う。立ち去ろうとして、幼稚園の制服姿の娘が母親に尋ねた。

「ママ、この人たち、だあれ？」

「警察のひとたちよ。ママの事件を、調べてくれているの」

五味は言葉を失った。桃子はもっとだ。

まだ五歳の娘に、母親の強姦《ごうかん》被害を話している。

驚かれることに慣れているのか、夏子は苦笑いする。きっぱりと言った。

「私は、強姦された自分を恥ずかしいとは思いません。私はあの事件では、騒がずに屈辱に耐え、娘を守り切ったヒーローだと思っていますよ」

娘はリボンのついた帽子をかぶり、力強く言う。

「ママは女の子だから、ヒーローじゃなくてヒロインだよ」

あ、そうか、と夏子は軽やかに笑った。娘は、母親とよく似た意思の強そうな瞳《ひとみ》で、五味と桃子に言った。

「おまわりさん。ママを苦しめた犯人をぜったい、つかまえてね！」

帰りの幽霊坂で、桃子は何度も立ち止まってしまった。

五味になにか言おうとしている。五味は待つ。桃子は泣き出した。

「――本当は、違うんです」

彼女の肩に手を掛けようとした。触れられない。本当は抱きしめてやりたい。どれほど辛《つら》い思いをしたかと慰めてやりたい。できない。彼女が語り出すのを待った。

「本当は、心の底から、恥ずかしかった。強姦された自分が」

桃子は何度も涙を拭《ぬぐ》い、続ける。

「それを――相手が権力者だからとか、私は警官だから自力で相手を始末すればいいとか、強引に思うことで、性被害に遭ったという事実から、逃げていたんだと思います」

深川になにをされ続けてきたのか。

桃子は幽霊坂で、語り出した。


九月二十五日、卒業査閲の日だった。

警視副総監の目の前で、一三〇〇期が教練を披露する。

五味と高杉は担当教官として、川路大警視の銅像の脇に一列に並んだ。見守る。五味教場は三上と教練係を中心に、よくまとまっていた。ひとり退職者が出た。隊列の立ち位置が変更になっている。なんとしても卒業査閲に間に合わせる。学生たちは自由時間に声を掛け合って集まり、自主練習を重ねた。

桃子が退職したのだ。

「あいつを絶対に警察官にさせないでください」

桃子は警察学校の正門でそう言い残し、千葉県に帰った。実家のある南房総市は相次ぐ台風被害で復旧に時間がかかっている。しばらくは地域のためにボランティア活動をして過ごすという。強い子だ。自分の傷より他人の傷を気遣う。深川を殺そうと思ったのも、自分ではなく、未来の被害者を守るためだったに違いない。

彼女こそ警察官になってほしかった。

なぜ深川は桃子をターゲットにし、ここまで執拗《しつよう》に性的な支配を続けたのか。弥生という義母の件も深川が加害者だとすると、夏子とは共通点が見えてくる。

『母である』ということだ。

桃子は二十三歳の独身で、子供などいない。母性が溢《あふ》れているようなタイプでもない。

「桜の絵文字が、気に食わなかったらしいです」

桃子が幽霊坂で五味に伝えた言葉が、蘇《よみがえ》る。深川は入校したその日に53教場のトークグループをLINE上に発足させた。まず三上を仲間外れにした。三上の器を見抜いていたからだろう。彼を排除することで、自分が教場を支配した。メッセージを投稿する女警たちを吟味し、桃子をターゲットに決めた。

桜の絵文字を連発したことが気に食わないという、ただそれだけの理由で。

深川はあまりに闇が深い。その心の深淵《しんえん》に、光が届かない。誰も垣間《かいま》見《み》えない暗闇世界で、深川はなにを考えて生きているのか。

夏子の聴取内容を三田署に報告をしている。音沙汰《おとさた》はない。府中署には桃子が被害届を出した。動かない。綾乃は毎日のように深川の逮捕状請求書類を提出している。何枚でも出し続けている。それは係長の三浦の印を押され、吉村刑事課長の決裁を経て署長に回っている。

そこで止まり続けている。

署長の階級は警視正だ。人事権を国家公安委員が所掌する人事第一課に握られている。首を摑《つか》まれた状態だ。身動きが取れないのだろう。

深川はこのままだとあっという間に卒業して、卒配先に出てしまう。

第二の北村が誕生する。

「私にも落ち度がありました」

桃子が幽霊坂で語った。

「私が無知だったのが悪いんです。それ以上に、あの入校初日の川路広場の騒然とした空気に乗せられたというか――」

入校初日の就寝前点呼が、直前で中止になった。交番襲撃事件の一報が入った。当直教官たちが活動服に着替え、帯革と防刃ベストをまとって学生たちの前に現れた。練交番の配置に着く。事件現場さながらの興奮と張り詰めた空気があっただろう。

桃子のような熱血なタイプはこういうとき、血が騒ぐ。なにか自分にできることはないかと考え、動く。深川はそこを突いた。

「教官たちが練交についてしまって、警備が手薄らしいんだ。一三〇〇期からも有志を集めて、敷地の周囲をパトロールすることになった。五味教場は北側の雑木林担当だ。小田巡査も参加できる？」

桃子は北門を乗り越えた。

パトロールのために。

一緒に消えたと知られないためだろう。十五分後、深川も雑木林に入った。

「やっと深川君が来たと思って、懐中電灯を向けた途端にきつく叱られたんです。明かりで照らすなと。取り上げられました。そして〝そこでメモを見つけた、きっと犯人が残した暗号に違いない〟って、紙片を渡されました。声を上げて、読むようにと」

３２１１６。

言葉にした途端、口を塞《ふさ》がれ、地面に押し倒された。首を絞められる。最初はなにをされているのか、なにが起こっているのか、全く理解できなかった。意識を失った。気が付いたら地面の土に頰を擦《こす》りつけていた。リズミカルに、後ろから押されている。ジャージのズボンと下着を脱がされていた。深川が腰を振っている。抵抗しようと振り向きざまに深川の顔を押した。深川の首にひっかき傷が残った。

五味は川路広場に意識を戻した。

教練中の深川を見る。肘《ひじ》を腰の横で九十度に曲げ、小走りで隊列に戻る。手をおろし、横を見てすぐまた前に向き直る。

強姦魔が、警察作法を、神聖な川路広場で完璧《かんぺき》にこなしている。吐き気がした。

桃子は強姦されたことを、五味に訴えようとしていた。四月二日の晩、交番襲撃事件で傷を負った中沢を警察学校へ連れ帰ってきた夜のことだ。

「中沢先輩は大けがをしていますが、私は、陰部に傷すらついていません。よく濡《ぬ》れていた、気持ちよかったんだろ、とあいつから言われたのを思い出して、自分が悪いと思うようになりました」

強姦被害を訴えたら、教場の仲間たちも動揺させてしまう。

「中沢先輩を慰めて囲んでいた先輩期を見て、気が滅入《めい》りました。自分が被害にあったと申告することで起こる周囲の反応ばかり、気になってしまって……」

三百人近い革靴が、川路広場のコンクリートを打つ。ザクザクという不気味なまでに揃った音が反響し、増幅される。桃子の声が五味の脳裏を揺さぶる。

「やっぱり言うのをやめよう、たった一回のことだし、忘れようと――自分に言い聞かせた途端、楽になったんです」

恥ずかしいことをされた自分を、晒《さら》さなくて済む。汚れてしまった自分を、誰にも知られずに済む。

「実務修習が始まってスマホを返却されてからまた、始まりました。LINEでメッセージが届いて。四月一日に撮った、私の恥ずかしい写真と、呼び出し場所です」

行為のたびに写真を撮られ、脅される。

「もう二度と妊娠はいやだったので、避妊具を使ってくれと頼んだら、自分で買ってこいと、却《かえ》って脅すんです。用意しておかないと、中で出すぞといって、本当に……」

そしてまた妊娠した。

「深川君は、万が一、関係がバレたときの準備も万端です。自分の方が強要されていたという風にするため、私のスマホを左手に、自分のスマホを右手に持って、いかにも私がストーカーをしていたみたいなやり取りを、入力していく。器用に。腰を振りながら、するんです」

行為が終わっても、着衣は許されない。陰部から精液を垂れ流した状態で、トイレの床に正座させられる。便座の蓋《ふた》の上で、カレンダーの裏側に言葉を書かされる。深川に対する愛を。深川の精液をふくらはぎに垂らし、屈辱に涙を流しながら、好きだ、大好きだ、愛していると延々、綴《つづ》らされる。

「卓上カレンダーの裏側に、どれくらいの大きさで何回書くかまで、細かく指示されます。書いているうちに、だんだん、おかしくなってくる。本当に、私は深川君が好きなんだと思うようになったというか……そう思えたらどんなに楽かって」

教練の点呼が始まった。深川が、自身の番号を叫ぶ。警察官であることの喜びに、目を輝かせて。

桃子の言葉が重なる。

「いつも、数字を言わされるんです」

父親の生年月日を表す、３２１１６。

「この数字を聞かないと興奮しないし、射精できないというんです。早く終わって欲しいから、言い続けるしかない。３２１１６、３２１１６、３２１１６、って」

深川は、強姦《ごうかん》のために呼び出す先々で、桃子に合言葉も使わせていた。

「鍵《かぎ》がかかる場所で、深川君が先に中に入って、施錠して待っているんです。ノックの後、必ず、深川君が〝正義の〟って言います。〝翼〟と答えないといけませんでした」

卒業査閲も終盤に差し掛かっていた。

五味は深川を卒業査閲に参加させるつもりはなかった。大路学校長が、教養部長や統括係長、担当教官の五味を飛び越えて、参加を命令した。五味が抗議したそばから大路学校長は言う。

「なぜ深川巡査の参加を認めないのか。教場の巡査全員に、理由を説明できるのか」

桃子の性被害を晒せるはずがない。

五味は眼差しに軽蔑《けいべつ》をこめ、上官の列の中央に立つ大路学校長を見た。大路も、五味を見た。組織防衛と自己保身の塊は、さらっと目を逸《そ》らした。顎《あご》の付け根に力が入る。

大路は恐れている。

次の一手を練っている五味と。

次、なにをしでかすかわからない、深川を。

場長の三上が、一三〇〇期五味教場の教場旗を、掲げる。

秋の風に、はためいた。正義の翼が。


卒業査閲が終わった。夕方、五味は本村に呼び出された。府中署に来いという。

五味はスーツに着替え、府中署に向かった。刑事課に立ち寄る。三浦しかいない。苦い顔で、「第三会議室」と言った。

「――瀬山が、ですか?」

「そう。本村捜査一課長についさっき、呼び出された」

どうやら揃ってなにか言われるらしい。結婚式のことではない。そんなことのために所轄署の会議室を押さえない。

五味は階段で第三会議室に向かい、扉をノックした。「入れ」と本村の声がする。中は可動式の壁で仕切られた、狭く息苦しい空間だった。綾乃が長テーブルにぽつりと座っている。本村はデスクに腰掛けていた。座っている者を見下ろしたいのだろう。五味に顎で、綾乃の隣に座るよう指示する。本村も警視正だ。今後の人事権を国家公安委員に押さえられている。五味は本村との正面衝突も、避けられない。

綾乃は唇を引き結び、なにかを堪《こら》えた表情だ。

「さて。お前たち。夫婦そろって組織の顔に泥を塗るのが趣味か」

反論しようとした。本村が封じる。声を荒らげた。

「お前を警察学校にやったのはとんだ間違いだったようだ。一から組織論を学んでくるどころか、毒を周囲に振りまきやがって！」

「毒——？　犯罪を立件することは、毒なんですか？」

本村は笑った。

「五味。俺はそんなところからここでお前に講義して聞かせねばならんのか」

五味は言い返そうとした。本村は「さあ！」と手を叩《たた》くことで封じた。不都合なことは発言させないつもりらしい。

「取引しよう。五味」

「犯罪の立証に取引もくそもありません」

「取引もくそもある。北村の件だが——」

本村が綾乃を見た。眉尻《まゆじり》を下げる。甘やかすような声で、嫌味を言う。

「長らく待たせて悪かったな。ここは、ひとり捜査方針に反して独断で動き、山尾絵里香の件を掘り出して英雄殉職警察官の裏の顔を暴いた瀬山刑事に報いようと思う」

明日、正式に本村と刑事部長で記者会見するという。翌朝には警務部長と地域部長が、警察葬に付し慰霊碑まで作ったことに、遺憾の意を表するらしい。

「山尾絵里香の逮捕状が出るんですか」

綾乃が前のめりになる。本村は懐から、逮捕状請求書類を出して広げた。本村の印が押してある。

三つに折りたたみ、差し出した。

綾乃は立ち上がり、受け取ろうとする。本村が指に挟んだそれをひょいっと後ろにやった。おちょくっている。

「五味」

本村に、厳しい口調で呼ばれる。

「わかるな。取引だ」

五味は返事をしなかった。

「北村の件は公表する。一方で、五味教場で起こったトラブルは事件化しない」

「小田桃子の被害届を、握りつぶすと？」

「そもそもその被害届に信憑性《しんぴょうせい》はあるのか？　ニューナンブを教官に向かってぶっ放した女だぞ。お前の方こそ被害者じゃないか」

「深川翼を、このまま警察官にさせると。そうおっしゃりたい？」

「そうだ。私はそう、おっしゃっている」

本村が五味を、睥睨《へいげい》する。いつもこうして五味の目の前に君臨する。五味の警察人生を、翻弄《ほんろう》し続ける。

「断固拒否します。府中署には山尾絵里香も、深川翼も逮捕し、送検していただきたい。勿論《もちろん》、北村の強制性交罪も被疑者死亡のままで書類送検する」

「二兎を追う者は一兎をも得ず」

「一石二鳥。ここで深川を逮捕できたら、第二の北村を生み出さずに済む」

にらみ合いになった。五味は迫る。

「深川に権力を与え、また事が起こったとき、あなたは再び不祥事の隠蔽《いんぺい》に奔走するんですか」

本村は肩を揺らして笑った。

「私は定年まで五年だ。深川君に頼んでおこう。五年はおとなしくしてくれと――」

我慢ならない。椅子を倒して立ち上がる。

「あんた、それで警官なのか！」

「俺は警官だ！　そして警視庁管内で起こる全ての強行犯捜査を統べる存在だ！　そしてお前は教官だろう。小田を守らないのか！」

生真面目に言った途端、本村はおちょくる。

「マスコミにリークするか、五味」

五味は歯噛《はが》みするしかなかった。

「すると小田桃子は血祭に上げられるだろうな。なにせニューナンブで教官にけがをさせ退職になった女だ。誰が強姦被害を信じる？　セカンドレイプ、サードレイプどころじゃない。権力者を陥れる悪女と猛批判もされるだろう。やがて火の粉は元恋人の父親の県議会議員にも飛び火するだろうな！　須藤――なんと言ったっけ？」

五味は猛然と本村に噛みついた。

「俺は絶対にあいつを卒業させない。あいつだけは警察官にさせない、司法警察権を与えない……！　自教場《きょうじょう》から犯罪者を警察官として送り出すなんてもっての外、それは俺の教官としての矜持にあまりにも反する！」

「お前の矜持なんか知らん、バカたれが！　そんなに嫌ならお前が辞表を書け！」

五味は目を丸くした。

本気か。

「私が辞表を書いたら？　あなたは動いてくれるのですか」

「そりゃぁ俺は、まだ新米刑事だった時からお前をかわいがってきた男だよ。とても悲しい。嘆くね。ハンカチを濡《ぬ》らす。それで終わりだ……！」

本村がやけっぱちという様子で叫び、机を叩いた。本村の目尻《めじり》にも涙の粒が見えた。

本村も苦しいのだ。妙に醒《さ》めた調子で続ける。

「警察学校では代わりの教官が一三〇〇期五味教場を受け継ぐ。深川を卒配先に送り出す。以上だ」

震える声で、本村は絞り出した。

「組織で生きていくということは――」

五味は目の前のパイプ椅子を蹴《け》り倒した。拳《こぶし》を握り、会議室を出て行く。

「おい。五味！　書くなよ、辞表を！」

無視した。

「お前は再来週から捜査一課刑事だ！　必ず俺の下へ戻ってくる。そうだな……！」

綾乃が追いかけてくる。五味さんっ、と押し殺した声が聞こえる。腕を摑《つか》まれた。綾乃の手すらも振りほどき、五味は府中署を後にした。


五味は警察学校の教官室に戻った。二十二時になっていた。誰もいない。文具屋で怒りに任せて便箋《びんせん》と封筒を買った。酒も飲んできた。五味はデスクに座った。いつでも異動できるように整理してある。空席のようにがらんどうだ。

ちょうどいい。このまま退職だ。

五味はコンビニで買ったチューハイの缶を開けた。呷《あお》りながら、辞表を書く。すぐ書き終わった。スーツの内ポケットに忍ばせた。指にスマホがあたった。鳴り続けて煩わしく、電源を切ったままだ。缶チューハイを飲み干した。校長室へ向かう。不在で鍵《かぎ》がかかっていた。大路は五味との直接対決を避けている。卑怯《ひきよう》な小心者だ。

教場棟に向かった。誰もいない。暗闇の階段を上がる。卒業式は来週だ。出席したくない。卒業生氏名点呼で、深川翼の名前を呼びたくない。卒業式後に川路広場で行われる歓送行事で、深川の敬礼を受け入れたくない。激励も握手もしたくない。

強いられるくらいなら、警官を辞めた方がましだ。酔いで足をふらつかせながら、自教場にやってきた。明かりをつける。教場旗が目に入った。

正義の翼。

五味はつかつかと教場旗に近づいた。画びょうで留められたそれを壁から外す。引き裂くのだ。後ろから怒鳴りつけられた。

「五味！　なにやってるんだお前！」

五味は条件反射で体が硬直した。その声を聴くだけで、気持ちは十八年前の、警察学校時代の巡査に戻る。後ろを振り返った。

五味の教官だった小倉隆信が、立っている。かつての妻の父親でもある。ここで十八年前に五味を導いていた時は、警察制服を着ていた。いまはワイシャツにくたびれたスラックス姿だ。頭髪も白い。それでも、五味の指導者だった。

「――教官。どうしてここに」

「しっかりしろ！　お前が教官だろ」

小倉の義理の息子になってから、八年近く経っている。警察学校時代のように怒鳴りつけられたのは、初めてだった。もう全部知っているという顔で、小倉が五味の両肩に手を置いた。綾乃が恐らく、連絡したのだろう。涙がぽろぽろと流れた。訴える。

「俺は、深川翼の教官じゃないです。なりたくないんだ、嫌なんです！」

落ち着け、と小倉に頰を叩《たた》かれる。痛くはない。優しい手つきだった。

「他の学生はどうなる。三上は。南雲は。村下は。龍興は……！　まだほかに三十人以上いるんだろう？」

どうして教場の学生の名前を知っているのか。高杉か。綾乃が方々に連絡を入れたに違いない。「五味さんを助けてください」と訴えたであろう彼女の声が、聞こえてくるようだ。また泣けてくる。

「これは、深川だけのものじゃない。三十八人残っている」

教場旗を取り上げられた。小倉がそれを手早くたたむ。気が付くと胸元を探られていた。内ポケットに入れた辞表を、取り上げられた。破り捨てられる。

「あと一週間で、お前と高杉が手塩にかけて育てた三十八人が卒配先に旅立っていく。それをお前は、見捨てるのか？」

「約束したんです……！　深川を絶対に警察官させない。あいつを逮捕すると。こんな小さな子供とも約束した。果たせなかった。俺はもうこの組織にはいられません！」

「来い」

首根っこを摑まれた。中年になって、高齢者の域に入った小倉に教場棟の廊下を引きずられて歩く。情けない。正門前広場に、タクシーが待っていた。五味は後部座席に押し込められた。

「どこへ行くんですか」

「お前の女房役が待ってる」

『飛び食』の前で、タクシーを降ろされた。千鳥足だったので、ふらついてしまう。

「おっと」と五味を受け止めたのは、高杉だった。太腿《ふともも》のような腕とグローブのような手に支えられる。小倉は「後は頼んだぞ、駐輪場の朝は早いんだ」とだけ高杉に伝え、タクシーで立ち去ってしまった。小倉は狛江《こまえ》市の駅前駐輪場の管理人をやっている。

高杉が五味の肩をくるりと回して、向き直った。五味は自嘲《じちょう》する。

「とんだ連係プレーだな。どうなってる」

高杉は眉毛《まゆげ》を上げただけだ。五味を、頭のてっぺんから爪先まで眺める。ネクタイを直し、乱れた髪を整えた。まるで高杉が教官で、五味が学生のようだった。

「学生たちが集まっている。ちゃんとしろ。教官らしく振る舞え！」

「学生たちは大心寮だ。平日の夜間に外出できるはず――」

「お前、これまで何人送り出してきた？」

高杉が真剣な目で訴える。眼差《まなざ》しは優しい。

「小倉からも言われたはずだ。お前の生徒は、深川翼ひとりじゃない」

高杉は木戸を引いた。背中を押される。

「来たー！」

男女の歓迎の声に、五味は包まれた。私服もいれば、スーツ姿もいた。店は貸し切りのようだ。サプライズパーティにでも呼ばれた気分だった。深川の棲《す》む深海の底から、陽の降り注ぐ海面へ。かわいい卒業生たちが、集結している。

五味を教官と呼ぶ、様々な声に囲まれた。

女もいるが、男の数が圧倒的に多い。中沢がいた。またお前か、とつい五味は口元がほころぶ。

「がっかりしないでくださいよ。何度でも言いますけど、僕は53教場卒業生代表として誰よりも五味教官の心配を――」

わかったわかったとあしらう。久保田雄輝もいた。酔いで赤ら顔がますます猿に近づいている。懐かしい顔があった。

「松島《まつしま》か……！」

五味はかつての教え子を抱きしめた。一二九三期五味教場にいたが、造船業を営んでいた実家を継ぐため、退職した。今日もジーンズにティーシャツとラフな恰好《かっこう》をしている。少し、潮の香りがした。

「よく日に焼けたな、すっかり海の男になって」

「教官こそ。また一段と、教官らしい顔になっています」

苦笑いした。「五味教官！」と太い眉毛の精悍《せいかん》な顔つきの男が、声をかけてきた。

「塩見《しおみ》！」

一二八九期長田教場の場長だった塩見圭介《けいすけ》だ。五味は途中から長田教場も受け持っていた。昨年の教場立てこもり事件では、塩見と二人で捜査した。固く握手をする。

「今日、長田教官も呼んだんですけど――」

「エリザベス？」

「そうなんですよ、店に連れていけないなら行かないって」

五味になんかいつでも会えると言っていたらしい。辞めないと踏んでいるのだ。

「教官、お久しぶりです！　結婚おめでとうございます……！」

クラッカーの洗礼を受けた。一二八九期五味教場の場長を務めた、堤竜斗《つつみりゅうと》だ。

「まだしてない！」

高杉並みにガタイのいいのが五味に抱きついてきた。元プロ野球選手の、相川幸一だ。互いに背中を叩く。「瀬山さんとくっつくと思っていた」と冷やかされる。

「五味きょうかぁ～ん！　やだ今日も超イケメン！」

明るくカラーリングした髪と、しっかりアイメイクを施した女性が声をかけてきた。

「お前、店員だろ。ビールとつまみ持ってこい！」

高杉がふざけて言い放った。ひーどい、と彼女は大笑いながら、高杉にじゃれついた。持病と家庭の事情で退職した、木崎日菜《きざきひな》だ。五味は尋ねる。

「そうだ。あいつはどうした。ピエロの江口《えぐち》」

江口怜央《れお》は一二八九期五味教場の問題児だった。高杉が答える。

「今日、二当だとさ」

「あいつらしいよな、タイミング悪いところがさ！」

堤が言った。一二八九期の面々はどっと笑った。

「五味――教官」

慣れない調子で声をかけてきた濃紺のスーツ姿の男がいた。ワイシャツの首周りが豊かで、他の学生たちよりも落ち着いている。

「お前まで来てくれたのか……ってお前、誰だっけ？」

誰だかはわかっていたが、あえてそう言った。相手はずっこけて見せたが、五味は握手した手を引き寄せて。男の肩を抱いた。

「水田《みずた》！　お前このぜい肉は貫禄《かんろく》か？　ていうかお前、五味教場じゃないだろ！」

「そうなんですけど、高杉助教が来ないと殺すっていうから」

水田翔馬《しょうま》は一二八一期守村《もりむら》教場の学生だ。五味がまだ教官になる前、捜査の過程で親しくなった。

「さあ、お前ら飲み物持てよー！」

高杉が合図する。五味の手にグラスが渡された。次々と瓶ビールの注ぎ口が押し付けられる。「おいおいこぼれる、そんなに飲めない」と五味は大笑いした。

「よーし！　教官殿になにか一言と思ったが、五味は話が長くてつまらないからな」

ふざけんなッ、と野次を飛ばす。腹から大声を出したら、スカッとした。心に詰まっていた全てが吹き飛んで、空っぽになる。今晩だけはなにも考えない。酒と教え子たちに溺《おぼ》れる。高杉がグラスを掲げた。

「さあ、歴代53教場の合同教場会、始まるぞ。乾杯！」

五味は自宅のベッドで目が覚めた。カーテンが光に縁取られている。はてな、と思って起き上がろうとして、強烈な頭痛に見舞われた。一ミリも頭を動かせない。痛みをやり過ごし、そうっと隣を見る。

誰か寝ている。全く記憶がない。

「瀬山……？」

布団を捲《めく》って、がっかりする。高杉がパンツ一丁で寝ている。

「お前、ふざけんなよ、これは俺と瀬山のベッドだぞ……！」

高杉をベッドから蹴《け》り落とした。高杉は床の上でも布団を抱き、いびきをかいている。

飲みすぎた。昨晩の記憶がない。一階へ降りて、水を飲む。テレビで日付を確かめた。

九月二十八日、土曜日。午前六時だった。

卒業式まであと四日。

キッチンの洗い籠《かご》に五味と高杉の茶碗《ちゃわん》がある。箸《はし》もだ。結衣が酔いつぶれた二人の父親に茶漬けを食わせてくれたのだろう。結衣は二階の自室で寝ているようだ。

高杉がパンツ一丁でのろのろと降りてきた。

「おはよう……すっげぇ頭痛い」

高杉は冷蔵庫を開け、ペットボトルの水を飲んだ。

「今日、土曜だろ。なにする？」

「なにするって、お前、家に帰れよ」

「帰るわけねぇよ、一緒にいるよ。綾乃チャンは来られないだろ。山尾絵里香に逮捕状が出たんだ、送検まで手が空かないだろうし」

「別に、俺はひとりで平気だ。結衣もいるし」

「結衣は今日部活の遠征だよ。そろそろ起きてくるだろ」

「なんで知ってる」

「父親は俺だ」

「俺だって父親だ」

つい真顔でやり合う。同時に噴き出し、大笑いした。揃って痛みに頭を押さえる。高杉が言う。

「で、今日、どうする。二人で気晴らしに釣りでも行くか」

五味は少し笑ったが、沈黙した。水を飲んだあと、高杉に提案する。

「今日は、二人で百合のところに行かないか」

高杉は目を細め、五味の顔を覗《のぞ》き込んできた。

「墓前で辞職を報告するとか、言うなよ」

五味は首を振る。頭に響いた。頑張って口にする。

「辞めない。わかった」

「そりゃそうだ。昨日も大合唱だったからな、五味教官辞めないで、の」

「そうだったの？」

覚えていない。

「なんだよ、木崎や中沢は泣いて頼んでいたのに、それすらも覚えてないのか」

「とにかく、一三〇〇期五味教場の学生たちを送り出す」

「そう。その通りだ」

「だが深川は送り出さない」

高杉がじっと、五味を見る。普段おちゃらけた顔をすることが多いから、真顔になるだけで深刻さが増す。

「妙案がある」

五味は言って、咳払《せきばら》いをした。強烈に頭に響く。

「だが、教官としての一線を超える行為だ」

高杉は「なるほど」とだけ言い、あとはなにも聞かない。同じことを考えていたのかもしれない。

「迷ったときはいつも、百合の墓参りをしている。線香の煙が右に行けば、実行する。左に行けば、やめておく」

高杉が、ゆっくりと首を横に振った。

「煙が右に行けば、お前がやる。左に行けば、俺がやる」


翌日は日曜日だったが、五味と高杉は出勤した。

夕方から味の素スタジアムで、オーストラリア対ウェールズのラグビーの試合が開催される。午前中にも拘わらず、飛田給駅界隈《かいわい》はラガーシャツを着たファンでにぎわってていた。

警察学校へ入った。制服に着替える。高杉は逮捕術の道着に着替えた。術科棟へ行く。五味は学生棟へ向かった。東寮に入り、深川の部屋をノックした。

深川は個屋の片づけをしていた。不要な書類をシュレッダーにかけ、退寮の準備を進める。これっぽっちの罪悪感もない。卒配先に出る気満々といった様子だ。

「深川。逮捕術の道着を持って、外へ出ろ」

深川は従順に返事をした。白い道着を抱え、部屋から出てくる。ついて来た。

「あの、補習かなにかですか？　逮捕術の……」

「お前は始末書やペナルティが多すぎだ。術科や座学で全教科満点じゃないと、卒業させられない」

「一応、合格点は全ての教科で取っていますが」

「合格点じゃだめ。満点だ。お前は親の権力を振りかざした凶悪な強姦魔《ごうかん》だからな」

「わかりました」

深川は表情が変わらない。『凶悪』『強姦魔』という言葉を平気で受け止める。術科棟に入った。エレベーターに乗る。四階に着いた。五味はエレベーターから降りた。深川が動かない。察したようだ。

「なにをする気ですか」

「だから補習だ……！　何度も言わせるな!!」

五味は深川の首根っこを摑《つか》んでエレベーターの箱から引きずり出した。道場に放り込む。高杉が、防具や小手の着装を終えて、正座して待っていた。横にずらりと、警棒や警杖《けいじょう》、木刀、木製の短刀などが並んでいる。

「待ってください、五味教官！」

畳の上に転がった深川が、助けを求めるように手を差し伸べた。五味は扉を閉めた。鍵《かぎ》をかける。高杉の怒号で、補習が始まった。

時計を見る。十一時。五味は扉の前に立ち続けた。

昼を過ぎて、道場に自主練にやってきた学生が何人かいた。帰らせた。十三時になった。五味の背後で、激しく扉が叩《たた》かれる音がした。

「開けてください五味教官！　助け……！」

扉を挟んですぐ背後に聞こえた悲鳴が、あっという間に消えた。床に振動を感じる。深川がうめく声が聞こえる。高杉が足を引き倒したのだろう。泣きわめき、助けを求める深川の声が続く。五味は目を閉じた。悲鳴を脳裏に刻む。深川と飲みに行った日のことや、二人で語り合った日のことばかりを思い出す。

「――教官」

目を開ける。目の前に、剣道着姿の龍興が立っていた。

「なにしに来た。剣道場は三階だ」

「いや、逮捕術道場の様子がおかしいとみんな噂していて……」

扉の向こうから、深川の悲鳴と嗚咽《おえつ》が、絶え間なく聞こえる。

痛い、助けて、やめて。

龍興は青ざめ、竹刀を持つ手を震わせた。

「教官……あれは、深川の声ですよね」

「龍興。剣道場へ戻れ」

「一体、なにが行われているんですか」

五味は口を真一文字にし、目を逸らした。龍興はあきらめたのか、俯《うつむ》く。躊躇《ちゅうちょ》が見えたが、踵《きびす》を返した。すぐに戻ってきてしまう。

「教官」

「帰れ！　いい加減にしないと、ペナルティだぞ」

「わかっていますから……！」

龍興が大声で遮る。腹から出た野太い声に驚く。痩《や》せっぽっちで、春頃は道着袴《はかま》に着られているようだった。いまは背筋がピンと伸び、道着の下の胸板に厚さを感じる。いつの間にか、龍興はこんなにたくましくなっていた。

「深川が小田になにをし続けていたのか。53教場はもう、知っています」

五味は目を見開き、龍興を見た。

「深川が教場トークグループに変な投稿をするようになって……。小田が退職した直後です。教官と助教のプライベートのことを、なぜか、あれこれと書き込んでいて」

高杉がかつて在学中に女警を孕《はら》ませたこと、その子供を五味が育てていることを、晒《さら》していた。深川がそれを知っていることは綾乃から聞いていた。あのタイミングで教場の学生たちにバラす。深川は退職勧告を受け続けていた。教官助教を血祭に上げて、学生たちを味方につけようとしたか。

「もうみんな、察しています」

龍興が竹刀を持つ手に力をこめた。五味は静かに答える。

「すまんな。お前たちの教官助教は、半人前の人間で——」

「そんなことっ、どうだっていいんです！」

龍興が、目を真っ赤にして言った。

「誰も、コメント返してませんよ。深川の煽動《せんどう》に乗る学生は、ひとりもいません。小田が深川をストーキングしてたなんて、深川のでっち上げですよね。わかっています。二度も女側が妊娠堕胎するなんて、男側に問題があるに決まっています。しかも妙なタイミングで教官助教を貶《おとし》めるようなことを言う。誰がそんな奴を信用しますか」

五味は静かに、龍興から目を逸らした。奥歯に力を込め、堪えた。龍興も唇を嚙む。

彼はとても、悔しそうだった。

「教場に事情を説明できない理由もわかります。小田の名誉を守っているんですよね」

深川の絶叫が聞こえてきた。

勘弁してください。苦しい。

五味は深く息を吸うことで涙をこらえ、やっと言う。

「――小田は、大切な教え子だった」

五味教官、ごめんなさい。助けて。深川が泣きわめいている。

「だが深川も、同じだ」

大事な、かわいい、教え子だった。たとえ犯罪者でも。嘘で塗り固められた人物だとしても。「僕も教官になりたい」と目を赤くして語った深川まで、否定したくはない。こんな仕打ちを、したくはなかった。

五味は目の前の壁を、意味もなく睨《にら》んだ。涙が落ちそうだった。

龍興は階段を駆け下りて行った。彼も、泣いていた。五味は一度目頭を強く押さえ、天井を睨んだ。

龍興がまた戻ってきた。しつこいぞと怒鳴ろうとした。彼は竹刀ではなく、小さなビニール袋を持っていた。中に蒸しタオルが入っている。取り出して広げ、粗熱を取る。たたんだ。五味の真っ赤になった目に押し付けてくる。視界が遮られた。五味の肩に添えられた龍興の手の力強さを、鮮明に感じる。

こんなに成長した。

五味は堪えきれず、泣き崩れた。蒸しタオルを目に当て、泣き続ける。龍興が立ち去る気配を感じながら、五味は蒸しタオルが冷えてもまだしばらく泣いていた。

十四時を過ぎた。なにも聞こえなくなる。

足音が近づいてきた。畳を踏みしめる確かな足取りは、高杉のものだ。五味は開錠し、扉を開けた。高杉は口が切れ、流血していた。左の瞼《まぶた》も腫《は》れている。深川も抵抗したのだろう。

「救急車、呼んでくれ」

二十時。

学校長の大路孝樹は指先を震わせ、校長室のデスクに座っていた。手元のファックス用紙には、救急病院の外科医のサインがある。深川翼の診断書だ。

深川の父親が、本革張りのソファセットに座った。大路は言葉が出ない。まずは謝罪か。土下座か。説明が先か。

大切な坊ちゃんに大怪我を負わせてしまいました――。

深川浩は大路の座るカリモクデスクの方ではなく、正面を向いていた。息子とよく似た切れ長の目を、右から左へ、数センチずつ動かす。時計の針のように正確で、カチ、カチ、と音が聞こえてきそうだ。警視庁警察学校の歴代校長の名が記された木札を、眺めているようだ。

最後から二つ目の木札に目を留める。深川翼という悪魔を警察学校に引き入れる代わりに、人事二課長の座を手に入れた前校長の名がそこにある。彼は深川翼の今後の昇進にも責任を負うことになる。定年まであと二年しかない。たったの二年、正義から目を逸《そ》らせば、三十五年かけて積み上げてきたキャリアを守り通せる。優雅な天下り生活も待っている。

深川浩が大路の顔を捉《とら》えた。大路は慌てて説明しようとした。深川浩は、困ったように、微笑みかけてきた。

叱責《しっせき》しない。

深川浩はまた、歴代校長の木札を、時を刻むように眺めはじめた。

思考停止している。あの日と同じだ。

「深川浩国家公安委員のご子息を警視庁で預かることになった。君を警察学校の学校長に据える。階級も上げる。形だけでも昇任試験は受けておいてほしい。彼を無傷で卒業させるのが、君の使命だ」

キャリア官僚である人事一課長からそう指示を受けたのは、半年前のことだった。強姦癖があるなんて知らされていなかった。きな臭さは感じていた。入校前に挨拶《あいさつ》をさせていただきたいとアポを取り、三月三十一日に世田谷区成城の深川家を訪ねた。

中に招き入れられて三分で、なにかがおかしいことに気が付いた。

大路にスリッパを出し、リビングへ案内し、茶を出したのは、深川浩本人だった。深川翼はソファの上座にふんぞり返っている。入校前日で上下関係は発生していないとはいえ、深川翼は二十歳ちょっとの巡査だ。大路は警視正、深川浩は国家公安委員だ。

深川浩は床の拭《ふ》き掃除をさせられていた。ワイシャツの裾《すそ》を捲《まく》りあげて、雑巾《ぞうきん》を淡々と絞り、床を磨き続ける。その腕に点々と黒く焦げた火傷《やけど》の痕《あと》があった。深川翼は煙草を吸っていた。女性が吸うような細長いものだった。メントールの匂いをまき散らす。

「テストね」

これが深川翼の、第一声だった。挨拶すらしない。

「俺、実はもう、娘がいるんです」

大路はただ混乱した。深川翼は、大笑いする。

「桜。もう八歳だったっけ?」

深川翼は長い足を伸ばし、床の拭き掃除をしている父親の尻《しり》を蹴《け》った。

「はい、もう八歳です」

深川浩はうつろな目で、従順に答えた。大路は逃げ出したかった。この家はおかしい。この親子は、明らかに狂っている。

「俺、中2、反抗期真っタダ中で。成績やばかったの。このままじゃエスカレーター式の高校に上がれないって、コイツにボコられて。あれ虐待だよね。お父さん」

息子は、父親の顔を蹴った。父親はバケツごと倒れてしまった。汚水が床一面に広がり、深川翼の靴下の足も濡《ぬ》れた。深川翼は父親を罵倒《ばとう》し、蹴り、踏みつけた。大路は止められなかった。恐怖で失禁寸前だった。

「同じことされたんだ、俺もさ。だから見逃してよ、校長先生」

深川は微笑みかけてきた。笑うと幼さが際立つ。余計に残酷に見えた。なにも言わない大路を見て「大人しい人だね」と笑い、説明を続けた。

「それでさ、中2の話。寝るのを許されずに竹刀で叩《たた》かれながら勉強させられて、血尿出ても寝させてもらえなくて、こいつの若い新妻は尻を振りながら坊ちゃんがんばってあとひと息、とか言って夜食にラーメン持ってくんの。で、ブチ切れたってわけ。このおっさんはまだあんとき怖かったけど、新妻は余裕じゃん。押し倒して毎晩毎晩、強姦《ごうかん》してやったね。超気持ちよかった。妾《めかけ》のころから父親に寵愛《ちょうあい》されていた若い後妻がさ、その息子にチンポ突っ込まれてアンアン喘《あえ》いでるんだぜ。勝ったなって思うじゃん。そしたら妊娠しちゃって」

深川翼は大爆笑した。手を叩き、腹を抱えて笑う。目は笑っていない。大路の反応を見ている。冷静にジャッジしていた。大路は、口元だけで笑って見せた。合わせないと殺されるとまで思った。深川家にはそういう空気があった。

「で、桜が生まれて。DNA鑑定したのが生後半年のときだっけ？　俺、大当たり。離婚。チャンチャン」

話はここで終わってくれなかった。深川は大路の目を覗《のぞ》き込んでくる。本当のジャッジは、ここからだった。

「桜はまだ、八歳かー。俺、小児性愛者とかではないから。あと八年くらいは待つっ十六歳くらいになったらここに連れ戻す、と断言する。

「弥生の方はもうババアで勃《た》たない。桜が必要なんだ」

大路はバッグを摑《つか》んだ。

「もう、帰ろうかな。あまり長くいても……」

深川は微笑んだ。大路は見て見ぬふりを決めた。合格したのだ。深川は見送りに立つ。彼は長い廊下で、変身のベールでも身にまとったようだ。玄関では学生と学校長、巡査と警視正になっていた。

「大路学校長。まだまだ自分は若輩ものですが、明日より警視庁警察学校にてご指導ご鞭撻《べんたつ》のほど、よろしくお願いします！」

帰り道のことは覚えていない。月島《つきしま》の自宅に帰宅し、妻子の姿を見たとき、ほっとして目に涙が滲《にじ》んだ。平穏と平凡を享受する妻子を見て、正義を飲み込む。

定年まであと八年。その間、深川翼がなにも問題を起こさなければ――。

地位も名誉も、家庭も、守られる。

ノック音がした。

大路は我に返る。深川浩は相変わらず、校長室のソファで木札を眺めている。扉の向こうから名乗りが聞こえてきた。

「初任科一三〇〇期五味教場。教官、五味京介警部補！」

「同、助教官、高杉哲也巡査部長！　入ってもよろしいでしょうか！」

入れ、と叫ぼうとしたのに、声が出ない。大路は立ち上がり、自ら扉を開けた。

五味と高杉が、制帽をかぶり、律儀に挙手の敬礼をする。息がぴったりと合っていた。

そう思う。

二人ともきれいな目をしていた。深川翼の無機質な目を思い出していたから、余計に、
入室させる。五味は客人を見て大袈裟《おおげさ》に眉《まゆ》を上げた。

「お父さん……！　そんなところにいらっしゃったんですか。息子さんは病院ですよ」

大路は慌ててたしなめた。

「五味教官、口を慎みたまえ！」

五味は高杉と目を合わせ、肩をすくめてみせた。開き直っている。怖いものなしとい
った様子だ。大路は仰天した。声を震わせ、二人を叱責する。

「深川巡査は卒業要件を全て満たしていた。なぜいまさら逮捕術の補習などした！」

高杉は肩幅に足を開き、腕を後ろに組んで背筋を伸ばした。視線は明後日《あさって》の方向だ。

答えない。大路は五味に雷を落とした。

「五味……！　お前の差し金だな」

大路は診断書を引き寄せた。紙を持つ手が震える。

「深川巡査の怪我の状況だ。右上腕骨折、右手首骨折、右肩亜脱臼《あだつきゅう》――」

高杉は右腕の全ての関節を破壊していったのだ。大路は高杉を罵《ののし》る。

「左足もだ。左大腿骨《だいたいこつ》骨折。膝《ひざ》は複雑骨折までしている。高杉、これは傷害罪だぞ……！　いますぐ辞表を書いて、警察学校から出ていけ！」

五味が一歩斜め前に出る。高杉を庇《かば》うような立ち位置だった。

「お言葉ですが校長。高杉を傷害罪に問うのに、なぜ、深川翼は強制性交罪に問わないのです？」

唇がわなわなと震える。罪に問いたいに決まっている。牢屋《ろうや》にぶちこんでしまいたいに決まっている。正直──死ねばよかったと思っている。小田巡査の凶弾に倒れればよかったのだ。目の前の男が阻止した。五味がしれっと言う。

「後ろにお座りの方に忖度《そんたく》したのですか？」

「五味──。黙れ」

「深川の傷は気遣うのに、なぜ強姦被害者の小田桃子には背を向けたんです？」

大路はレザー張りの椅子に座った。必死に威厳をまとおうとする。

「なるほど。これは復讐《ふくしゅう》か？本人に代わって、お前らが深川君に罰を与えた。そういうことか？」

「違います」

五味が否定した。甘く優しげだった目に、いま、強烈な怒りが宿っていた。

「深川翼を、卒業させません」

怖くないのか？

「彼を警察官として警察学校の敷地の外には、一歩たりとも、出しません……！」

五味は、権力をまとった異常者が、怖くないのか？

高杉がのんびりした声で尋ねた。

「深川、全治何か月です？」

「大腿骨や膝は手術が必要な状況で、全治三か月だ。お前がやったんだろう！」

大路は怒鳴り散らした。高杉が眉を寄せ、大袈裟に言う。

「卒業、できませんねー」

ソファセットで蠢《うごめ》く人がいた。深川浩だ。存在感がなかった。立ち上がる。大路の背中に冷や汗が流れた。五味は気にも留めず、大路に言い放つ。

「警察学校の規定では、怪我で戦線離脱した者は、次の期に再編入されることになっています。来月にも一三〇九期が入校します。その期に入れるしかないですね」

ふざけるなァッ。

大路は喉《のど》を嗄《か》らして叫んだつもりだ。予想以上に小さい声しか出なかった。自分の顔が真っ赤に膨れているのがわかる。慌てて取り繕おうとしたら、笑いになってしまった。血の気が引いていく。わなわなと唇が震える。半年、耐えた。どうか深川翼が問題を起こしませんように。毎晩震え、時に恐怖で枕を濡らす日すらあった。

またあの日々に戻れと言うのか。もう一度、あの半年を経験しろというのか。

「それで？　お前ら一三〇〇期五味教場は深川君抜きで無事卒業して？　お前は来週にも本部栄転だろう！　後の連中に深川を押し付けて、はい、さようならか！」

「転属については、正式にお断りしました」

五味があっさり言った。大路は、頭が真っ白になった。

──この男は。

「既に人事と話をつけてあります。異動を強く推薦してくださった本村捜査一課長にも、納得していただきました」

「本村一課長は、なんと」

「お前は史上最強のアホだと」

五味は明日の天気でも話すような口調で言った。大路は目を細め、五味京介という男を見た。制帽の先から、ピカピカに磨き上げられた革靴の先まで、全部。一点の瑕疵《かし》も見当たらない。

「──お前。残るのか。警察学校に」

声は裏返っていた。五味は「はい」と明確に返事をした。

「一三〇九期を受け持たせていただきたく、どうぞ配慮のほどをお願いします。またその際、深川翼は必ず、私の教場に入れていただきたく思います」

五味は、大路ができなかった決断をさらりと口にして、深川浩に向き直った。父親は立ちあがっただけで、うつろな目で警察旗と警察学校旗を眺めていた。

「息子さんは責任をもって、私が監視します」

深川浩の目がやっと、五味を捉《とら》えた。

「息子さんは、犯罪者です。絶対に娑婆《しゃば》には出しません。ましてや司法警察権を持った警察官には、絶対に、絶対に。させません」

父親は、さらりと目を逸《そ》らしてしまった。明後日の方を見たまま、深々と腰を折る。

「息子をどうぞ、よろしくお願いします」

いそいそと動き出した。逃げるような足取りで、校長室を出ようとした。五味はすかさず深川浩の腕を摑んだ。乱暴な手つきだった。大路は、咎《とが》めなかった。

「まずはあなたが国家公安委員を辞任してください。あなたが持つ権力を手放さないと、始まらない」

無理だ、と深川浩は即答した。カンペでも棒読みするようにまくし立てる。

「私は任期満了まで国家公安委員を続けなくてはならない。次は選挙に出ろと言われている。死ぬまで偉くなり続けろと言われている。従わないと、殺される」

桜が。

言って深川浩は再び、五味に向き直った。

「息子をどうぞ、よろしくお願いします」

綾乃は矢部と絵里香の送検作業の合間を縫って、横浜市の実家に帰った。十月一日の夜になっていた。五味との顔合わせから、三か月経っている。

「お父さん――ただいま」

父親はリビングのソファにふんぞり返り、新聞を読んでいた。返事はない。気に食わないことがあると相手が謝るまで無視し続ける。年を取って丸くなるどころか、どんどんひどくなっていた。

逆らうのが怖くて、綾乃は逃げてばかりいた。父親も、娘に直接きつくは言えなくて、母親に言わせる。面と向かって言い争いをしたことはない。互いに避け合って、気が付いたら和解している。

今回は、それではだめだ。実の娘の自分が、五味と結衣をこのカタブツから守ってやらねばならない。

五味が深川と直接対決に出たように。

綾乃はソファの真向かいに座った。母親は夕飯の後片付けをしている。心配そうにこちらを見ていた。ガラステーブルの上に、両親あての結婚式の招待状を置く。

「これ。届けに来た」

父親は無言で新聞を捲《めく》った。「ん」とだけ返事があった。手ごたえを感じる。綾乃は続けて、席次表の下書きを出した。ガラステーブルの上に滑らせる。

「見ておいて。特に、お父さんの親戚《しんせき》筋の方。この並びで失礼がないか、とか」

新聞の向こうから、ため息が聞こえた。父親は新聞を閉じた。やっとその顔が見える。三か月前に会ったときより、老け込んで見えた。髪の量は変わっていない。眉間《みけん》の皺《しわ》が更に濃く長くなった。老眼鏡をかけ、席次表をチェックし始める。招待状は見ない。体裁ばかり気にする。

「――肩書、間違えてるぞ」

親戚筋だけ見ていればいいのに、父親は新郎新婦の生い立ち紹介欄を指さしていた。席次表の裏面に書かれている。五味の現況の部分を指していた。

『現在、警視庁警察学校の教官を務める』

「もう捜査一課に異動するころだろ」

綾乃は茶を飲み、言った。

「異動は辞退したの」

父親は眉《まゆ》を顰《ひそ》めた。

「花の捜査一課だろ？　教官職は門外漢で四苦八苦していると言っていた。なぜ警察学校に残ることにしたんだ」

組織の内情は親にも話せない。綾乃はどう説明しようか考え込むうち、中沢の顔を思い出した。日曜日のことだった。

「瀬山さん、五味教官が大変らしいって、回りまわって俺んところにメッセージが届いたんですけど、事情を知っていますか？　俺たち、勇気づけたつもりだったけど、今日の午後ずっと、道場の前で泣いてたらしいって」

中沢は同期の久保田からのメッセージで事情を聴いたという。

久保田に話を流したのは、一二八九期の堤だった。いまは赤坂《あかさか》署にいる。

堤に相談を持ち掛けたのは、一三〇〇期の南雲美穂だ。美穂は実務修習先が赤坂署だった。同じ53教場出身者として堤と親しくなり、連絡先を交換していたらしい。

一三〇〇期53教場はLINEのトークグループで、「五味教官が泣いている。高杉助教と深川が逮捕術道場から出て来ない」と日曜日は大騒ぎだったという。深川を警察官にさせないため、教官と助教が体を張っている。学生たちは察していた。そして「自分たちになにができるか」と考えた。美穂が堤に相談し、久保田を通じて中沢に話が届く。とうとう綾乃に話が回ってきたのだ。

「五味教官の婚約者の方なら、どうしたらいいのか、わかるはずだろうって」

綾乃は、中沢に伝えた。

「あなたたちが立派な警察官になるだけでいいのよ。他の53教場の学生たちにも、そう伝えておいて」

五味家の本家である京都の呉服屋での光景を思い出す。

色彩鮮やかな織物が次々と、畳の上に広げられていく。53教場は一反の美しい布のようだと思った。五味の深い愛情によって学生たちは横糸で強く連なる。五味に対する敬愛が先輩期、後輩期を縦の糸で繋《つな》ぐ。

綾乃は、父親を見据えた。

「どうしても、置いていけない生徒がひとり、いるんだって」

父親が驚いたように視線を上げた。三か月ぶりに、綾乃と目を合わせた。

「だから、異動を蹴《け》ったの。栄転だったのに」

父親は老眼鏡を取った。ソファに寄りかかり、目頭をこする。そうか、と言ったきり、父親は黙る。綾乃ははっとした。苦笑いで、口にする。

「玉より石」

長年教員をやってきた父親の、座右の銘だ。

「私――お父さんみたいな人と絶対結婚したくないって思ってたけど」

父親は失礼な、と眉毛《まゆげ》を上げた。ちょっと笑っていた。

「本当は、そっくりだったんだね」

# エピローグ

警視庁警察学校一三〇〇期の八つの教場旗が、警察学校正門前ではためく。

五味と高杉はそのたもとに立った。

無事、卒業式と卒業生歓送行事が終わった。卒業生は各所轄署へ向かう輸送車に乗り、警察学校を巣立っていく。

彼らを待つ間、高杉がひっそりと言った。

「今日の酒は、うまい、かな……?」

五味は口元だけで笑った。

「どうだろうな。まだまだなにもかも、これからさ」

学生棟から、人員輸送車がやってきた。窓は全開だ。卒業配置に就く学生たちが、一心に手を振る。助手席のダッシュボードに、行き先の所轄署を記したボードが置かれる。

麹町《こうじまち》署をはじめ、都の心臓部にある所轄署名が連なる。五味教場からは、三上と美穂が乗っている。

高輪署に配属の美穂は今日、びっくりするほど濃い化粧をしていた。五味はもう注意しなかった。泣きながらこちらに手を振っているので、顔がパンダになっている。今日はやけにかわいらしく見えた。

麻布《あざぶ》署に配置された三上は、挙手の敬礼を決める。目で強く、五味に頷《うなず》きかける。壮絶な教場だった。後半は三上が一人で背負ってきた。よくやり通してくれた。感謝で目頭が熱くなる。

多摩北部の所轄署へ向かう輸送車の中に、龍興の姿があった。東村山《ひがしむらやま》署に卒業配置となった。礼肩章の下の胸板の厚さにたくましさを感じる。根の性格は出てしまう。初日と同じように、彼は号泣していた。

「筋トレさぼるなよー！」

高杉が叫ぶ。龍興は窓から身を乗り出した。わーっと声を上げて泣く。落下しかけ、

「危ない！」と周囲が腰や肩を引っ張る。

「おいおい、箱乗りになっちまうぞ、道交法違反だ！」

高杉が笑う。涙がこぼれていた。龍興は涙と鼻水が顎《あご》で混ざる。もう蒸しタオルのやり取りをできない。淋《さび》しさがこみ上げた。

村下は府中署からの送迎車両に乗っていた。中沢に面倒を頼んである。村下は大事そうにトランペットのケースを抱えていた。最後のホームルームで「一曲演奏させて下さい！」と村下がトランペットを吹き始めたのを思い出す。これは絶対に泣ける曲をチョイスしてきているはずだと、すでに緩くなっている涙腺《るいせん》を意識し構えたら、チェリッシ

ュの『てんとう虫のサンバ』だった。教場は爆笑の渦に包まれた。

女警たちからは、「結婚式の時に是非使ってください」と手作りのリングピローをプレゼントされた。タキシードにウェディングドレスを着たコアラのぬいぐるみが、指輪を持つような形になっている。五味がコアラ好きとどうして知っていたのか。どうやらまた53教場のトークグループが大活躍したらしい。

二十八台の迎えの車両を見送った。最後の一台がやってきた。

運転手は警察学校の教官、長田だ。後部座席に座るのは、ただ一人。

深川翼だ。

助手席のダッシュボードに掲げられた行き先は『学校』となっている。一般参列者たちが拍手をして送り出すも「学校って？」「どういうこと？」と首を傾げている。

教養部長が説明した。

「怪我などをして卒業できなかった学生が、次の期に編入されるんです。彼らは警察学校の周りを一周回って、また戻ってきます」

一般参列者たちがなるほどと苦笑いした。何十年も続く警察学校の習慣だ。

「さあ、全員旅立った。お疲れ様でした！」

一三〇〇期統括係長が、教官、助教をねぎらう。互いに拍手しまた握手する。手伝いの学生たちが、教場旗を下ろす。五味は一三〇〇期五味教場の旗を、取り外した。一度は破棄しようとしたそれを、丁重に折りたたむ。教場旗は場長の三上に後日託す。ペナントは十八本、一三〇〇期では最多獲得数を誇る。

他の教場の教官助教が本館へ戻っていく。五味と高杉は正門前広場に残った。

全開の校門に、『学校』の車両が戻ってきた。

五味は長田に、学生棟の前へ車をつけるように言った。深川はこのまま寮の部屋に戻る。左腕で松葉杖《まつばづえ》をつき、右腕を吊《つ》っている。入口につけてやった方がいいだろう。

川路広場に面した学生棟の出入口で、車が止まる。五味は、後部座席の扉を開けてやった。杖と、ギプスを嵌《は》めた深川の足が出てきた。怪我をしていない左肩を高杉が摑《つか》み、引っ張る。

「お帰り」

深川は無言だ。長田も車から降りてきた。にらみを利かせて、傷だらけの、美しくも醜い青年を見る。深川はちらりと高杉を気にする。目に怯《おび》えが見えた。力ではかなわないとわかっている。怖いのだ。五味は深川の礼肩章を摑み、飾り紐《ひも》ごと乱暴に取った。

「個室ですぐに警察制服を脱いでジャージに着替えろ。お前が警察制服を着るのは今日で最後だ」

『深川』の刺繡《ししゅう》が入った警察制服は全て焼却処分する予定だ。警察手帳はもう処分した。一三〇九期の名簿に彼の名前が載ることはあっても、授業は受けさせない。教場にも入らせない。ホームルームにも、どの行事にも参加させない。

深川には東寮の一階にある身体障害者用の個室を確保している。車いすの出入りができる部屋で、浴室やトイレがついている。朝から晩までそこに閉じ込めておく。休学中という扱いにして、給与も一切、支払わせない。深川には伝えてある。

「五味教官」

深川が呼ぶ。この半年聞くことのなかった声音だ。深海の底から聞こえてくるような、濁った、聞き取りづらい声だった。やっと本性を現してくれたようだ。

「これだけは言わせてよ。桃子は毎回、びっしょびしょに濡《ぬ》れて喘《あえ》いでたよ」

五味は返事をしなかった。高杉は仁王立ちしたままだ。長田も口を引き結び、表情ひとつ変えない。

「夏子も弥生もだよ。旦那《だんな》に飽きて若い燕《つばめ》を求めるスケべな目で俺を見てさ。仕方ないから抱いてやったら大喜び。俺みたいな若い美男子に突いてもらって何度もイッてたけどね。なんで俺、犯罪者なの」

五味も高杉も長田も、無反応に徹した。深川はひどく傷ついた顔をした。取り繕うように懐のポケットを探る。煙草を出した。細いメントール煙草だ。口にくわえ、ライターで火をつける。

「川路広場は禁煙だ」

「そうだったー。ごめんねー」

深川は煙草をぽいと、川路広場に投げ捨てた。高杉が腕を上げた。深川は咄嗟《とっさ》に構え、数歩、後ずさりした。高杉はこめかみを掻《か》いただけだった。長田は深川を少し、笑った。

深川は屈辱を受けたような顔だ。憎悪に満ちた目で、五味を見据える。

五味は火のついたままの煙草を、拾った。

深川がスイッチを切り替えた。優等生の声で言う。

「五味教官。こんな僕ですが、末永く、どうぞよろしくお世話をお願いします」

五味は手のひらで、煙草を握りつぶした。熱いと思う前に、ジュッと五味の皮膚が焼ける音がした。拳《こぶし》に力を籠《こ》め、いつまでも、煙草を握りつぶし続ける。

覚悟を、見せる。

深川の唇の端が軽く、痙攣《けいれん》する。「はんっ」と鼻で笑う。深川にしては、演じ分けがうまくできていない、中途半端な反応だった。松葉杖をついて、学生棟に入っていく。

五味は後ろを振り返った。

一三〇九期五味教場支える、助教官の高杉と補助教官の長田が、目で五味を迎え入れる。二人は五味に力強く、頷き返した。

「明日から一三〇九期の入校前面談だ、準備を始めていてくれ」

高杉と長田は了承し、川路広場を一歩、踏み出す。

「俺は、鍵《かぎ》をかけてくる」

深川の後を追った。

了

# 解説

千街晶之（ミステリ評論家）

一九九八年に『陰の季節』でデビューした横山秀夫の作風は、日本のミステリ界に大きな影響を及ぼした。それまで、刑事の活躍の描写がメインであった警察小説の世界に、それ以外の部署を扱っても人間ドラマや謎解きが描けるという認識が生まれたのだ。

これによって今世紀のミステリ界は警察小説の花盛りとなり、多種多様な作風が派生し、それに伴って大勢の魅力的な警察官キャラクターが誕生した。さて、この傾向の中で、警察小説の舞台として注目されるようになったのが警察学校である。どんなに老練な警察官にも、右も左もわからない新人時代は必ずある。そんな彼らを鍛え上げ、使い物になるように育ててから現場に送り出すのが警察学校である。もちろん、入校前からある程度は警察官向きの資質を持つ者もいるだろうが、警察学校での研修を経ることで、石が玉に磨かれるケースも多い筈《はず》だ。当然、そこには多くの人間ドラマが存在する。

そんな警察学校ならではの物語を描いて人気を獲得しているのが、「女性秘匿捜査官・原麻希」シリーズ、「新東京水上警察」シリーズ、「十三階」シリーズといった警察小説をエネルギッシュに執筆している吉川英梨の「警視庁53《ゴーサン》教場」シリーズだ。このたび書き下ろしで刊行される本書『正義の翼　警視庁53教場』は、その第四作である。

シリーズの主な舞台は東京都府中《ふちゅう》市にある警視庁警察学校。主人公は、元警視庁捜査一課の刑事で、教官として赴任してきた五味京介だ。彼を支える助教の高杉哲也、府中署の巡査部長・瀬山綾乃、五味の娘として育てられてきた結衣らがシリーズを通しての主要キャラクターであり、五味教場＝通称・53教場（教場とは警察学校におけるクラスである）の歴代の学生たちが各巻で重要な役割を果たす。本書で初めてこのシリーズを知った読者のために、これまでの三作の内容を簡単におさらいしておこう。

　第一作『警視庁53教場』（二〇一七年一〇月、角川文庫書き下ろし）は、五味が警察学校の教官となるまでの物語。教官・守村の首吊《くびつ》り死体が発見され、府中署の瀬山綾乃刑事は捜査に乗り出すが、事件の背景として、警察学校時代に守村と同じ一一五三期小倉教場だった捜査一課の警部補・五味や、警察学校助教・高杉らの過去が浮上してくる。この事件の真実を揉《も》み消そうとする動きに納得できなかった五味は上層部に楯突《たてつ》く行動をとり、実質上の懲戒処分として警察学校の教官に赴任させられる。

　第二作『偽弾の墓　警視庁53教場』（二〇一八年五月、角川文庫書き下ろし）で、いよいよ五味は警察学校の一二八九期教官としての日々をスタートさせる。刑事としては腕利きだったが教官としては新米の彼を支えるのが、警察学校での指導歴が長い助教の高杉だ。そんなところに、多磨《たま》霊園で射殺事件が発生。この件で、五味教場の学生のひとりが容疑者になってしまう。

第三作『聖母の共犯者　警視庁53教場』（二〇一八年一一月、角川文庫書き下ろし）は府中刑務所での女囚の脱走から開幕する。その手口は驚くほど計画的であり、しかも彼女は拳銃《けんじゅう》二丁を手に入れたようだ。折しも警察学校では一二九三期学生の卒業式の真っ最中。そこに女囚の共犯者が侵入し、高杉と三人の学生を人質にとって立てこもった……。

警察学校の教場という、警察官としての心構えを叩《たた》き込《こ》まれる場が舞台の小説としては、他に長岡弘樹の「教場」シリーズがあるが、そちらがすべて短篇なのに対し、「警視庁53教場」シリーズは現時点ですべてが長篇。そして、これまでの三作を振り返ってみると、教場という公的な場での人間関係、五味や綾乃や高杉をめぐるプライヴェートな人間関係、メインとなる事件……という三本立てで話が進行するという共通点がある。

このうち「教場という公的な場での人間関係」については、作中で学生たちの成長が描かれるのは当然ながら、五味たち教官もまた人間として成長してゆく（そのため、警察小説でありながら青春小説的なテイストが漂うのがシリーズの特色だ）。作中の歳月の流れに従って、五味教場の学生が、後に別の作品で一人前の警察官として再登場することもある。

次に「五味や綾乃や高杉をめぐるプライヴェートな人間関係」だが、第一作で描かれたように、五味の娘として育てられている結衣は彼の実子ではなく、五味の亡妻・百合《ゆり》と、かつて交際していた高杉の娘である。この微妙な関係に加え、五味と綾乃が恋人同士になる過程がじっくりと描かれ、シリーズの軸となっている。

最後に「メインとなる事件」だが、第一作では警察学校教官の変死と過去の暗部、第二作では射殺事件をめぐって五味の教え子にかけられた疑惑、第三作では警察学校襲撃……と、いずれも警察が大きく関わるものばかりであるため、醜聞の拡大をなるべく抑えようとする上層部と、真実と正義を貫こうとする五味たちとの軋轢《あつれき》が生じることになる。そんな上層部の論理を象徴する人物として第一作から登場しているのが、刑事時代の五味の上司だった本村捜査一課長だ。彼は五味を警察学校に追いやった張本人のひとりだが、その捜査能力は評価しており、何かにつけて五味を一課に戻そうとする。

この三本立て構成だからこそ、どの巻も極めて密度の濃い作品になっているのだが、シリーズ第四作である本書も、やはり例外ではない。

プロローグでは、なんと五味が自分の教え子から銃口を向けられているシーンが描かれる。教え子と緊迫した対立関係になりかけたことは幾度かあっても、このような危機は今までなかった。何故、こんな事態になってしまったのか——という強烈な謎を巻頭に提示しておいて、物語は半年前へと遡《さかのぼ》る。

府中市内の交番が襲撃され、定年まであと一カ月だった巡査長の北村が死亡、新人巡査の中沢が負傷した（中沢は、第三作で五味の教え子として登場していた）。彼が襲われた際に目撃したのは、警察官の制服を着た男の姿だった。

一方、五味や高杉は平成最後の警察学校入校者となる、一三〇〇期五味教場の学生たちを担当していた。場長に任命された深川はいかにも優等生という印象の青年だし、他の学生も大きな問題を起こしそうにない。ただし、五味はこれまでの教え子たちとは異なる彼らの手応えのなさが気になっていた。やがて、この学生たちには何かがあると思うようになるが、何も問題を起こしていない以上は手の打ちようがない。

五味教場の歴代の学生たちは、さまざまな意味でトラブルメーカーが多かった（そもそも教官たちからして、女性問題で自衛隊を追われて警察に流れてきた高杉を筆頭に、決して品行方正な人間ばかりではない）。しかし五味は、どんな問題児でも脱落させてはならないと考え、担当する四十人の学生全員を卒業させることを毎年の目標としている。もちろん、常に全員を卒業させられるわけではないにせよ、五味は自身の信念を捨てたことはない。ところが今回は、その理想が根底から揺り動かされるような事態が五味を襲うのだ。

今までのこのシリーズでは、悪人は悪人なりに人間的な弱さがあったり、犯罪者は犯罪者なりに三分の理があったり……という場合が多かった。ところが本書に登場するある人物は、三分どころか一分の理すらない、まさに絶対悪である。そんな人物が、五味の理想の前にこれ見よがしに立ちはだかるのだ。これに対し、五味がどのような手を打つかが本書の大きな読みどころとなっている。

先に述べた通り、元上司の本村は五味を捜査一課に戻そうとしており、五味自身も復帰する気は持っている。だが本書のラストで、五味はある決断に踏み切る。その決断の理由は、恐らく警察小説史上前代未聞であり、警察学校が舞台の作品でなければ成立し得ないものだ。

それに関連して、本書はミステリとしての技巧においても高度な達成を示している。それまでの出来事の見かけが反転し、悪魔の素顔が一気に浮かび上がる終盤の展開には、ひたすら戦慄《せんりつ》するほかはない。

かつてないほどの恐ろしい事態が五味教場を揺るがす本書の優れた出来映えは、著者がこのシリーズに自ら高いハードルを課し、それを乗り越えていることを示している。一巻ごとに、作中の人物に寄り添うように成長してゆく著者の軌跡から目が離せない。

本書は書き下ろしです。本作はフィクションであり、実在の人物・団体等とは一切関係ありません。

協力：アップルシード・エージェンシー

# 正《せい》義《ぎ》の翼《つばさ》

## 警《けい》視《し》庁《ちょう》53《ゴーサン》教《きょう》場《じょう》

吉《よし》川《かわ》英《え》梨《り》

令和元年 12月25日　初版発行
令和６年 12月15日　４版発行

発行者●山下直久

発行●株式会社KADOKAWA
〒102-8177　東京都千代田区富士見2-13-3
電話　0570-002-301（ナビダイヤル）

角川文庫 21956

印刷所●株式会社KADOKAWA
製本所●株式会社KADOKAWA

表紙画●和田三造



●お問い合わせ
https://www.kadokawa.co.jp/（「お問い合わせ」へお進みください）
※内容によっては、お答えできない場合があります。
※サポートは日本国内のみとさせていただきます。
※Japanese text only


ISBN 978-4-04-109080-0　C0193

JASRAC 出 1912370-404

# 角川文庫発刊に際して

角川源義

第二次世界大戦の敗北は、軍事力の敗北であった以上に、私たちの若い文化力の敗退であった。私たちの文化が戦争に対して如何に無力であり、単なるあだ花に過ぎなかったかを、私たちは身を以て体験し痛感した。西洋近代文化の摂取にとって、明治以後八十年の歳月は決して短かすぎたとは言えない。にもかかわらず、近代文化の伝統を確立し、自由な批判と柔軟な良識に富む文化層として自らを形成することに私たちは失敗して来た。そしてこれは、各層への文化の普及滲透を任務とする出版人の責任でもあった。

一九四五年以来、私たちは再び振出しに戻り、第一歩から踏み出すことを余儀なくされた。これは大きな不幸ではあるが、反面、これまでの混沌・未熟・歪曲の中にあった我が国の文化に秩序と確たる基礎を齎らすためには絶好の機会でもある。角川書店は、このような祖国の文化的危機にあたり、微力をも顧みず再建の礎石たるべき抱負と決意とをもって出発したが、ここに創立以来の念願を果すべく角川文庫を発刊する。これまで刊行されたあらゆる全集叢書文庫類の長所と短所とを検討し、古今東西の不朽の典籍を、良心的編集のもとに、廉価に、そして書架にふさわしい美本として、多くのひとびとに提供しようとする。しかし私たちは徒らに百科全書的な知識のジレッタントを作ることを目的とせず、あくまで祖国の文化に秩序と再建への道を示し、この文庫を角川書店の栄ある事業として、今後永久に継続発展せしめ、学芸と教養との殿堂として大成せんことを期したい。多くの読書子の愛情ある忠言と支持とによって、この希望と抱負とを完遂せしめられんことを願う。

一九四九年五月三日

# 角川文庫ベストセラー

尾瀬の墓標《ケルン》 顔のない刑事・単独行 太田蘭三

尾瀬で発見された男女の死体。これは心中か？ それとも……捜査一課長の特命を受けた香月功は、尾瀬へ向かった。秘境・檜枝岐、北アルプス穂高屛風岩へとつづく単独行。シリーズ第2弾！

赤い渓谷 顔のない刑事・追跡行 太田蘭三

盛夏の奥秩父で男女の死体が発見された。地元警察は豪雨による遭難死と判断したが、発見者である特捜刑事・香月功は不審を抱き、捜査を開始した。警察小説の白眉「顔のない刑事」シリーズ第3弾！

一匹竜の刑事《デカ》 顔のない刑事・決死行 太田蘭三

大手商社専務の一人娘が北アルプスで消息を絶った。だが、単独捜査を開始した特捜刑事・香月功のまえに、巨大組織の影が……新たな試練を負った「顔のない刑事」決死の捜査行！ シリーズ第4弾！

蝶の谷殺人事件 顔のない刑事・脱出行 太田蘭三

国蝶オオムラサキに導かれた殺人とは？ 特捜刑事・香月功は元同僚の死の謎を追って、蝶の谷——茅ヶ岳山麓に向かった……やがて暴力団に捕らわれた香月の運命は？ シリーズ第5弾！

断罪山脈 顔のない刑事・潜入行 太田蘭三

戦中に暗い過去を持つ有力政治家が殺害された。犯人として逮捕された男の冤罪を晴らすべく、〝顔のない刑事〟香月が単独捜査に乗り出した。警察小説の金字塔と呼び声高い人気シリーズ第6弾！

# 角川文庫ベストセラー

**逃げた名画**
顔のない刑事・密捜行
太田蘭三

東京駅新幹線ホームでマシンガンが乱射され4人が死傷した。だが、この事件がさらなる殺人への布石だった……特捜刑事・香月の単独捜査を描く、人気警察小説シリーズ第7弾！

**潜行山脈**
顔のない刑事・突破行
太田蘭三

大物代議士の娘が誘拐され、身代金が強奪された！警察手帳を持たない刑事・香月は美貌の女刑事・志賀今日子と捜査を開始するが……大人気の警察小説シリーズ第8弾！

**鮫と指紋**
顔のない刑事・特捜行
太田蘭三

八丈島南方洋上で捕獲された鮫の胃から、人間の左手が発見された！特捜刑事・香月と助手の志賀今日子に特捜指令が下るが……警察小説の金字塔、シリーズ第9弾！

**恐喝山脈**
顔のない刑事・極秘行
太田蘭三

新宿柏木署署長の娘がＡＶに出演後に失踪。特捜刑事・香月は助手の今日子とともに極秘に捜索を開始するが、直後、連続殺人事件が起こり……警察小説の金字塔、大人気シリーズ第10弾！

**美人容疑者**
顔のない刑事・特捜介入
太田蘭三

カジノの借金取立て人・石黒が殺され、一億八千万円が消失。容疑者は、特捜刑事・香月が情交を結んだ愛染小夜子だった。直後、石黒から取立てを受けていた代議士秘書も殺害され……大人気シリーズ第11弾！

# 角川文庫ベストセラー

## 緋い鱗
顔のない刑事・緊急指令
太田蘭三

元警視監・浜本邸の鯉が斬殺され、傍らに脅迫状が。護衛を命じられた特捜刑事・香月功は浜本夫妻と共に立山黒部バスツアーに同行する。直後ツアー客を巡る連続殺人が……警察小説の金字塔、シリーズ第12弾！

## 富士山麓　悪女の森
顔のない刑事・潜伏捜査
太田蘭三

美術商・鳥居の刺殺体が発見された。鳥居は詐欺師の春原から時価2億円の仏像を預かったまま失踪中だった。特捜刑事・香月は極秘捜査を開始するが、奥多摩湖に女性の全裸死体が浮かび……シリーズ第13弾！

## 密葬海流
顔のない刑事・内偵指令
太田蘭三

新宿柏木署の赤瀬刑事の死体が津軽海峡に浮かんだ。自殺に見られたが、特捜刑事・香月功は独自に捜査を開始する。香月は事件の背後に謎の女と暴力団の存在があることを摑むが、新たな事件が起こり……。

## 発射痕
顔のない刑事・囮捜査
太田蘭三

拳銃密売情報を摑んだ特捜刑事・香月功は、歌舞伎町に潜入、囮捜査を開始する。銃を使った強盗殺人が続発する中、香月は密売ルートを追うが、情を交わした美貌の女組長が敵対組織に拉致されてしまい⁉

## 消えた妖精
顔のない刑事・追走指令
太田蘭三

三年前に盗まれた時価一億円のエメラルド〈森の妖精〉の行方を追う特捜刑事・香月功は、犯人と目される男の愛人に近づくため、新宿歌舞伎町に潜入する。暴力団蠢く裏社会で香月が辿り着く衝撃の真相とは⁉

# 角川文庫ベストセラー

## 警視庁監察室
ネメシスの微笑
中谷航太郎

高井戸署の交番勤務の警察官・新海真人は、妹の麻里を「事故」で喪った。妹の死は、危険ドラッグ飲用による中毒死だったが、その事件で誰も裁かれることはなかった。その時から警察官としての人生が一変する。

## 警視庁監察室
報復のカルマ
中谷航太郎

新宿署の組織犯罪対策課の刑事・宗谷弘樹が殺害された。そして直後に、宗谷に関する内部告発が本庁の電話にあった。監察係に配属された新海真人は、宗谷関連の情報を調べることになったが——。

## 脳科学捜査官 真田夏希
鳴神響一

神奈川県警初の心理職特別捜査官・真田夏希は、医師免許を持つ心理分析官。横浜のみなとみらい地区で発生した爆発事件に、編入された夏希は、そこで意外な相棒とコンビを組むことを命じられる——。

## 脳科学捜査官 真田夏希
イノセント・ブルー
鳴神響一

神奈川県警初の心理職特別捜査官の真田夏希は、友人から紹介された相手と江の島でのデートに向かっていた。だが、そこは、殺人事件現場となっていた。そして、夏希も捜査に駆り出されることになるが……。

## 脳科学捜査官 真田夏希
イミテーション・ホワイト
鳴神響一

神奈川県警初の心理職特別捜査官・真田夏希が招集された事件は、異様なものだった。会社員が殺害された後に、花火が打ち上げられたのだ。これは殺人予告なのか。夏希はSNSで被疑者と接触を試みるが——。